身代わりの花嫁は、不器用な辺境伯に溺愛される

ve with
g Love

さえら

eロマンス ロイヤル

CONTENTS

from Margrave with unreasoning Love

CHARACTERS

from Margrave with unreasoning Love

ジークフリート・グーテンベルグ

大柄で無表情な銀色の短髪、金色の瞳をした辺境伯。武勇に優れ、隣国との闘いで目覚ましい戦果をあげる。

その褒賞として「ファーレンハイトの宝石」の嫁入りを望む。二十八歳。

クラリス・ファーレンハイト

菫色の瞳と艶やかな栗色の髪を持つ、ファーレンハイト子爵家の次女。姉にはいじめられ、両親はクラリスに無関心という不遇の日々を送っていたが姉の身代わりとして嫁ぐことに。十九歳。

シド・ハンゼン

少し小柄でおしゃべりな、濃い茶色の髪と瞳を持つハンゼン子爵の三男。
マリウスの従兄弟で、ジーンの乳兄弟。

メアリー

クラリス付きの四歳年上のメイド。
黒い髪と落ち着いたグレーの瞳を持つ美形だが、護身術も嗜む猛者でもある。

マリウス・シュトック

淡い金色の髪と青い瞳のシュトック子爵嫡男。ジーンに仕える、シドの従兄弟。

マチルダ

「ファーレンハイトの宝石」と称されるほどの美貌を持つ、クラリスの姉。

一章 ✦ 身代わり花嫁の出立

「クラリス、お前の輿入《こしい》れ先が決まった」

至極《しごく》珍しいことに父から応接間に呼ばれたかと思ったら、開口一番そう言われて、クラリス・ファーレンハイトは菫《すみれ》色の瞳《ひとみ》を瞬《またた》かせた。

「輿入れ……でございますか？」

「ああ」

父はクラリスと目を合わせようともせず、状況を事務的に説明する。

去年、国境《くにざかい》で隣国との闘いがあった。

そこで王が目覚ましい戦果をあげた臣下であるグーテンベルグ辺境伯《へんきょうはく》に、褒美《ほうび》は何がいいかと尋ねたところ、王国随一《ずいいち》と噂《うわさ》の『ファーレンハイトの宝石』を嫁に欲しい、と望まれ、王は永遠の忠誠《ちゅうせい》を誓うことを条件に了承した、という話だ。

『ファーレンハイトの宝石』というのは、ファーレンハイト子爵家にいる二人の娘のうち、長女のマチルダのことである。

マチルダは生まれ落ちた時から美しく、その碧《みどり》の瞳は見るもの全てを魅了《みりょう》し、鈴のように可憐《かれん》な声で周囲全てのものを平伏させた。成人してからもそれは変わらず、彼女の元には縁談がひっきりなしに舞い込んでいるのである。両親にとって目に入れても痛くない、とにかく自慢の娘であった。

それに引き換《か》え、クラリスは瞳こそ最も美しい色と称される菫色であるものの、姉に比べると格段に顔立ちは平凡で取り立てて特筆すべきところのない、ファーレンハイト家では常に空気のような存在であった。見る人が見れば、彼女の瞳には知性が宿り、立ち振る舞いも立派な淑女のそれなのだが。

両親はまずなんでもマチルダに望む通り好きなものを与え、残りをクラリスに与えた。執事を始め使用人たちも両親の態度に従うしかなかった。実際には不憫《ふびん》に思った彼らに陰でとても優しくしてもらっていたクラリスだが、自分に親切にすることで使用人に咎《とが》がいくことを避けるため、とにかくなるべく目立たぬよう大人しくするよう、そればかりを考えていた半生である。

そんな状態だったので、そのうちに両親がどこぞの貴族との結婚を取り決めてくるのだろう、とは思っていたクラリスではあったが、まさか姉可愛《かわい》さで会ったこともない辺境伯に差し出されることになるとは思っていなかった。辺境伯の望みの意味するところは間違いなく姉のことと思われたが、両親は国の中心部である王都から遠く離れた国境近くに住む見ず知らずの男に可愛いマチルダを差し出す気など毛頭ないのだ。

確かに辺境伯はマチルダの名前を出して望んだわけではないので、王命に背《そむ》くことにもならない。

「お相手のグーテンベルグ様は立派な人物と聞いているわ」

父の隣に座っていた母が取りなすように言ったが、本が好きで、世間の婦女子は読まない新聞などにも密《ひそ》かに目を通しているクラリスは知っている。グーテンベルグ辺境伯は、狼《おおかみ》のような姿を持ち虎《とら》のような荒々しい気性の残酷な男だと噂されていることを。

ついたあだ名は、人喰《ひとく》い辺境伯。

(お父様にも、お母様にも……最後まで……愛されなかったんだわ……)

どこまでも落胆《らくたん》する心を隠したクラリスには是という外になかった。


落ち込んだまま自室に戻ったクラリスが、窓辺に座りぼんやりと外を見ていると姉のマチルダがやってきた。

「今夜の舞踏会に何を着ていこうかしら?」

クラリスはぼんやりと今日も良く出来た陶器《とうき》の人形のような姉を見やった。

「……舞踏会?」

マチルダは、あっという顔をしたかと思うと、申し訳なさそうな表情をわざとらしく作った。

「貴女《あなた》は呼ばれていなかったのかもしれないわ。私だけ……」

(……またか)

物心ついた頃《ころ》から、姉はいつも嫌味すれすれの意地悪めいたことを言っては、クラリスをねちね ち苛《いじ》めるのである。昔は心を痛めて泣いていたものだが、今ではすっかり慣れ、姉はこういう人なのだから傷つかないでおこうと思ってはいる。しかし今日のように気持ちが落ち込んだ日には堪《こた》える。

「そうだったわ、貴女、輿入れ先が決まったんですって?」

可憐な姉の声がクラリスを追い詰める。鈴が鳴るような軽やかな響きで、でも毒の滴《したた》るような、姉の言葉。

「お父様ったら、マチルダを手放すなんて考えられないからクラリスを差し出すって言ってたわ。よかったわね、辺境伯様の奥様になれるなんて貴女にしては素敵な縁談だと思うわ。まぁ、所詮は私の身代わりだけどね、ふふふ」

クラリスは胸を鋭いナイフで切り裂かれるような痛みを感じた。姉は悦《えつ》にいったように美しい微笑《ほほえ》みを浮かべながらクラリスを睨《ね》めつけた。

「辺境伯って人を食べてるんじゃないかって噂の方よね？　……貴女を生贄《いけにえ》のおつもりで召されたのかしらねぇ。かわいそうに、貴女、来年まで生きていられるのかしら」

耳障《みみざわ》りなほどに、好き勝手喋《しゃべ》っては妹を言葉でいたぶり続け、やっと満足したマチルダが出て行った後、クラリスは血の気の引いて冷えきった身体《からだ》を自分で抱きしめた。いつでもクラリスはただ黙って、心の痛みを全て自分一人で受け入れている。

「……お嬢様」

マチルダが入ってくる前から部屋に控《ひか》えていたクラリス付きメイドのメアリーが気遣《きづか》わしげにそっと主人に声をかけた。クラリスは、メアリーの呼びかけに、はっと我に返ると彼女に向かって微笑んでみせた。

「メアリー、何かしら？」

「何か温かいお飲み物でもお持ち致しましょうか？」

家族に冷遇《れいぐう》された後の、優しい言葉に思わず涙ぐみそうになる。

「ありがとう。でも、いいわ。良かったら少しの間だけ一人にしてくれる？」

「かしこまりました」

メアリーは心配そうな表情のまま、部屋を辞した。クラリスはそのままずっと窓辺のソファに、夜になるまで静かに座っていた。静寂《せいじゃく》の中で、クラリスはゆっくり心を決めていった。

(うん、きっと大丈夫)

この国の王は、当代一の賢王《けんおう》だと知られていて、その王が高く評価しているという辺境伯が『人喰い』のはずがないとクラリスは思った。

一つだけ気になっているのは、辺境伯がどこかでマチルダと出会い、見初《みそ》めていた場合のことだ。マチルダはクラリスよりたくさんの夜会にでているし、あの美貌《びぼう》だ、その可能性は高い。そうだった場合、身代わりのクラリスがやってきたら彼は激怒するかもしれない。その時はどうにか許してもらえるように誠心誠意込めて謝罪しよう。自分が家族の罪を全て被ればいい。辺境伯が許すのであれば、例えば辺境伯付きの下働きとして生涯《しょうがい》仕えることになっても構わない。

心が決まると、ようやくそれまで硬直《こうちょく》していたように固まっていた身体が動くようになった。

クラリス・ファーレンハイト、十九歳の初秋であった。

◇◇◇

クラリスが輿入れする話は、ひっそりと水面下で準備された。父によると、辺境伯の希望で出来るだけ秘密裏《ひみつり》にするように指示されたのだという。

親しい貴族令嬢には別れを告げることを許されたが、そもそも舞踏会にもろくに連れて行ってもらえないクラリスには親しい友人などいない。もちろん、貴族の社交界に向けて大々的に発表されることもなかった。辺境伯からは、彼女の必要なものだけを持って輿入れするように、国境沿いの警備が気の抜けない時期なので、王都にまでは迎えに行けないがいつでも歓迎するという旨《むね》が王家を通じて届けられた。

「残念ねぇ、お式もないのかしら。まぁどうせ身代わり花嫁なのだから、必要ないけれどね」

と、相変わらずクラリスをいたぶるつもりのマチルダには言われたが、逆にクラリスは密かに事が進むことを喜んだ。辺境伯がもし式を挙げようと王都にきて、自分の望んだ嫁と違うことに気づいた方が困ると思ったからである。我儘《わがまま》な姉が王命だからといって、辺境の地に従順に赴《おもむ》くとは到底思えない。下手をしたら王命に背いたとしてファーレンハイト家は断絶の憂《う》き目に遭《あ》うかもしれない。

王都では、普通の貴族であれば、娘が輿入れをするとなると家をあげて準備にあたる。特に今回のように、戦で手柄を立てた国の英雄に褒賞《ほうしょう》として望まれての華々しい縁談で、かつ、遠くの土地に嫁ぐのであれば娘を思い遣《や》り、あれこれと準備をする家がほとんどだろう。

しかしファーレンハイト家では父親が絶対的な権力を持っていて、何しろその父親がクラリスに全く興味がないときている。父親は、ファーレンハイト家から持ち出すものを厳しく制限する旨を執事に言付けてきた。もともとほとんど持ってはいないが貴金属や、貴重品の類は全て残していくようにとのことであった。クラリスにはまともなドレスも貴金属も与えられていないことを父親は忘れているのかもしれない。それくらい父親との関係は希薄であった。そして常に父親に遠慮をしている母親は、メイド長を通じて輿入れする淑女の心得を書いた本を寄越《よこ》しただけであった。

本来であれば、人生で一番幸せで喜ばしいはずの輿入れという出来事も、クラリスの家族にとっては、役立たずの次女を厄介《やっかい》払いするためのイベントに過ぎないことをはっきりと形にされたのであった。

またマチルダは嬉々《きき》として毎日のようにクラリスの部屋にやってきては、みすぼらしい妹の荷物を眺め、クラリスがいかに両親に愛されていないか、また『人喰い辺境伯』邸で待っているであろう苦労について嫌味たっぷりに揶揄《やゆ》していく。

そんな風に家族から顧《かえり》みられることなく、また誰の手助けもなく、クラリスはたった一人で輿入れの準備を進めた。

クラリスはさして持っていくべきものが思い当たらず、ささやかな日用品の他は気に入りの本を何冊か荷物に忍ばせたくらいであった。あとはクラリスの宝物の、ある木箱を一つ。家族からしてみれば宝でもなんでもないが、彼女にとってはとても大切なものである。

連れて行くメイドはメアリー一人である。志願してくれたのはメアリーだけではなかったのだが、辺境伯から、連れてくるメイドはクラリスの身の回りの世話をする者にしてくれとのお達しが併せてきていたので、それに従うしかなかった。しかしメアリーはクラリスより四つ年上で、お互い小さい頃からずっとクラリス付きのメイドとして側にいてくれているので、クラリスにとってこれほど心強いことはなかった。

粛々《しゅくしゅく》と準備は進められ、輿入れのために出発する日も決まり、クラリスは今までそうやって生きてきたように、家族を頼ることもなく、何も主張することなく、ただただ静かに黙って自分にできることをこなしていった。


いよいよ出立の朝がやってきて、屋敷の玄関ホールでクラリスは家族に別れを告げた。

「身体に気をつけなさい」

取ってつけたように父が言えば、うっすらと涙ぐんだ母が隣で頷《うなず》く。

マチルダが最愛の妹が遠い土地へ輿入れをすることをさも悲しんでいるという姉の顔で言った。

「寂しくなるわ。クラリス、手紙を書くのよ」

彼女はこういう演技をさせたら、右に出るものがいない。つい先ほどまでクラリスの部屋に居座り、貴女がいなくなるなんて清々《せいせい》するわ、『人喰い辺境伯』に頭から食べられないといいわね、などと言っていたのと同じ人間とは到底思えない。彼女は玄関ホールまでクラリスの後についてきて、その後両親がやってくると、途端にしおらしい表情になった。姉のこの変わり身の速さは子供の時分からでいまさらクラリスは驚くこともないが、ただぼんやりと、姉は私を追い払えて本当に嬉《うれ》しいのだなと思っていた。今まで存分に両親の愛と関心を独り占めしてきたと思うのだが、目障りな次女が家から去って正真正銘一人娘になれるからだろうか。

「お父様、お母様、マチルダお姉様、お元気で」

会話はそれで終了した。

クラリスと家族の間には明らかにはっきりとした大きな溝《みぞ》が横たわっていて、埋められることはこれからもないだろう。クラリスに何の思いもない父親とマチルダは挨拶《あいさつ》を終えるや否《いな》や、さっさと玄関ホールからそれぞれの自室へと戻っていった。母親だけが玄関を出ていくクラリスを見送ってくれたが、家長である父に気兼ねしてか、外には出てこなかった。

(お父様たちについては十分わかっているのだから……もう傷つかないわ)

クラリスは自分の心に言い聞かせる。そうして家族とのあっさりとした別れが済み、クラリスがメアリーを従え屋敷の外に出ると、そこには使用人たちがずらっと並んでいた。

「貴方《あなた》たち……」

皆、クラリスが幼少のみぎりから良く仕《つか》えてくれた面々である。クラリスに心を砕《くだ》いてくれた使用人たちとの別れはないがしろにされていた肉親との別れよりずっと寂しく感じられる。

「クラリスお嬢様、どうかお元気で。メアリー、ちゃんとクラリスお嬢様にお仕えするのですよ」

メイド長のアンバーが目を潤《うる》ませながらメアリーを見つめる。

「もちろんです、私の命に代えても」

メイド長も、執事も、料理長も他の使用人たちも皆クラリスの出立を惜《お》しみ、行く末を心から案じてくれているのが伝わってきた。

「みんな、ありがとう。貴方たちがいてくれなかったら、私は私ではなかったわ。これからもファーレンハイト家をよろしくお願いいたします」

使用人たちのすすり泣きが響き渡る中、クラリスは泣かぬようにぐっと目元に力を入れて、メアリーと共に門の外へ出た。

◇◇◇

輿入れのため辺境伯が、二頭立ての箱馬車を寄越してくれていた。

ファーレンハイト家の馬車に比べ、堅牢《けんろう》な造《つく》りなのは一目で見て取れた。馭者《ぎょしゃ》の座席にも簡易とはいえ屋根がついているのは、風や雪避けのためなのだろうか。

辺境伯の屋敷がある国境《こっきょう》沿いまでは、王都から馬車で三日はかかる長い旅となる。馬車の後ろに続いて走る荷車にクラリスの荷物を積んだのだが、グーテンベルグ家の馭者は、主人の妻となる女性のあまりの荷物の少なさに驚きを隠さなかった。馭者が、隣に立っている身なりの良い若い男にさっと視線をやると、若い男はわかっている、と言わんばかりに頷いた。

「ファーレンハイト子爵令嬢様」

背が高く、淡い金色の髪を持つ優しげな顔立ちの若い男が口を開くと、アクセントから彼が貴族階級の人間だと知れた。

「グーテンベルグ辺境伯に仕えております、シュトック子爵嫡男《ちゃくなん》のマリウスと申します。辺境伯の代わりに私がお迎えにあがりました」

彼はクラリスの顔に視線をとめると、はっとしたようにその青い瞳を見開いたが、すぐに瞬きで感情を隠してしまった。クラリスは彼の態度に気づかず、にこやかにマリウスに挨拶をした。

「シュトック子爵嫡男様」

「マリウスで結構です」

「では私のことも是非クラリスとお呼びください」

「かしこまりました。――ではこちらへ、クラリス様」


マリウスはクラリスとメアリーが馬車の中へと乗りこむのに手を貸すと、自身は馭者の隣に座った。多少埃《ほこり》まみれにはなるが、この馬車は馭者の隣でもそこまで苦ではない造りになっている。いくら女性のメイドが共に乗っていたとしても主人の妻となる女性と、同じ空間で長時間過ごすのは、主人に申し訳なくて彼には出来ない。

（しかし……なんて綺麗《きれい》な人なんだろう）

マリウスは走り出した馬車の揺れに身を任せながら、クラリスの感じの良い、整った顔を思い出していた。あの菫色の瞳と言ったら……ちょっと他にないくらいの美しさだ。

それに召使いたちにも心から慕《した》われているようだった、と先ほど見かけた光景を思い返した。

荷物も思っていた以上に少なくて、中身もちらっと見た限りでは質素な感じだった。馭者が驚くのも当然である。マリウスもファーレンハイト家と同じ子爵の位を持っている家の出であるが、数

日旅行するといっただけで姉も妹も大騒ぎで、下手したら今日のクラリスの荷物より多いくらいだ。

（不思議な方だ、クラリス様は……）


一方その頃、辺境伯の豪華な馬車の中ではメイドのメアリーが盛大《せいだい》に車酔《よ》いをしていた。屋敷を出発してからまだ十分も経《た》っていないのに、なんということだろう、慣れない馬車の揺れのせいで、即酔ったのである。

「お、お嬢様……す、すみません。先に逝く私をお許しください……」

今にも死にそうな体《てい》で息も絶《た》え絶《だ》えのメイドにクラリスはふふっと笑った。

「メアリーったら大袈裟ね」

大したことはないとばかりにクラリスはそう言うと、手荷物の中から小さなガラス瓶《びん》を取り出し、メアリーに見せた。

「そういうこともあるかと思って、車酔いの薬だけは念のために持ってきたのよ」

「さ、さすがですお嬢様……」

お別れの際、使用人たちに囲まれて「お嬢様をよろしく」と涙ながらに頼まれたのに、舌の根も乾かぬうちに自分が迷惑をかけてしまって……さっき格好をつけて「命に代えても」なんて言わなきゃ良かったなぁとメアリーは反省していた。こんな体たらくでは、早速死んでお詫《わ》びしないといけないところだった——でももう車酔いで死にかけているけど！

「はい、匂いはあまり良くないけれど、一気に飲んで」

天使のような笑みのクラリスに差し出されたのは、（これを飲んだらどちらにせよ死ぬかも）と思えるくらいのどよんとした、絶望の香りを漂《ただよ》わせた黒っぽい液体であった。例えるならば真夏に毎日外で労働しているのに三日は洗濯しなかった汗だくのシャツのような……発酵しているようなかほり……臭いで死にますか、この薬飲みますか、レベルの飲むには勇気がいるかほり……。

震える手でメアリーは小瓶を受け取り、クラリスを見やると、主人はその美しい顔にこれまたうっとり見惚《みと》れてしまうような笑顔をのせて、メアリーを優しく見守っている。お、お嬢様のこの澄んだ瞳が、眩《まぶ》しい……。

（え――い、どうとでもなれっ）

メアリーは小瓶の中身を一気に呷《あお》った。


馬車の中から、激しく咳《せ》き込む声がして、マリウスはびくっと体を震わせた。

彼の座っている外の席と中の座席の間にすりガラスの小窓がついているのだが、セキュリティの関係上これは座席側からしか開けることが出来ないので、その小窓をトントンと軽くノックした。

しばらくの後――まだ断続的に咳き込む声は続いていたが――小窓が開き、クラリスの綺麗な菫色の瞳が覗《のぞ》いた。彼女の声はしっかりしていた。

「マリウス様、どうかされまして？」

「いや……あの……咳き込む声が……」

「ごめんなさい、メアリーが咳き込んでいます」

小窓からはメイドのメアリーが座っている場所を確認できないのだが、クラリスがこうやって普通に話せている以上、咳き込んでいる声はメアリーしかあり得ない。そしてマリウスとクラリスが話している間に、咳はやっと治まったようだ。

(ん？　なんか……強烈な匂いが……？)

一瞬ふわっと汗を凝縮したような香りが辺りを漂った気がしたが、マリウスは風の向きが変わって馭者の匂いがしたのかな、と思うことにした。汗をそんなにかきそうにもない、涼しい初秋の日ではあるが。小窓を閉めると、強烈な匂いは収まったので、マリウスはそれきり臭いのことは忘れてしまった。


「お嬢様……車酔いは確かに治りましたけど……別のダメージがすごいです」

メアリーは、馭者側ではない席に座っていたので、自分の席の後ろにある小窓を開けた。空気の入れ替えをしないと絶対に自分は死んでしまう、そんな予感がした。すると、臭いの爆弾を受けてかすぐ後ろを走っているクラリスの荷物を載せた荷車を引いている馬車の馭者が、咳き込んでいる声がした。

(ごめんなさい、馭者の方。しばらく続きますから慣れてください……でも車酔いはしませんよ)

メアリーは心の中で詫びたのだった。

「あの薬は効能は抜群なのだけど、匂いがねぇ……。今度、ナツメヤシを足してみようかしら、香りづけに」

「えっ、今のあの薬にナツメヤシを足すんですか⁉　逆にもっと変な香りになりません⁉」

「そうよねぇ。でも、効能が喧嘩《けんか》しない素材で香りがいいのって他にあるかしら……」

メアリーはさっきの汗の凝縮版に甘ったるい匂いがプラスされたら、それだけで吐ける自信がある。汗に甘さが足され甘ったるい青春の記憶……って言ってる場合か！

「たった今、あの薬で死にかけた私としては、お勧めしないことだけは一応お伝えしておきます」

クラリスが荷車に載せていた木の箱の中には薬が入っている。

子供の頃から家で孤立《こりつ》していたクラリスが興味を持った場所は、庭園であった。庭師たちとも仲良くなり、いろいろな知識を教えてもらううちに薬草にフォーカスして勉強を始めたのである。

今では自分で調合して自然薬を作ってしまうまでになった。もちろん家族は誰も知らないクラリスの趣味であり、特技でもある。だがファーレンハイト家に勤《つと》めている使用人は全員知っているし、何度もその知識に助けられてきた。

クラリスはもちろん辺境伯の屋敷にも、薬草の指南書と医学書、今まで自分が調合した薬と、その調合法を記《しる》したノートを持ってきている。これだけは絶対に持っていくと一番最初に木箱に仕舞っていたのをメアリーは見守っていた。

(辺境伯様が、お嬢様が薬草を扱われるのにご寛容《かんよう》な方だといいけれど……そもそもそういう自由を奥様に与える方かどうかもわからないわ。私が気をつけてみていないと)

車酔いがすっかり治まったメアリーはそう心に決めたのだった。

マリウスは旅の最中《さいちゅう》の、クラリスの立ち振る舞いに感銘《かんめい》を受けていた。

彼女は辺境伯に嫁入りをする立場であるのに、辺境伯の臣下であるマリウスに不平不満を一切言わない。それこそ、一切、だ。

国境沿いへの旅は、大の男でも音《ね》を上げるくらいの長時間の移動が続く上、ご馳走《ちそう》が食べられるわけでも、豪華な宿に泊まれるわけでもない。けれどクラリスはいつも笑顔でいるし、マリウスや馭者への感謝を忘れない。こんな貴族令嬢を見たことがない。

少し内気《うちき》なきらいはあるが、それでもメイドのメアリーが側にいるといつもより打ち解《と》けた様子が見られるから、親しい人間には心を開くことが出来るのがわかる。マリウスにも丁寧な物腰は崩さないものの感じよく微笑んでくれるのだが、メアリーと一緒にいるときはメイドが面白いことを言ったりするのか笑い声をあげたりすることもある。その時の笑顔は――内面からの輝きが彼女の笑顔を彩《いろど》り、本当に美しい。そしてあの菫色の瞳といったら――。

まだ年若い十九歳の子爵子女を輿入れに望んだという主人の意向を聞いて、厳しい生活を強《し》いられることもある国境近くの屋敷に受け入れるのは難しいのではないか、主人は血迷ったのかと思ったものだったが今ではマリウスはすっかりクラリスに心酔《しんすい》していた。それどころかあの頑固《がんこ》な《人喰い辺境伯》に彼女が泣かされるようなことがあったら自分が助けてやらねばならぬ、と心に決めたのだった。

◇◇◇

「お嬢様、今日私は車酔いの薬を飲まずとも、過ごすことが出来ました！」

旅の中日である二日目の夕方。初日よりもっと簡素な宿でメアリーはクラリスの旅装を解《と》くのを手伝いながら、胸を張った。メアリーは幼い頃からずっとクラリスの側仕えなので、二人きりでいるとつい油断して気安い口を利いてしまう。メアリーはクラリスの四歳年長なのだが、性格と言動のせいで、とてもそうは思えない。クラリスのほうが落ち着いた年上のように振るまうこともしばしばだ。しかしクラリスはそんな会話も心から楽しんでくれるので、メアリーは自分の主人が大好きなのである。

「ふふ、良かったわね。メアリーったら、よほどあの薬を飲むのが嫌だったのね」

「あれは飲んだ人間にしかわかりませんよ、お嬢様。はっきり言って命の危機を感じました」

クラリスの絹のような濃い栗色の髪を梳《と》かしながらメアリーは大袈裟に嘆いてみせる。

人々はマチルダの金髪ばかり褒めるが、メアリーは自分の主人の輝くばかりの栗色の髪の方が余程美しいと思っている。

「私の薬って、効能には自信はあるのだけれど、味だけが良くないのよね」

「効能は本当に天下一品です！　そこは私も良くわかっているんですけれどね。味に関していえば、毒薬に匹敵《ひってき》すると思います」

「まぁ、メアリーったら。良い薬ほど苦い味がするっていう格言を知らないの？」

「苦い味といっても限度があります」

慣れた手つきで髪の毛を束ねると、メアリーは埃まみれのクラリスの洋服を畳《たた》んだ。普段は洋服を着替えてから髪を梳かすが、今日は先に髪の毛についていた埃を落としてから、被らないでも着られる前開きの室内着を準備した。メアリーが手早く荷物を片づけるのを見て、クラリスが尋ねる。

「メアリー、自分でドレスを着てもいいかしら？」

「……そうですね、もうお屋敷ではありませんから。お好きにどうぞ」

クラリスは基本的には自分のことは自分でしたい主義なのだが、さすがにファーレンハイトの屋敷にいるときは使用人に仕事をさせるのも主人の役目だと心得ていた。しかし今は宿でメアリーと二人きりでいるのだから誰に気兼ねする必要もないだろう。

クラリスがシンプルだが上品なイブニングドレスを自分で着ている間に、ノックの音が響いた。廊下から、準備が出来次第、晩ご飯を摂《と》りに食堂に来るように、とのマリウスの声がした。

◇◇◇

（本当に子爵子女らしくないな……！）

もっと時間がかかるかと思ったが——貴族令嬢というのは支度《したく》にやたら時間がかかるものという認識と先入観があるので——それからすぐこざっぱりとしたクラリスとメアリーが食堂に降りてき

たことに、マリウスは目を丸くした。そしてドレスのシンプルさにも驚く。ドレスはシンプルでも、クラリスはこの食堂にいるどの女性よりも美しい、とマリウスは思った。そして本人にはその美しさを鼻にかけた様子は一切ない。

この宿は簡素な作りだが、基本的には貴族たちが泊まる宿なので、それなりに美味《おい》しい食事が出される。とはいえこぢんまりした宿なので、広くない食堂に一同が会して食べることになる。色々な階級の貴族が集まるのを嫌がる特権階級の貴族令嬢も多数いるらしい。もっと良い宿があればそちらでもよかったのだがあいにくこれから人気《ひとけ》がなくなる国境沿いに向かう旅路においてはこの宿でもまともなのだ。クラリスが宿に不満を持っている様子は一切見られないが。

「こちらへ、クラリス様」

マリウスが案内した席にクラリスが座ると、メアリーが会釈《えしゃく》して壁際に寄ろうとするのをクラリスが止めた。

「マリウス様、ご無礼《ぶれい》なのは重々承知なのですが、後でこの宿の者に頼んでメアリーの食事を彼女の部屋に届けていただくことは出来ますでしょうか？」

「ああ、それはもちろん構いませんよ」

マリウスの返答を聞き、ぱっと花が咲くような笑顔をクラリスは浮かべ、彼に感謝の意を示した。

この時間の食堂は貴族たちで占められていて、使用人のメアリーは廊下の壁際に立っていることは許されるが食事をすることはできない。メアリーはクラリスの食事が終わったら彼女の寝支度を整えた後、自分にあてがわれた狭い部屋に戻って、夜遅くに設定されている使用人階級の食事の時間を待つことになる。しかしそれだとメアリーは寝るのが深夜になる。

(この方は、他の者のために笑顔になれる人なのだな)

マリウスは長旅で疲れているメアリーを気遣っているのであろうクラリスの優しさにまたも感銘をうけていた。もちろんメアリーもクラリスへの感謝の意を瞳に滲《にじ》ませた後、一礼をすると壁際に立ったのだった。

◇◇◇

国境の近くに進むにつれて、民家はまばらになり、緑は減り、ごつごつした岩場になっていく。一面が茶色で、荒涼とした雰囲気すら漂う。しかし、生まれてから一度も王都を離れたことのなかったクラリスには馬車の窓から広がる世界がただただ新鮮だった。

「メアリー、見て！　地平線が見えるわ。地平線って本当に一直線なのね！」

「地平線が見えて喜ぶ貴族令嬢なんてお嬢様くらいしかいないでしょうね」

「でも本で読んだ通りなのよ、すごいと思わない？　実際自分の眼で見られるって！」

メアリーにはぴんときていないようだったが、構わずクラリスは外の景色を眺《なが》めていた。薬草の知識がある彼女は、遠くに見える木にも目を留《と》めた。ちゃんと調べるにはもっと近寄らないといけないが、やはり気候が違うからか王都に生えている植物とは少し違う気がする。夫となる辺境伯が一体どういう人物かはわからないが、顧《かえり》みられることなく屋敷で一人で過ごさないといけないような日々が続くようなら、以前薬師《くすし》にもらった植物図鑑で辺境伯の屋敷の周りの植物からまず調査を始めてみよう。

　両親には全く目をかけてもらえず、姉にはねちねちと苛められて育った環境のせいで、自室や庭園で過ごす時間の方が長かったため、クラリスは一人で時間を潰すのが非常に上手になった。

（それに……国境近くの情勢は今も安定しているとは言えないから……）

新聞を読む限りでは、先日の隣国との戦いで勝利を収め和平条約を結び一旦はとりあえず安全であるが、まだまだ予断は許さない状況らしい。姉には散々、辺境伯がクラリスを迎えに来ることが億劫《おっくう》だったのだろうと言われたが、警備で離れられないのもあながち嘘《うそ》ではないとクラリスは考えていた。

（どちらにせよ、辺境伯様はお忙しいのだと思うわ……でも大丈夫、私は、『きっと大丈夫』）

メアリーを見ると、馬車での長距離移動の疲れで、うとうとしているようだった。クラリスは先ほどメアリーが自分に渡してくれた膝掛《ひざか》けの毛布を彼女の肩にそっとかけてやる。起きた時にメイドが照れ隠しに「また私にこんなことをして！」とぷりぷり怒るだろうなと思うと、クラリスの唇《くちびる》には自然に微笑みが浮かんだ。

◇◇◇

その日の遅く、遂《つい》に辺境伯の館に到着した。

辺りはすでに闇《やみ》に包まれて、どんな景色なのかはまったく窺《うかが》えないが、辺境伯の屋敷の門には煌々《こうこう》と松明《たいまつ》が燃やされていた。ファーレンハイト家もそれなりの屋敷を構えていたが、辺境伯の屋敷はその何倍もの規模であることが外門から察せられる。

(ここに辺境伯様がいらっしゃるのね……私の旦那様となる方が……)

膝に置いてあった手を思わずぎゅっと握《にぎ》りしめる。マリウスが外門を守っている騎士に何かを言ったのが馬車の中でも聞こえた。門扉がすぐに開けられると馬車は敷地内に入っていった。敷地内に入ってから屋敷に到着するまで数分はかかり、そうしてやっと馬車が止まる。

しばらくすると、マリウスが馬車の扉を開けてくれた。

「クラリス様、到着いたしました」

「ありがとうございます、マリウス様」

彼の手を借りて馬車の外に出ると、クラリスは屋敷を見上げて感嘆《かんたん》のため息を漏らした。

(とても美しいわ……！)

想像していたより何倍も美しい屋敷の姿がそこにはあった。明日、太陽の光の下で見たら全貌《ぜんぼう》がよくわかるだろうが、夜は夜で、それぞれの窓から漏れる明かりにライトアップされ幻想的な様子を見せている。

「こちらです、足元にお気をつけて」

マリウスに案内され、立派な石造りの表階段をのぼり、これまた大きな玄関扉を見上げる。間違いなく、辺境伯はとてつもなく裕福なようだ。マリウスが玄関横にある重厚な鉄の玄関ベルを鳴らすと、さして待つことなく中から扉が開き、執事と思われる壮年の男性が恭《うやうや》しく頭を下げていた。

「お待ちしておりました、ファーレンハイト子爵令嬢様」

「まぁ、ありがとう」

こんなに丁寧《ていねい》に歓迎されるとは思っていなかったクラリスはにこやかにお礼を言った。執事は姿勢を正しクラリスの微笑みを目に留めると、彼女の美しさを称賛する輝きを瞳に浮かべた。

「私は執事のトーマスと申します。旦那様から先に御目通りされるように言いつかっております」

「かしこまりました」

先に、ということは荷物を片付ける前にということであろう。クラリスは快《こころよ》く了承した。特に文句も言わないクラリスが予想外だったのか、トーマスの後ろに控えていたメイドが何人か目をぱちくりさせていた。

(だよな、普通の貴族令嬢だったらまず休ませろ、自分を綺麗に装《よそお》う時間をよこせ、って怒るのがほとんどだろうからな)

マリウスが心の中で呟《つぶや》く。

この規格外の令嬢に自分の主がどのような反応を示すのか今は彼はそれが楽しみで仕方ない。トーマスに続くクラリスの背中を追って歩きながら、楽しくなってきたな、と独《ひと》りごちた。

「こちらが旦那様の執務室でございます」

長い長い廊下の奥まった立派な扉の奥にどうやら未来の夫がいるらしい。トーマスが扉を丁寧にノックすると、中から、入れ、とはっきりとした低い声がした。

（すごい……声だけでもわかる、自信に満ち溢《あふ》れた人だわ……！）

クラリスは深呼吸をしながら、開かれていく扉を見つめていた。

二章 ✦ 身代わり花嫁と辺境伯

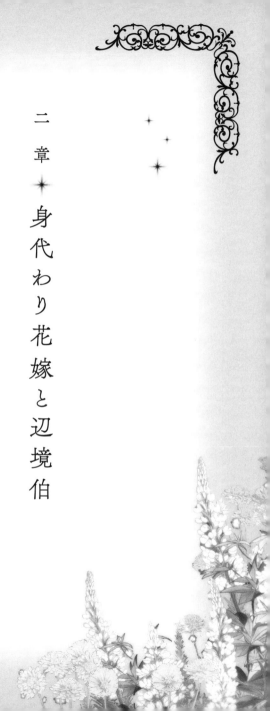

「ファーレンハイト子爵令嬢様をお連れいたしました」

トーマスの言葉に、大きなテーブルの奥のソファに座っていた男性がさっと軽い身のこなしで立ち上がるのがわかった。トーマスは扉を押さえたまま、クラリスに中に入るように身振りで示してきたので、辺境伯に失礼のないように彼の姿を見ないまま大きく一歩部屋の中に入るとスカートの裾《すそ》を両手でつまみ、腰と膝《ひざ》を曲げて頭を深々と下げた。彼女に続いてマリウスが部屋に入ると、その後ろでトーマスがそっと扉を閉めた。

「グーテンベルグ辺境伯様、クラリス・ファーレンハイトと申します」

静かな部屋の中に辺境伯の足音が響き、視線を床に下げているクラリスの視界に大きな黒い革の靴が入った。

「顔を上げるがいい、クラリス」

「――はい」

滑《なめ》らかな低いバリトンボイスに促《うなが》され、クラリスが姿勢を戻しながらゆっくり視線を上げると、そこには今まで見たことのないような野性味溢《あふ》れる大男が立っていた。間違いなく顔立ちは整っているはずなのに、彼が発している圧倒的な男らしさに全てがかき消されてしまう。厚みのある身体《からだ》は日頃からよく鍛《きた》えられていることがわかるし、何より。

（なんて綺麗《きれい》な……金色の瞳《ひとみ》と……銀色の髪……虎《とら》や狼《おおかみ》に喩《たと》えて呼ばれる理由がわかるわ）

クラリスはまるで魔法がかかったかのように、彼の美しい瞳と、短く刈り込まれている髪に見惚《みと》れた。彼の瞳には揺《ゆ》るがぬ知性が輝き、間違いなく『人喰い辺境伯』などではないとクラリスは瞬時に確信した。

今までクラリスが会ったことがある貴族男性というと洒落者《しゃれもの》がほとんどで、詩とピアノを嗜《たしな》み、髪を綺麗に整え、クラヴァットと洋服の流行にこだわるような人たちばかりだった。これほどまでに見る者を圧倒するような個性的な男性に会ったのは初めてである。

一方、辺境伯も半ば茫然《ぼうぜん》としているかのように見えた。眉《まゆ》にかすかに皺《しわ》を寄せた辺境伯が黙ったままクラリスを見つめている。その眉の間の皺に気づいた時、クラリスははっとした。

（マチルダお姉様じゃなかったから、落胆《らくたん》されているのかしら。でもクラリスと呼んでくださったわ）

婚約を了承する旨《むね》を父は一度辺境伯に手紙に認《したた》めて送り、『ファーレンハイトの宝石』とは書かずに、ただ次女のクラリス・ファーレンハイトを婚約者として送ります、と書いたと父本人から聞いた。王都に暮らしていれば、『ファーレンハイトの宝石』はクラリスではないということは誰《だれ》もが知っていることである。だから辺境伯は、クラリスでもいいと了承してくれたのだと思っていた。

しかし、辺境伯がきちんとマチルダと直接挨拶《あいさつ》をせず、舞踏会ですれ違い、周りの人間に名前を聞いたら《彼女は『ファーレンハイトの宝石』だよ》と教えられたという可能性も十分に考えられる。それくらい『ファーレンハイトの宝石』という異名は有名であったのだ。そこまで思いを巡らせると、クラリスは一気に青ざめた。

その時、辺境伯が手を伸ばして、クラリスの細い腕をそっと優しく掴《つか》んだ。

「大丈夫か？　顔色が悪い」

顔には相変わらず厳しい表情が浮かんでいるが、仕草と声は優しかった。

(――怒っていらっしゃるわけではない？)

辺境伯がクラリスの腕を掴んだ後も動かずに、じっとクラリスの菫《すみれ》色の瞳を覗《のぞ》き込んでいる。彼女も魅入《みい》られたように彼の金色の瞳に映る自分を見つめていた。

「ぶはっ」

不意に遠慮のない笑い声が部屋の奥から響いて、ぱっと辺境伯がクラリスの腕を掴んでいた手を放した。

「ジーン、クラリスは長旅をしてきてお疲れなんだよ、ソファに座らせてあげたほうがいいんじゃない？　それに名前も名乗ってないじゃないか」

部屋の奥にはマリウスによく似た秀麗な顔立ちの、しかしマリウスよりは小柄でちょっとだけ人を食ったような笑顔の青年が立っていた。マリウスが淡い金色の髪を持っているのに対し、彼は濃い茶色の髪で、瞳の色もマリウスのように青ではなく、茶色である。それでもどことなく顔立ちが似ているのが不思議だ。その青年の遠慮のない台詞《せりふ》に後ろで控えていたマリウスがため息をついた。

「シド、失礼がすぎる。お前は余計な口を叩《たた》くな」

「どうして？　だって二人でそこで人形みたいに固まっちゃったんだもん、見てるこっちが耐えられなくない？」

マリウスがはぁと息を吐《は》くと、クラリスに言った。

「クラリス様、彼に代わって私が失礼を謝罪します。彼は私の従兄弟《いとこ》で――」

「シド・ハンゼン子爵三男です。クラリス、以後お見知りおきを」

「シド、クラリス様を呼び捨てにするな」

マリウスが我慢ならないというようにシドを注意する。この部屋にいる三人の男性の中で、少し慣れ慣れしいとはいえ、シドが一番クラリスが今まで日常的に見知ってきた貴族男性たちに近いイメージに思った。マリウスは礼儀正しく優しすぎるし、辺境伯は……あまりにも違いすぎる。

「いえ、お好きなように呼んでいただいて構いません。ハンゼン子爵三男様、こちらこそよろしくお願い致します」

シドは、軽く手を振った。

「シドでいいよ、クラリス。ちなみに俺とジーンは乳兄弟《ちきょうだい》ね。大体そんなにジーンなんかに緊張しなくたってさ……」

「――座るか？　クラリス」

突然、滑らかなバリトンボイスが割り込んで、クラリスは思わず微《かす》かに身を震わせた。見上げると、辺境伯がまたしても眉の間に皺を寄せてクラリスを至近距離から見下ろしていた。その金色の瞳に見つめられると頭が真っ白になって何も考えられなくなってしまう。彼女は慌てて言葉を押し出した。

「あの失礼ながら、私、馬車に一日中乗っていましたので、埃《ほこり》だらけで……ソファを汚すのではないかと」

「えっ、ジーンってば、クラリスが洋服を替える間もなくここに呼びつけたの？」

「だから黙れ、シド」

マリウスがシドを諫《いさ》める。

シドはまったく気にした様子も見せずに自分の胸ポケットからハンカチーフを取り出すと、さっと奥のソファに広げた。

「はい、これでソファは汚れないよ？」


（どうしてこうなったのかしら……）

ハンカチーフを敷いてもらった手前、断ることなどできずにソファに腰掛けたクラリスと、当然のようにクラリスの隣に座った辺境伯、テーブルを挟んだ一人掛けソファにはシドが座っている。馭者《ぎょしゃ》の隣に座っていたため、クラリス以上に埃だらけのマリウスは、着席を断って傍に立ったままだ。

「名乗るのが遅くなってすまないが、俺がジークフリート・グーテンベルグだ」

辺境伯の挨拶に、クラリスは頷《うなず》く。名前はもちろん父から聞いてはいたが、こうやって改めてきちんと挨拶してくれると、彼がその人なのだと改めて実感した。しかしとにかく会話が続かない。

ぎこちない二人のことは意に介《かい》さず、シドが割り込んできた。

「それにしても、クラリスって、めちゃくちゃ美人だね。よく言われるでしょう？」

「いえ……そんなことは決してありませんが……」

話しかけられ、顔をよく見ると彼は可愛《かわい》らしい顔立ちをしていて、勝手気ままな発言をしても、なんだか憎めない印象を与える。

「夕食は食べたのか？」

シドの発言は一切無視して唐突《とうとつ》に辺境伯が声を発したので、クラリスは慌てて頷いた。

「はい、こちらへ到着する前に頂きました」

「ならば良い」

辺境伯は相変わらず厳しい表情だが声音は思いのほか優しい。きっとこの顔が標準装備なのだろう、とクラリスは思うことにした。目を瞑《つむ》って声だけ聞いたら、おそらく誰もこの表情だとは思わないんじゃないかしら……。それほどに先ほどから辺境伯がクラリスに話しかけている内容は彼女を気遣うものばかりだった。

だが。

「ところでクラリス、『ファーレンハイトの宝石』について教えてもらえるか？」

辺境伯にそう尋ねられると、クラリスの頭は再び真っ白になってしまったのだった。

◇◇◇

「それで貧血を起こして、ぶっ倒れたってことでいいですかお嬢様」

「……ええ」

「いきなりものすごい勢いで辺境伯様がお嬢様を抱《かか》えて部屋に飛び込んできたので、腰を抜かすところでした」

「……ごめんなさい」

ベッドに横になったクラリスは頭にのせた濡《ぬ》れた布をメアリーに替えてもらいながら、謝罪した。

顛末《てんまつ》はこうだ。

クラリスは、正直に辺境伯に言おうと思ったのだ、「『ファーレンハイトの宝石』というのは私の姉のことです」と。それを告げた後に隣に座る男性の金色の瞳に、軽蔑《けいべつ》と怒りと、それから生まれてから何回も見てきた『ここにいるのがマチルダではない』ことへの落胆が浮かぶのだろうな、と思ったら突然息が苦しくなり、そのまま意識がすうっと遠くなったのだ。こんなことは生まれて初めての経験で、三日ばかりの過密な旅行スケジュールののち、過度の緊張が合わさって意識を失ったのだろう、と自分では思っている。

メアリーによると、執事に通されたクラリスにあてがわれた部屋で荷物を片付けていたところ、ノックも何もなしに扉がど一んと開いたから仰天《ぎょうてん》したのだという。そして見たこともないほどの大男が殺気《さっき》だって――まさかその時は辺境伯だとは思いもせず――ぐったりしたクラリスを抱えて、突入してきたから、控えめに言っても心臓が一回止まるかと思ったらしい。しかもその後大男が厳しい表情のままメアリーに、クラリスは病気なのか、もしくは何か持病があるのか、と冷静な口調ながらも矢継《やつ》ぎ早《ばや》に聞いてきた。自分は何も悪いことをしていないにも拘《かか》わらず、彼の迫力に押されまくり、生きた心地がしなかったのだとメアリーは続けた。

『お、お嬢様に持病はありませんし、健康そのものです。お疲れのせいだと思いますので、少し休めば大丈夫だと思います』

とメアリーが彼の質問に全て答えたというのに、大男は胡散《うさん》臭そうに彼女をじろりと見てから、そっとベッドの上にクラリスを寝かせてくれたのだという。

「まぁ……お嬢様を寝かせる仕草はとても優しかったですよ。埃まみれのお嬢様に怯《ひる》まずご自分で抱えて連れてきてくださったことも感謝しています……だけど私の寿命は十年は短くなりました。そもそも心臓は一回止まりかけました……心臓は一回止まったら普通は死にますけどね……！」

とメアリーは真顔で語った。それからクラリスの顔色をうかがうと、気遣わしげに尋ねた。

「お嬢様の作られた気付け薬を持ってきましょうか？」

「ううん、大丈夫」

「ここの使用人に頼んで、お風呂のお湯を運んでもらいましょうか？」

「それもいいわ。だってこんな真夜中に申しわけないもの」

お風呂は使用人に台所か洗濯室でお湯を沸かしてもらって、部屋まで何回かに分けて運んでもらい、浴槽に注いで溜《た》めるしか方法がない。その手間をかけさせることを考えて、クラリスは断ったのだが、メアリーはその返答に顔を顰《しか》めた。

「でも埃まみれですよ、お嬢様。そのシーツもお休みになる前に取り替えませんと」

もちろんメアリーは主人の遠慮深い性格を熟知しているので、それ以上強くは言わなかった。

「じゃあ、今日のところはお体を拭き清める分のお湯をもらってきます。それ位なら私が一人で運んでくることが出来ますから」

「でもメアリーも疲れて……」

「わ　た　し　の　こ　と　は　い　い　で　す　か　ら」

メアリーがこうやって言う時は、彼女の思い通りにしないと事態が収まらないのが常なので、クラリスはベッドに座ったまま、メイドが部屋を出ていくのをおとなしく見送った。それからため息をついて、明日辺境伯に会ったら、姉のことを伝えよう、と心を決めた。

その時にあの魅力的な辺境伯に何を言われても、私は大丈夫。『きっと大丈夫』。心にそう言い聞かせた。

◇◇◇

「あ、クラリスのメイドちゃんだね、君は」

メアリーがキッチンへ行くとそこには、マリウスによく似た、でも彼より格段にへらへらしている青年貴族がいた。男性にしては目が大きくて可愛らしい印象を与えるが、軽薄そうで率直に言ってメアリーの好きなタイプではない。

「クラリス、目を覚ました？」

（誰？）

不審《ふしん》に思ったが、クラリスの名前を知っているし、身なりから貴族であることは間違いないので、適当に返事をした。

「はい」

「ぶはっ、めっちゃ警戒されてる、俺」

到着したのはまだ宵《よい》の口だったのだが、時刻はすっかり遅くなっていた。すでに夜中といっていい時間なのに、この男は元気いっぱいのようである。メアリーは彼のことは気にせず、キッチンにいた使用人にお湯をたっぷりと沸かしてもらうように頼む。お湯が沸《わ》くのを待つ間も青年は立ち去らないで、メアリーをじろじろ無遠慮に眺《なが》めてくるので非常に鬱陶《うっとう》しく思った。

「……なんでしょうか」

普通は使用人から声をかけるのは無礼にあたるのだが、これだけ見つめられるからには用事があるに違いない。仕方なくこちらから尋ねると、彼はにこっと笑った。確かに笑顔は可愛い。しかし、顔は笑ってるけど、目の奥が笑っていない気がして油断ならない。

「クラリスってさ、ずっとああやって我慢して生きてきたのかな？　我慢しすぎて倒れちゃうくらいに」

（いきなりなんて不躾《ぶしつけ》な……。嫌いだな、この人）

顔には出さないが、彼はメアリーの中の『嫌いな人リスト』に早速加わった。もちろん、旅の間クラリスに礼儀正しく優しかったマリウスは『好きな人リスト』に入っている。

「私にはそのご質問に答える権限がございません」

その答えは想像がついていたらしく、彼は首を竦《すく》めただけだった。

（この人に比べると、辺境伯様は――それなりにまともそうだったな）

ただ、視線だけで人を殺せそうだったけどね、と、じろりと睨《にら》まれた時のことを思い出して、メアリーは密《ひそ》かに震えたのだった。

◇◇◇

翌朝クラリスが目を覚ますとほぼ同時に、扉がノックされメアリーが入ってきた。この部屋には機械式時計が壁側にあり、それに視線を走らせると午前十時過ぎであった。クラリスは実家にいたときは規則正しい生活を心がけていたのでめったに朝寝坊することはなかったのだが、昨夜はさすがにベッドに入るのも遅かったし、疲労困憊《ひろうこんぱい》していたので仕方ないだろう。

「そろそろ起きられると思ってましたよ。辺境伯様が食事を御一緒にと仰《おっしゃ》っているそうですが」

「わかったわ」

良かった、昨日彼の目の前で倒れてしまったけれども、まだ顔を見るのも嫌だとは思われてはいないらしい。ほっと安堵《あんど》のため息をついてクラリスはベッドから起き上がった。メアリーが運んできた桶《おけ》に入った水とフェイスタオルを慣れた手つきでベッドサイドに準備してくれる。

「ご自分でされます？」

「ええ」

フェイスタオルを冷たい水に浸し、絞ってから自分の顔を拭くと、気持ちがとてもしゃんとした。その間にメアリーがテキパキとクラリスのシンプルな薄いブルーのデイドレスをクローゼットから出してきてくれた。何度も繕《つくろ》った跡のある数年来着ている代物である。

父には辺境伯邸に持ってくる荷物の中身を厳しく制限されたが、そもそもクラリスはほんの数枚しかドレスを持っていない。父親はマチルダには請《こ》われるまま山のようにドレスを買い与えたが、自分から欲しいと言い出さないクラリスについては、いつからかほったらかしであった。父の頭にはその記憶すら残っていないのだろう。

着替えてからメアリーが栗色の髪を綺麗に結い上げてくれた。メイクには良い思い出がないので、する習慣がなかった。メイクをすると、マチルダに『クラリスのくせに』と嫌な顔をされ、ねちねち苛《いじ》められるのでいつからかメイクは夜会の時にしかしないようになった。その夜会も常にマチルダの引き立て役にしか過ぎなかったし、姉に同行を拒否され、連れて行ってもらえる機会は極端に少なかった。

「今日もとても綺麗です、お嬢様。昨晩の馬車に轢《ひ》かれたかのような顔色も元に戻られましたし、良かったです」

メアリーは毎日こうやって褒《ほ》めてくれる。このメイドは口は悪いが、メイドとしての技術は一流だし、いつもちゃんとクラリスに親切で優しい。家族から与えてもらえなかった言葉をクラリスに伝えてくれるのだ。

「ありがとう、メアリー」

クラリスはメアリーがいないと生きていけない。


ちょうどいい頃合《ころあ》いに執事のトーマスがクラリスの部屋に迎えにきてくれ、ダイニングルームまで案内してくれた。

しかし見れば見るほど大きく、どこもかしこも立派な屋敷である。それでいて、豪華さと男らしさが上手に融合《ゆうごう》しているようにも感じる。昨日挨拶を交わした野性味あふれる彼のイメージそのままと言っていいかもしれない。

クラリスはダイニングルームに向かいながらあまりにも豪華だったら緊張してご飯が喉《のど》を通らないかもしれないとちらりと不安になった。しかしトーマスが案内してくれたのはどうやら辺境伯自身が普段使っているプライベートダイニングルームだった。扉を開いたらそこまでの広さはなく、部屋の中央には六脚の椅子が収まる程度の大きさのテーブルセットがあるだけだったので安堵した。

辺境伯はまだ来ていなかったので、クラリスはトーマスに引かれた椅子に座り、彼の到着を静かに待っていた。

ほどなくして、迷いのないきびきびとした足音が廊下に響き、段々この部屋に近づいてくるのに気づいた。

(きっと辺境伯様だわ)

クラリスは扉が開いた時に慌てないように、先に立ち上がる。

果たしてその足音は辺境伯であった。

彼は扉をあけると立ち上がっているクラリスを視界に収め、眉をひそめた。

「具合はどうだ」

クラリスが何歩もかかるような距離を彼は数歩でさっと寄ってくると、クラリスの右手を取り、甲に挨拶のキスを落とした。クラリスのものとは比べようがないほど大きく熱い手であった。彼女の手を取ったまま彼はクラリスを見下ろし、じっと顔色を観察しているようだった。

(ち、近いです……!)

男性らしさに満ち溢れた魅力的な辺境伯に至近距離から見つめられて、じわじわと顔が赤くなるのを感じた。彼の澄んだ金色の瞳はまるでトパーズのように美しく煌《きら》めいている。

「昨夜は御迷惑をおかけしまして大変申しわけありませんでした。一晩休ませて頂いてすっかり体調は戻りました」

クラリスがなんとかお礼を言って彼を見上げると、彼は金色の瞳を何回か瞬《またた》かせてから頷き、手を放した。

「ならばよかった。こちらこそ昨夜は疲れているところ、呼び立ててすまなかったな」

辺境伯はそう言うと、クラリスの椅子を引いて座らせ、自分は彼女の向かい側に回った。顔は無表情に近いのだが、声音はやはり優しかった。

「いえ、辺境伯様が謝られる必要なんて」

「ジーンだ、クラリス」

思わずぽかんとして彼の顔を見てしまった。

「昨日言ったが、俺の名前はジークフリート。だからジーンと呼べ。辺境伯という名前ではない」

それきり彼は黙りこみ、何かを考えているかのようだったので、クラリスも邪魔しないように沈黙を守った。しばらくするとメイドたちが食事を運んできて――オムレツとサラダ、野菜スープにパンというメニューでどれも美味《おい》しかった――黙ったまま二人で食事をとった。


食事が終わると、執事にコーヒーを飲むかと尋ねられて、実家ではほとんど出されない高価な嗜《し》好品《こうひん》だったので驚いたが、辺境伯が二人分頼むと言ったので、黙って従った。しばらくして温められたミルクと砂糖と共にコーヒーがやってきて、クラリスは人生で初めてのカフェオレをじっくり味わった。辺境伯はブラックコーヒーを飲んでいる。

「さて、クラリス」

クラリスがカフェオレを飲み終わると辺境伯が静かに告げた。

「色々と話さないとならない事があるな。今日は天気も良いし、庭園を案内しながらでもどうだろうか」

（まずは、辺境伯……ジーン様のお話を聞いてから、お姉さまの身代わりということを話さなくては）

彼にエスコートされるまま、彼の腕に手をかけて庭園を歩く。外から見た屋敷もとても素晴らしく、庭園はいわずもがなだ。とても立派で広い庭園には、見たことのない植物もたくさんあるようで、本来ならばひとつひとつの植物の詳細をじっくり観察したいところだったが、今はとてもじゃないがそんな心の余裕はない。

屋敷からずっと黙っていた辺境伯は、庭園の中心部に続く小径《こみち》に足を踏み入れたところで口を開いた。

「王都まで迎えに行けなくて申しわけなかった。王には伝えたが、隣国との和平条約が結ばれたとはいえ、まだ国境付近には緊張感があってな。俺が自分の領地を抜けるわけにはいかなかった」

話す間もずっと厳しい表情の辺境伯だが、内容はやはりクラリスを気遣ったもので優しく感じられる。

（謝ってくださった……そんな必要はないのに）

「承知しております、辺……ジーン様」

ジーンはクラリスが彼の名前を呼ぶと、ちらりと彼女に視線を走らせた。

「それから王から祝福を得てはいるのですぐに結婚はできる状態だが、隣国との関係がもう少し安定するまでは対外的には婚約ということにしたい。ああ、そうだ、結婚式のことだが、クラリスには何か意向があるか？」

クラリスは、ジーンは結婚式など挙げたくもないだろうと考えていたので、まさか彼からそうやって訊《たず》ねられると思わず、仰天したがすぐに小さく首を横に振った。

「私は……私には式など……、必要ありません」

どちらにせよ姉の身代わりなのだ。万が一王都で大々的に結婚式を開いたら、妹を摑まされたと恥をかくのはジーンだろう。そもそも、これからクラリスが身代わりだと告げたとたん、ジーンに婚約破棄され実家に追い返されることもあり得る。

「そうか？」

彼の口調は少し驚いたかのようだった。

（でも、どういうことだろう？　私が式を望んでいたら開いてくださるおつもりだったのかしら？）


ふとクラリスの目に屋敷の隣にぴったり寄り添って立っている大きな筒のようなものが飛び込んできた。優美《ゆうび》な屋敷に対してそれは無機質すぎて違和感がある。彼女の視線の先を追ったジーンが、ああと声を出した。

「あれは、下水道へつながっている筒だ」

「……下水道とは……？」

「あちら側にどの階にも化粧室がある。要は不浄《ふじょう》なものが全てあの筒を通じて下水道に流れ落ちる仕組みになっている。下水道とは汚れたものを流す道のことだ」

そう、この屋敷には化粧室なる設備が存在していたのだ。

化粧室といってももちろん水洗ではなく自らで桶に入った水を流して洗浄するのだが、それでも珍しいことには間違いなかった。王都にあるほとんどの貴族の邸宅は、おまるで用を足すのが普通だった。ファーレンハイト家では用を足した後は使用人が生ゴミとして川の水が流れている側溝《そっこう》に流しに行っていたが、正直なところ衛生的とはいえない環境だ。

そういえばこの屋敷は、王都では当たり前のすえたような臭いがどこからも一切しない、ということにクラリスは唐突に気づいた。

「病気になる子供たちが多いという民衆たちの声を聞いて考えていたときに、もしかしたらああいう不浄なものが身近にあったり川に流したりするからかもしれないと思いついた。とりあえず下水道を作り、川とは別のところに流し込むようにしてある。そうしたら年々少しずつだが病気になる子供たちの数が減ってきている。なので私の領地では各家庭の近くに下水道を出来る限り建設し、化粧室を作るように尽力《じんりょく》しているところだ」

それまでのどんな話題よりも、自分が治める土地の民衆のために取り組んでいる下水道のことを話すときが彼は一番饒舌《じょうぜつ》で生き生きとしていた。クラリスはそのことに胸を打たれた。彼が誇りを持って辺境の土地の治政《ちせい》に取り組んでいるのが伝わってきたからだ。

「ただどうしても下水道は臭いがするのが難点なのだ。化粧室も、特に夏場はどうしても難しいな。今、それで領地にいる研究者にもっとよりよい仕組みの化粧室と下水道を考案することを奨励《しょうれい》している」

クラリスもそのことについて考えてみた。なるほど、臭いが……。

「サンセベリアとかだったら……」

ぽつんと呟《つぶや》いたクラリスの言葉に、ジーンは顔を上げた。

「何だ？」

「あ……」

思わず声に出してしまった、とクラリスは自分の行動に戸惑《とまど》った。

「何でもございま――」

「何でもないということはないだろう。言いかけたことは最後まで言うべきだと思うが」

金色の瞳が菫色の瞳を捉《とら》える。

そこまで言われてしまうと、クラリスも腹を括《くく》るしかない。

「南の国から伝わったサンセベリアという植物があるのですが、その、消臭効果があるのです。王都では比較的手に入りやすいのでそこまで高価ではありませんでした。もしこちらでも手に入るようでしたら、下水道の周りに植えられるときっと少しは役に立つと思うのです」

「ふむ……」

「あとは、ペパーミントやラベンダーなどで簡単にスプレーを作っておけば抗菌作用があるんです。ハーブはもっと安価で手に入りやすいので化粧室に置いておいて、みなさまが都度都度《つどつど》自由に使えれば化粧室自体が比較的清潔に保てて、臭いも少しは和らぐかもしれません」

「なるほど」

そこまで話して、クラリスは我《われ》に返った。

「さ、差し出がましいことを申し上げました！」

ジーンは、不可解、という顔で彼女を見下ろした。

「何故《なぜ》だ？　実現可能かどうかは試算してみないとわからないが、参考にさせてもらう。お前は植物に詳しいのだな」

クラリスは胸の奥がとても温かくなるのを感じた。

それは彼が男らしい容貌《ようぼう》を持っているからではなく、これだけの大屋敷の主人だということでもなく、ただクラリスをそのまま認めてくれたからだ。

ジーン様はきっと高潔《こうけつ》な方なんだわ。

だからこそ言わなくては、と強い衝動に突き動かされた。

「あ、あの、ジーン様」

「何だ」

「私は『ファーレンハイトの宝石』ではありません……『ファーレンハイトの宝石』とは、姉のことです」

ジーンが足を止めたので、クラリスも従った。彼はじっと彼女の顔を見下ろしていたが、その美しい金の瞳にはクラリスが恐れていたような落胆や憤怒の感情は見られないように思った。代わりに浮かんでいるのは——何だろう？　クラリスにはわからないけれども何かの感情が彼の瞳にさっとも言わなかった。
屋敷に戻り、彼はクラリスの部屋の前までエスコートしてくれて、ここにいろ、とも、実家に戻れ、
ジーンは一言そう呟くと、それ以上そのことについては何も触《ふ》れなかった。二人は沈黙したまま
「そうか」
と現れて、すぐに消えた。

その日の午後、ジーンの執務室を訪れたシドは自分の耳を疑った。ジーンが座っている執務机の前まで行き、呆《あき》れたように乳兄弟を見下ろした。

「は？　下水道と化粧室の話をしてただって？」

「ああ」

「嘘でしょ？　婚約者と初めて会った翌朝にする話題なの、それ」

「何故だ、大事な話だろうが。それにクラリスからも有益な情報をもらったぞ。彼女はなかなか良い着眼点を持っている」

シドは付き合いが長いからわかっている、ジーンが本気で褒めていることを。

「普通の令嬢だったら下水道の話をされた時点で気を失うレベルだよ？」

「どうして気を失うんだ」

シドは付き合いが長いからわかっている、ジーンが本気で言っていることを！

「あのね、そういう下賤《げせん》な話を普通の令嬢は大っぴらにしないの。しかも男性から女性に向かって

するなんてあり得《え》ないよ。クラリスが良い子だから付き合ってくれたんだよ！」

「下《くだ》らないな。自分たちだって毎日厠《かわや》に行くだろうに。王都にいる貴族なんてそんな奴《やつ》らばかりか」

「クラリスだって王都育ちだろ」

「……」

「婚約期間ってのは愛を深め合うような時期なんだから、お互いのことを話してわかり合ってさ、好きだよとか囁《ささや》かないと！　クラリスはあれだけ綺麗なんだから外見についてももちろん褒めてあげないとね？」

シドの熱弁を半分聞き流しながら、ジーンがため息をついている。

「ジーンは騎士たちを率《ひき》いている時は本当カッコイイし、政治とか領地の話になると饒舌なのに、女性に対してはもう……ただのポンコツだったんだな」

「……」

「そもそもクラリスは我慢しまくって生きてたみたいだから、ジーンがちゃんと優しくリードしてあげないと、ここでも遠慮しまくると思うよ」

ジーンはテーブルの上に置いてあるファーレンハイト子爵からの手紙をちらりと見た。それから乳兄弟を見上げると口調を改めた。

「とりあえず、俺の得意な『政治の話』をしようか、シド。マリウスを呼んできてくれ」

◇◇◇

「大丈夫ですか？　朝はやっと馬車に轢かれた顔色の悪さじゃなくなったと思ったのに、今は馬に蹴《け》られたくらいになってますよ？　馬に蹴られると当たりどころ悪いと死にますからね？　わかっていますか、要するに死にそうってことですよ」

「……うん」

いつも通りのメアリーの軽口が心に沁《し》みる。

「ベッドに横たわります？　それかお嬢様の気つけ薬を出しましょうか？」

「大丈夫よ、メアリー。申しわけないけれど、冷たいお水だけ汲《く》んできてくれる？」

メアリーはすぐに部屋を出て行った。クラリスは二人がけのソファに深く腰を下ろして天井をぼんやり眺めていた。

ジーンは、クラリスが『ファーレンハイトの宝石』ではないと知って、落胆したのだろうか？

彼の反応からすると落胆はなかったように感じたので、もしかしたらもともと知っていたのかもしれない、とも思う。あれから彼は何も喋《しゃべ》らなくなったし、クラリスも彼の反応を引き出すのが怖くて黙っていた。けれどジーンはちゃんと部屋の前までエスコートをしてくれたし、実家に戻れ、とは言われなかった。

（ここにいていい、とも言われなかったけど）

思案中、といったところだろうか。

そもそもジーンは王都にどれくらいいたことがあるのだろう。本当に『ファーレンハイトの宝石』がマチルダであることを知らなかったのだろうか。もし最初から『ファーレンハイトの宝石』が姉であることを知っていたら、父からクラリスを婚約者として送る、と手紙があった時点で断らなかったのは何故だろう？　会ったばかりでクラリスは彼のことをほとんど何も知らない。

クラリスは、顔を見ている限りではいつも厳しい表情だが、言動はクラリスを気遣ってくれるあの魅力的な男性について自分が知りたい、と思っていることに驚いた。

（ジーン様のことをもっと知りたい……）

彼が許してくれるなら、と胸の中でそっと付け加える。ジーンは、一緒に住んでいた家族が知らない、クラリスが植物が好きなことにたった数時間でたどり着いた。それだけでもクラリスには特別なことのように思えるのだった。

◇◇◇

クラリスの顔色も大分元に戻ってきたので一安心し、メアリーはグラスを戻しに厨房《ちゅうぼう》に向かっていた。

「あ、クラリスのメイドちゃん」

（最悪だ。嫌なヤツに会った……毎日うろうろしてるの？　この人）

勝手にマリウス劣化版、と名付けた貴族令息が廊下の向こうからひらひら手を振りながら歩いてきた。今日もぱりっとしたシャツとトラウザーズを穿《は》き、いかにも伊達男《だておとこ》といった装《よそお》いだ。それがまた彼のどことなく可愛らしい容姿によく似合っている。メアリーは挨拶のために腰を曲げていたが、彼がちっとも立ち去らないので、仕方なく姿勢を元に戻した。

「クラリスさ、今日の辺境伯との会話、何か言ってた？」

自分の主人のことだったので、瞬時に頭が冴《さ》え渡った。

「お嬢様は特に何も……」

「そうか。でも元気がない、とかそういう感じでもなかった？」

メアリーは躊躇《ためら》った。目の前の貴族令息がマリウスだったら信頼できるけれど、この人のことを露《つゆ》ほども知らないのに主人の情報を自分から漏《も》らすことは出来ない。

「ああ、俺には言えないってこと？　そりゃそうだよね、俺のこと知らないもんね」

彼はうんうんと頷くと、ちょっと来て、とスタスタと前を歩き出したので、仕方なく後をついて行くことにした。二階の廊下をどんどん歩き、かなり奥まった場所まで来て立ち止まると、彼が振り向いた。

「君さ、度胸《どきょう》あるんだね。怖くない？　こんな人気《ひとけ》のないところにつれてこられて」

メアリーはじっと目の前の青年を見つめた。

「怖くはありません」

「どうして？　怒らないから素直に言ってみてよ」

（ああ、めんどくさいなぁ。もう素を見せて思いっきりこの人に嫌われよう）

「貴方《あなた》は悪ぶってるように見受けられますけど、そんなに悪い人ではないんだと思います」

彼はびっくりしたようにメアリーをまじまじと見つめた。

「本当に悪い人は、怖くない？　とか聞かないでしょうし、それに」

「それに？」

今までとは打って変わって、彼は本当に興味が湧《わ》いたかのような視線をメアリーに向けた。

「私は大抵の男性には負けません」

そうなのだ。実は今回クラリスの召使いとして選ばれた理由の一つに、腕っぷしの良さも入っていた。メアリーはファーレンハイト子爵家の使用人仲間に護身術《ごしんじゅつ》を習っていたことがあり、なよなよした貴族子息であれば互角《ごかく》かそれ以上に強い自信がある。もちろん使用人階級によくいるようなマッチョな男性には敵《かな》わないが、それでも相手がか弱い女性だと思って油断していれば一瞬の隙《すき》をつくくらいのことは可能だ。

「――本当に？」

へえ、と不躾《ぶしつけ》に見つめられて、居心地が悪くなってくる。

「いい加減にどこに向かっているのか教えてもらえませんか。すぐにお嬢様のところへ戻らないといけないので」

すると、彼が目の前の重厚な扉を開けて振り向いた。

「決まってるでしょ？　――ジーンのところだよ」

部屋に入るなり、「マリウスを連れてきたのではなかったのか」と辺境伯が言うのに、悪びれもせずマリウス劣化版（仮名・敬称略）が「クラリスのメイドちゃんにも聞いた方がいいと思って」というと辺境伯は一瞬黙りこんだ。

それからあのぴくりとも動かない表情筋が張りついた強面《こわもて》の顔をメアリーに向けて、質問を浴びせかけた。辺境伯は整った顔を持っている類の人間なのだろうが、とにかく無表情なので顔立ちよりもそちらが気になってしまう。だがマリウス劣化版には言えないことも、クラリスの未来の夫になるだろう辺境伯にはもちろん答えた。

メアリーにクラリスに関するプライベートな質問をしている間、辺境伯がマリウス劣化版を同席させているので、彼女は二人の間柄を察し、次回からはマリウス劣化版にある程度クラリスについて話してもいいのだとは理解した。実際にマリウス劣化版に話すかどうかは別問題だが。

「今日お嬢様はなんだか気落ちして散歩から帰ってこられて」

「ジーン！　俺が言った通りじゃないか！」

「――黙れ、シド」

ほぼ表情が変わらない辺境伯が眉に皺を寄せていく度に、ぐぐぐと室内の空気が下がっていくのを肌で感じる。部屋を出る時にはメアリーは氷漬けになっているかもしれない。

（い、いま、氷点下《ひょうてんか》十五度くらい……）

「クラリスはそういう時はどうなる？　例えば家族と喧嘩《けんか》した時なんかは？　素直に答えてくれ」

辺境伯に尋ねられ、凍死しないために、正直に答える。

「どうやってというと……お嬢様はずっと……ご、ご家族とそんなに一緒にお過ごしにはなられていなかったので。ただお嬢様はいつも私たち使用人には笑顔で接してくださいますので、私には……わかり兼ねます」

正直に答えすぎて舌が縺《もつ》れた。言外《げんがい》に、クラリスの家族は彼女をないがしろにしていた、という意味を込めたつもりである。使用人の立場で、雇い主であったファーレンハイト子爵家をこれ以上は悪く言えないので、これが答えられる精一杯《せいいっぱい》だった。

「要するに、ファーレンハイト家はそんな風にクラリスを『疎外《そがい》』していたのか？」

（い、いま、氷点下二十度くらい……）

辺境伯の言葉は、言わんとしていたことを的確に読み取ったことを示していた。が、その質問に使用人であるメアリーが答えるわけにはいかなかった。辺境伯も特には返事を求めていなかったらしく、腕組みをして何かを考え始める。先ほどまで余計なことばかりペラペラ話していたマリウス劣化版ことシドも黙ってしまった。

メアリーはファーレンハイト子爵家で一緒に長年働いてきた使用人たちに、その性格から猛者《もさ》だと言われ続けてきた。その猛者としてのプライドに懸《か》けてどうしても辺境伯に尋ねたいことがあった。

「あの、差し出がましいのですが一つだけ質問をさせて頂いても？」

「何だ」

「辺境伯様は、『ファーレンハイトの宝石』を奥様へと希《のぞ》んでいらっしゃったのですか？」

その質問に辺境伯は一瞬、虚《きょ》をつかれたような表情になった。

マチルダがクラリスを『自分の身代わりで辺境伯に嫁《とつ》ぐのだ』と罵倒《ばとう》していた時にメアリーはクラリスの部屋の中で控えていたのである。生まれてからずっとこの方マチルダの影に隠れて辛い思いをしてきたクラリスが嫁入りまで身代わりだなんて、あんまりじゃないかとメアリーは胸の中でずっと憤《いきどお》っていたのであった。

「どういう意味だ？」

辺境伯はメアリーの質問を軽視しなかったので、彼女の中でクラリスの未来の夫（予定）はぐんと評価が上がった。なので、メアリーは、自分があの日クラリスの部屋で見聞きしたことをなるべく客観的に説明したところ、辺境伯の眉にますます皺が深く刻まれていき、いつのまにか室内は（推定）氷点下三十度に達《たっ》しようとしていた。

「お前の名前は何と言った」

突然辺境伯に尋ねられて、メアリーだと答えると、彼は頷いた。

「メアリー、お前は主人に忠実な良いメイドだ。ずっとクラリスに仕えるといい。ありがたいことに、お前の質問で俺の疑問がおおかた解けた」

それから辺境伯が、もう行っていい、と言うのでメアリーは寒さに震えながら部屋を出た。辺境伯から質問の答えは貰《もら》えなかったことに気づいたのは廊下を歩き出してしばらくしてからだったが、さすがの猛者もう一度辺境伯に同じ質問をするという愚行《ぐこう》はおかさない。

翌朝、支度《したく》を終えたクラリスが執事に連れられて朝食に降りていくと、プライベートダイニングルームには先に辺境伯が座っていた。

「おはようございます、ジーン様」

「ああ」

「お待たせしてしまって申し訳ありません」

「そんなことはない、気にするな」

顔だけ見ていると、今日もまた厳しい表情のままなのだが彼の言葉は優しい。クラリスはだんだんそのギャップが心地よくなってきた。

彼が立ち上がったのでクラリスが寄っていくと、また右手の甲に挨拶のキスを落とした後、至近距離からじっと見下ろされ、顔が赤くなってしまう。

相変わらず朝食中は二人は何も話さず、食後のコーヒーを飲み終わると、庭園に誘われた。

「お前は植物に詳しいのだろうから、庭園で俺に色々教えてくれ」

「――いいのですか？」

クラリスが唖然《あぜん》として彼に尋ねると、ジーンは微《かす》かに顔を歪《ゆが》めて、嫌だったら別にいいが、などと言う。

「嫌なわけはありません。庭園にまた行けるのは嬉《うれ》しいです」

「クラリス、お前は行きたければいつでも庭園に行っていいのだぞ」

クラリスはまたしてもぽかんとした。今日のジーン様はどうしてしまったのだろう？

そしてすぐに、私はこれからもこの屋敷にいていいのだわ、と温かい気持ちが胸の中いっぱいに広がっていく。

「ファーレンハイト家では自由に庭園に行けなかったのか？」

「いえ、そんなことはなかったですが……」

むしろ、ほったらかしにされていたので庭園に入り浸《びた》っていたといえる。お茶会や夜会はマチルダばかりが招待され、クラリスは家にいることが多かった。その関係で貴族令嬢にあるまじきことに庭園にいる時間が長かったこともあり、不幸中の幸いで、基本的には丈夫な身体になったとは思っている。

「では、ここでもそうするがいい。俺が一緒に行ける時は必要ないが、そうではない時は必ずメイドをつけていくんだぞ」

まるで子供を相手にするかのように辺境伯が言うので、クラリスはじわじわと微笑みが浮かんでくるのを感じた。

「承知しました、ジーン様」

向かいに座っているジーンが、呆然《ぼうぜん》としたような表情でクラリスを見つめている。

「そんな風に笑うんだな」

彼がぼそりと呟いた言葉は、クラリスの耳までは届かなかった。

◇◇◇

庭園での時間はとても楽しかった。

ジーンは午後から、国境近くの騎士たちの詰《つ》め所に顔を出さねばならなかったため、時間に限りがあったのだが、やはり王都の植物とは少し体系が異なる植物を見るだけでも楽しかった。それにジーンが横からあれこれ聞いてくるのでひとつひとつ答えるのも楽しかった。自分が本当に好きな植物の話題はクラリスを気安く、またいつもより口を滑らかにした。

彼はとても熱心な生徒で、植物の名前自体にはそんなに興味がなさそうだったが、効能については詳しく知りたがった。野戦の時にその場にある植物で対応できる知識が、指揮官である自分にあれば部下もどれだけ助かるだろうかと思っていた、と彼は言った。今までの言動から考えるとそれはとても彼らしいとクラリスは思う。彼のような上司を持った部下は幸せだろうなとも考える。

二人で過ごす二回目の庭園での時間は、ほとんどが植物の話で終わってしまったが、会話の合間にクラリスはジーンの年齢を聞くことに成功した。

「二十八だ」

表情が老成しているし、いつも厳しい表情をしているので、もっと年上と言われても驚かなかったが、確かに身のこなしなどは年相応《としそうおう》かと思われた。聞きたいことはまだ他にもあるが、年齢を聞くことが出来ただけで少し彼に近づけた気がした。

それからしばらくの間、毎日は穏やかに流れていった。

朝食は必ずジーンと一緒に食べ、午前中は一緒に過ごすことが増えた。

天気が良ければ庭園を散歩し、時には共に図書室で思い思いに時間を過ごすこともあれば、ジーンの案内で辺境の街を歩くこともあった。屋敷を訪ねてきたシドやマリウスたちを交えてお茶をする日もある。昼食は一緒にとったり、とらなかったり。午後はジーンは政務のため外出することが多く、屋敷にいたとしても執務室に籠《こも》ることがほとんどのため、クラリスは部屋で本を読んだり、植物の図鑑を開いたり、大人しく刺繍《ししゅう》をしたり心穏やかに過ごしている。二人のルーティーンはこうやってゆっくりと形になっていく。

ジーンは相変わらず基本的には無表情で言葉こそ多くないが、行動はいつもクラリスを気遣ってくれるので、彼の隣の居心地はとても良かった。次第にクラリスはジーンの隣で過ごすことに慣れていった。ジーンは態度で示してくれるので、耳ざわりの良い言葉を重ねられるより信じられる気がした。

この屋敷には、隙《すき》をみてはクラリスを貶《おとし》め嫌味を言いにくるマチルダがいないし、自分を愛してくれない両親の言動に心を痛めることもない。秋が深まるにつれて、長年家族に痛めつけられていたクラリスの心はゆっくりと癒《いや》されていった。


「クラリス様ってのは、本当にすごいお方だねえ」

メアリーがメイド長であるデニースにそう話しかけられたのは晩秋の頃だった。辺境の土地の冬は王都の何倍も厳しいと聞いている。そろそろ主人であるクラリスの冬支度をしなければと思い、デニースに聞きにきた時であった。

「いや本当にすごいよ、あっという間に使用人の名前をすぐ覚えてしまわれたから驚いちまったよ。それにきちんと私どもの目を見て話してくださるし、ちょっとしたことでも毎回お礼もきちんと言ってくださってねぇ。何より自分のことを自分でしようとなさるのが素晴らしい」

ファーレンハイト家の使用人たちから別れをあれだけ惜しまれたクラリスは、瞬く間にグーテンベルグ邸の使用人たちの心もがっちりと摑んでいた。メイドたちを束《たば》ねるデニースがこれだけ絶賛しているということは他の使用人もほぼ同じ意見ということなのだろう。メアリーは敬愛する主人がそうやって使用人たちにも認められていることに鼻が高かった。

「旦那様が『ああいう人』だし、我儘《わがまま》なご令嬢が輿入《こしい》れしてきたらどうなることかと皆で心配してたんだがねぇ、杞憂《きゆう》でよかったよ。あんなに楽しそうな旦那様を見たことがないよ」

(あれで『楽しそう』だとしたら以前は一体……まぁ……辺境伯がなかなかのお方ってのは同意します)

辺境伯は人に求める理想が高く、それ以上に自身にはもっと厳しい人だとメアリーは思っている。為政者《いせいしゃ》としてはこれ以上ない素質で素晴らしいことだと思うが、彼が人として接しやすいかというと話は別である。デニースの言うような、性格が合わない我儘な令嬢が輿入れしたとしたら――、すぐに離婚、よくて別居だったのではないかと思う。

クラリス付きのメイドであるメアリーの名前を尋ねた時点で気づいてはいたが、辺境伯はクラリスのことを気に入っているのだろう。そうでなければ彼の性格ならば醜聞《しゅうぶん》や体面《たいめん》なぞ気にせず、さっさと実家に追い返しているはずだ。クラリスがそのことに気づいているかどうかはわからないが。そもそもクラリスは家族に虐《しいた》げられて育ったせいで、自己肯定感が高いとは言えない。辺境伯が横暴《おうぼう》でないことはわかっているが、彼の無口さのせいで、クラリスに真意を誤解されているということは考えられる。

（非ッ常ォにわかりにくいけど、お嬢様のことは大事にしているし、可愛がっている……んだよね？）

王に結婚を認められたという事実が前提にある、婚約者の二人だが閨《ねや》はまだ共にしておらず、部屋ももちろん別々だ。だがそれもこれも辺境伯がクラリスを蔑《ないがし》ろにしているからではなく、逆に彼女がこの屋敷に馴染《なじ》むのを最優先にしたからではないかとメアリーは感じている。彼は多少わかりにくいかもしれないが、クラリスのことをちゃんと気遣っているし大切にしている。メアリーの中で、クラリスの未来の夫（候補）は今や非常にポイントが高い。

『お前の質問で俺の疑問がおおかた解けた』

（後はあの言葉の意味がわかれば……）

メアリーはデニースに冬支度の指示を仰《あお》ぎながら、とりあえずその疑問は頭の隅《すみ》に押しやったのだった。

◇◇◇

「お姉様が……？」

「ああ、ファーレンハイト子爵から手紙が来て、お前の姉の婚約が調《ととの》う運びになりそうだから、俺とお前で顔を出すように、とのことだった」

朝食の席でジーンがこう言い出したので、クラリスは呆然とした。私の婚約が決まった後たった数ヶ月で姉も婚約をする？　そして私たちを自分の元へ呼びつける？　姉の性格を知り尽《つ》くしているので、何故だろう、あまり良い予感はしない。

「……そうですか……」

彼女は膝の上に置いてある両手をぎゅっと握りしめた。あまりにもこの屋敷が心地良いので、今更実家に戻ることを思うと胸がひきつるような鋭い痛みを感じた。

「行くならば、本格的に冬になる前に行った方がいいと思う。冬になると辺境の地は雪が降り積もって身動き出来なくなる日が多いからな」

「……っはい」

珍しく言葉を詰まらせるクラリスに、ジーンは、彼女が今では優しさすら感じる穏やかな口調で尋ねた。

「嫌か？　お前が行きたくないのなら、俺の仕事の都合にして断ることも出来る」

クラリスは途端に彼に対して申しわけなく思ってしまう。

「いえ、そんな！　ジーン様に嘘をつかせるわけには……。私は大丈夫です」

ジーンは立ち上がると、俯《うつむ》いたクラリスの後ろに回った。膝の上できつく握りしめられているクラリスの両手にちらりと視線を落とし、そっと彼女の肩に彼の大きな暖かい手を置いた。

「王都では俺の叔母の家に泊まろう。ファーレンハイト家には最低限顔を出すだけでいいはずだ」

（……きっと私の家族について、何かあるということを気づいていらっしゃるのだわ）

クラリスは今では最初に出会った頃より、感情を映《うつ》し出してくれるようになった金色の瞳を見上げた。ジーンの美しい瞳にはただ彼女を励ますような色が浮かんでいる。

（ジーン様は高潔な方でいらっしゃるから、私みたいな身代わり花嫁に対してでも親切にしてくださるのかもしれない……）


身代わりの花嫁。

マチルダにその言葉を嘲《あざけ》るように何回も繰り返されたのを思い出し、またファーレンハイト子爵家に赴《おもむ》いて美しい姉にジーンを会わせることになる未来を思った。マチルダはジーンのような見目の良い男性が大好きだから、取り入ろうとすることは簡単に想像がつく。そして『ファーレンハイトの宝石』がそうやって自分に思いを向けていることをジーンがもし知ったら……。そして姉だけを溺愛している父親は、クラリスとジーンの婚約を破棄すると言い出したりはしないだろうか？

普通の常識的な貴族であればそんな浅慮なことを言い出すとは考えられないが、姉可愛さで父が言い出すこともありうるのではないか。

そんなことになればジーンは呆れてしまい、縁談自体なかったことにしてしまうかもしれない。

そしてそんなジーンを誰が責められるだろうか。

（そうなったら、私は……ジーン様と離れなければならないの？）

ズキリと胸が軋《きし》むように痛んだ。クラリスは自分がジーンに女性として惹《ひ》かれていることに、はっきりと気が付いた。

（ジーン様は……優しくて公平な方で……『私』をちゃんと見てくださる……）

そのジーンが口を開いた。

「俺に任せておけ。悪いようにはしないから」

彼が静かにそう言って、クラリスはゆっくりと頷いた。

三章 ✦ 久しぶりの王都にて

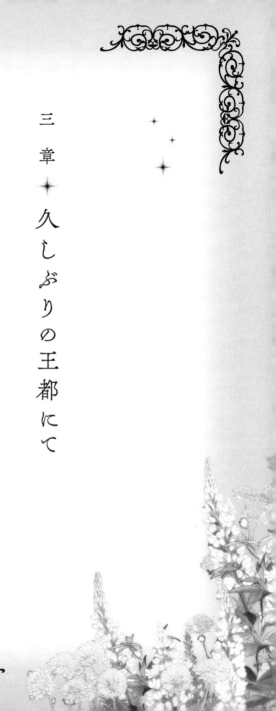

その翌週、ジーンとクラリスは王都に向けて出発した。

(最ッ悪です……最ッッ悪……)

今回の旅では馬車は二台出され、一台目にジーンとクラリスが二人で乗るというので、後続の馬車にはメアリーと、ジーン付きの使用人でも数人で乗るのだろうと思っていたら、使用人はおらず、まさかの。

「いやぁ、王都は久しぶりだから楽しみだなぁ」

マリウス劣化版、もとい、シドであった。

(マリウス様はずっと馭者《ぎょしゃ》の隣に乗っていらしたのに……あの方は紳士だった。まぁ辺境伯様の婚約者になられるお嬢様が中に乗られてたってのがあったけど)

しかも驚いたことに、今回の旅で辺境伯には決まった使用人はついて来なかった。何しろ辺境伯はもともと騎士としての教育を受けており、自分の身の回りのことは全部自分でやってしまう人間だったのだ。そういう意味ではクラリスと気が合いそうだが、しかし今はそんなことよりも!!

(ああ嫌だ。これから二日ちょい……この人が目の前にいるなんて)

「よろしくね、クラリスのメイドちゃん」

「私、馭者の隣に乗りますね」

「えぇ～、長旅の間、めちゃくちゃ暇《ひま》だから話付き合ってよ～」
（うぉぉ、お嬢様の隣に行きたい！）

一方、ジーンとクラリスの乗った馬車の中は、二人でいるといつもそうであるようにゆったりした時間が流れていた。ジーンは王都で過ごす時間を何とか捻出《ねんしゅつ》するために、自分がいない間に政務を任せるマリウスに引き継《つ》ぎをしたり、急ぎと思われる仕事をまとめて片付けていた。そのためここ数日はクラリスとゆっくりする時間があまり取れなかったので、こうやって彼女と向かいに座り、時間を共有できることを嬉《うれ》しく思っていた。こんなことがなければ一日中彼女と一緒にいられることはなかなかないだろう。

ジーンは自分が大柄ゆえ、馬車を作るときにも通常の規格よりサイズを大きめにした。それでもなるべく邪魔にならないよう足を引っ込めて座っていたのだが、やがて向かい側に座っているクラリスが感じよく微笑《ほほえ》んで言った。

「ジーン様、足を楽にして頂いて構いません」

「……悪いな」

クラリスはこういうちょっとした気遣いをさりげなくしてくれる。せっかくのクラリスの言葉に甘えて、彼女が座っていない方へ足を伸ばした。しばらくは二人とも黙っていたのだが、やがてクラリスが躊躇《ためら》ったのち、珍しくジーンに質問をした。

「ジーン様は王都に住んでらしたことはありますか？」

（クラリスから話しかけられたではないか……！）

クラリスはとても控《ひか》えめで、ジーンにほとんどと言っていいほど質問をしない。こちらが質問をすれば打てば響くような回答をするのに、だ。おまけにジーンは自分から話題を振って話すのが苦手ときているので、彼女に今までほぼ自分の話をしたことがなかった。ジーンに関することをクラリスから尋ねてくれて、ジーンはとても嬉しく思った。

「いや、俺は王都に住んだことはない。ずっと辺境の街で育ったのだ。父がここの土地の出身だったからな。だから王都には叔母《おば》の家を訪ねるとか、用事があるときにしか行ったことがない」

「そうでしたか」

「俺を辺境伯として取り立ててくれたのは今の王だが、父自体は地方貴族……『だった』。俺はずっと騎士として身を立てるのも悪くないと思っていた」

「……」

「まだクラリスには言っていなかったな、両親は八年前、馬車の事故で死んでいる。兄弟はいない」

彼女の菫《すみれ》色の瞳が痛ましげに細められたのを見て、心が和《なご》んだ。ジーンは中途半端に慰《なぐさ》めを言われるのが嫌いで、クラリスがおためごかしの憐憫《れんびん》の情を見せるような女性ではないことをありがたいと感じたのだ。

自分の両親の話は、屋敷の使用人でも知っている話だし、取り立てて秘密というわけでもないので、逆に話す必要性を感じていなかった。だがもしかしてクラリスは聞きたかったのをずっと我慢していたのだろうか。彼女にはいくらでも話すというのに。

「その直後に王からこの地をまとめる貴族として、辺境伯に任命されたから、忙しすぎて悲しんでいる暇もなかった」

ジーンは混沌《こんとん》とした日々を思い返した。両親を失って悲しくなかったわけではない。しかし一介《いっかい》の貴族の出身である二十歳そこそこのジーンが王に見込まれ取り立てられ、一代限りとはいえ辺境伯という爵位を得たことを両親は誇りにしてくれるだろう、という思いが彼を奮い立たせた。王がジーンを辺境伯として任命したのはいくつかの偶然が重なっていたと後から聞いた。どちらにせよ当時は今よりも隣国との情勢が良くなかったので、誰も名乗りをあげるようなこともなかったが。

辺境伯となってからも、乳兄弟《ちきょうだい》であるシドや、その従兄弟のマリウスも変わらずずっと側にいてくれたし、いわば同僚だったジーンが上司となった後も騎士たちは自分に従ってくれた。

「ジーン様はよほど優秀でいらっしゃったんですね……。戦果をあげられたという闘いはいつだったのですか？」

「ああ、それは去年だ。昔から隣国との小競《こぜ》り合《あ》いが国境沿いで頻発《ひんぱつ》していて、いつかは大きな闘いになるかもしれないことは辺境の地にいる者はわかっていた」

だからジーンは辺境伯として任命されるとすぐに準備を始めた。砦《とりで》を強固にし、あらゆる奇襲《きしゅう》に対しての騎士たちの配置を考え、いかなる場合にも犠牲《ぎせい》をとにかく最小限にする策を練った。場合によっては自身も前線に立ち、騎士や兵士たちの士気を高めることもしなくてはならないし、指揮官として同時に領民たちの安全も考えなければならなかった。隣国にスパイを放ち、また自国の首脳陣にスパイが紛《まぎ》れ込んでいないかも目を光らせ、いくつかの野戦の後、去年やっと和平条約を結ぶという勝利を勝ち取ったのである。和平条約を結ぶまでに七年かかった。王から評価されたのは、辺境伯になってからの自分への働き全てについてだとジーンは考えている。

（しまった、また赤裸々《せきらら》に語りすぎたな）

シドが同じ馬車に乗っていたら、「貴族令嬢にする話ではない」と呆《あき》れるに違いない内容だったが、ジーンがクラリスを見ると、彼女の綺麗《きれい》な菫色の瞳には称賛《しょうさん》の輝きが素直に浮かんでいて、彼の話した内容に嫌悪を示しているようには見えなかった。普段から彼女の性根《しょうね》の優しさと聡明《そうめい》さを感じる瞬間が多々ある。クラリスがこうやってジーンの気持ちに寄り添ってくれるから、彼も彼女を大切に扱いたくなる。

ジーンはクラリスの美しい顔を眺《なが》めた。

『最初に会った時』から美しいと思った。顔立ちが整っているのはもちろんだが、彼女の知性や優しさ、素直さというものが彼女の魅力を何倍も引き立てるのである。ファーレンハイト家が彼女をぞんざいに扱っていたとは俄《にわ》かには信じられない話だ。今ではグーテンベルグ家の使用人はクラリスを崇《あが》めていることをジーンは知っているし、シドやマリウスにも大切に思われているというのに。

（価値のわからない奴《やつ》はどこの世界にもいるものだ）

◇◇◇

まだ閨《ねや》を共にしていないジーンとクラリスなので、宿の部屋ももちろん別々である。移動初日の宿は運悪く貴族階級用の部屋は二部屋しか空《あ》いていなかったので、クラリスは一人部屋だったが、ジーンとシドは同じ部屋に泊まることになった。その時のシドの顔は見ものだった。

「こ、この大男と同じ部屋だと？」

シドは男性としては小柄な方だが、ジーンはとにかく大きいし筋骨隆々《きんこつりゅうりゅう》である。確かに男二人で泊まると暑苦しいかもしれない。メアリーは初日を終えてぐったりして馬車から降りてきて、シドの狼狽《ろうばい》ぶりをみて溜飲《りゅういん》をさげていた。

「あの、マリ……シド様という方は一万歩譲っても腹が立ちますが、頭は切れる方だと思います。辺境伯様が重用《ちょうよう》されるのも納得です」

晩ご飯を終え、寝支度を整えている時にメアリーに馬車で何を話していたのか聞いてみると、彼女は嫌々そう言った。

「辺境伯様には心酔《しんすい》しているようですし、お嬢様のことも気に入っておられると思います。馴《な》れ馴《な》れしすぎて私は嫌いですがねッ」

「メアリー……」

メアリーは、口は悪いが実は人への好き嫌いがあまりない人間なのに、こうまで嫌悪感を露《あら》わにするのも珍しい。よほど馬が合わないのか、逆に非常に馬が合うのか。でも何をどう言ったとしてもメアリーにものすごい形相《ぎょうそう》で叱《しか》られる自分の姿が思い浮かんだので、クラリスは賢明《けんめい》にもそれ以上この話題には触れなかったのだった。

◇◇◇

翌朝も手早く宿で朝食を食べると、すぐに馬車での移動となった。メアリーはやはり我慢ならなかったようで、私は使用人なので、と馭者の隣に座ろうとしたが、シドが女性を外に座らせることは出来ないから俺が替わろう、と静かに言った。そうなると今度は使用人であるメアリーが中で貴族であるシドが外にいる、という状況になってしまう。仕方なく嫌々ながら彼女が譲歩《じょうほ》するしかなくなった。顔には見せないが、内心は鬼のような形相になっているであろうメアリーが渋々《しぶしぶ》シドの手を取る。クラリスは肩を怒らせながら馬車に乗り込むメアリーの後姿を見送った。

「シド様はメアリーのことを気にかけていらっしゃるのでしょうか」

昨日一日馬車で一緒に過ごしたおかげで、ジーンにより親しみを感じてきたクラリスは彼にそう尋ねた。ジーンの態度も気安くなり、口調が多少くだけたような気がする。クラリスにとっては出来れば行きたくなかった実家への帰省《きせい》だが、そのお陰で少し彼との心の距離が近くなったような気がして気持ちが明るくなった。王都で待っているかもしれない未来を思うと落ち込みそうになるが、そうなったとしても彼に嫌われるよりは少しでも好かれている方がクラリスは嬉しい。

「そうだろうな。シドは女慣れはしているが、本当は女嫌いだからな」

「……どういう意味でしょう？」

「まぁ、いわゆる貴族令嬢らしい女は嫌いなんだ。メアリーくらい強くてしっかりしている方が好きだということだ」

「そうでしたか」

メアリーは確かに強くてしっかりしている。その言葉にクラリスも異論はなく、メアリーの強さに彼女はいつも助けられてきた。

ふとジーンが何かを思ったのかクラリスに尋ねてくる。

「メアリーは昔からお前の側仕《そばづか》えなのか？」

メアリーがクラリス付きのメイドになったのには少し複雑な事情があった。クラリスは自分のことではないので、どうしようかと答えあぐねた。クラリスの躊躇《ためら》いに気づいたのであろう、ジーンはそれ以上その話題を深追いすることなく、さりげなく話題を変えてくれた。

（ジーン様は本当に……お優しいわ）

クラリスは心の中で感謝した。クラリスは生まれてこの方家族に虐《しいた》げられていて、言葉だけではなく、顔の表情や行動で彼らが何を考えているのかを察しないとうまく立ち回れない日々を過ごしてきた。ジーンは、明確な言葉こそないが、行動はいつもクラリスを思って、気遣ってくれているし、自分にちゃんと関心を持ってくれているのを感じている。

何より、子供の頃《ころ》からの盟友《めいゆう》であるシドやマリウスへの態度と、自分への態度に同じくらいの温度が流れているように感じるのだ——言葉ではうまく言えないけれど。男性として彼女に興味があるかまではわからないが、人間としては尊重してくれているように思える。

たとえジーンの婚約者という立場が、自分の家族によって簡単にクラリスの手から奪《うば》い取られるのだとしても、今この時は彼を自分だけのものにしたい。自分の中に誰かに執着《しゅうちゃく》するような強い気持ちがあることをクラリスはジーンに出会うまで知らなかった。


マリウスから聞いていた通り、旅の間のクラリスの態度にジーンも感心するしかなかった。彼女は弱音を吐かないし、常に感じが良く、ジーンにはもちろん、馭者にまで気を遣う。普通人間はひどく疲労している時は、思わず本性が出てしまうものである。ということはこれこそがクラリスの本性ということになる。それは非常に好ましく、マリウスがいっぺんで心酔したのも頷《うなず》ける話だ。

ジーンはもともと騎士として鍛錬《たんれん》を積んでいたくらいだし、体格に恵まれているのもあって、これくらいの旅ではそこまで疲れを感じないが、クラリスはジーンの屋敷に来るまでは王都を出たことすらなかったと聞いている。そんな彼女がこれだけの長距離移動をして、肉体的には疲れているだろうにそれをおくびにも出さずに精神的に落ち着いていられるなんて……。そして決して豪華ではない宿にも食べ物にも彼女は常に満足しているように見受けられた。自分より十歳近く年下の、この細くて小柄な少女の強靭《きょうじん》な精神力にジーンは尊敬の念すら抱《いだ》きはじめていた。

◇◇◇

久しぶりの王都は、やはり都会だった。

何もかもが広々と感じられるのんびりした辺境の地に比べると、建物の数といい、人の多さといい、王都はとてつもない密集度でクラリスは思わず息苦しく感じてしまうほどだ。そもそも、見上げる空までもが違うように感じられたのは自分でも驚いた。どこまでも青々とした空が広がる辺境の地に比べると、高い建物に遮《さえぎ》られて空までもが狭《せま》く見えるのがいかにも王都といった雰囲気だ。人通りも多く、行きかう馬車の数も桁《けた》違いでせわしなく、騒音と荒々しい人々の様子に、クラリスはふうっと息を吐いた。

シドは自分の親戚《しんせき》の家に泊まるとのことで途中で別れ、クラリスとジーン、それからメアリーはジーンの叔母の家に滞在することになっている。ジーンの父の妹だというロッテ・エインズワース侯爵夫人は、ジーンによく似たやや大柄な、はっきりとした顔の美人であった。

「まあジーン、こんな美しい娘さんと婚約されたなんて！　これほど嬉しいことはありませんよ」

エインズワース侯爵夫人はとても感じよく、心から歓迎してくれた。

「はじめまして、エインズワース侯爵夫人、クラリス・ファーレンハイトと申します」

「もうすぐグーテンベルグになる」

横からジーンがそう口を挟んだので、クラリスは少しびっくりした。これではジーンが早く結婚するのを望んでいるかのようではないか。エインズワース侯爵夫人は至極《しごく》愉快そうに甥《おい》の顔を見た。

「まぁまぁ、そんな小さなことに目くじらを立てるなんて、ジーン」

「いいや、俺は事実を述《の》べただけだ」

わかりにくいが、どうやらジーンが叔母に甘えているように見える。エインズワース侯爵夫人とジーン様の関係は良好なのだわ、とクラリスは思った。エインズワース侯爵夫人はクラリスに向かって、この子は本当に困った子ねぇ、とでも言わんばかりに微笑んだ。

「クラリス、とお呼びしても？」

「もちろんです、エインズワース侯爵夫人」

「ふふ、私たちしかいない席ではロッテ、でよろしいのですよ、クラリス」

「……ロッテ様」

クラリスがドレスの裾《すそ》を持って礼をすると、ロッテが楽しげに笑う。その笑い声は聞くものの心を暖かくして、ジーンが彼女に懐《なつ》いている理由がすぐにわかった。クラリスはロッテのことがいっぺんに好きになった。

「叔母上、明日なんだが、先に知らせた通りクラリスの《準備》をするのを手伝ってやってほしい」

「わかっていましてよ」

ジーンは頷くと、クラリスに向かって淡々と言った。

「ファーレンハイト家の訪問に向けて、明日は叔母上とドレスを一緒に選びに行ってくれ」

◇◇◇

翌日クラリスは、ロッテの行きつけだという王都で人気のドレスメイカーの店にいた。

ただ実家に行くだけのことなのにドレスを新調するなんてもったいなすぎて申しわけなく、ジーンに遠慮したい旨《むね》を伝えたのだが、普段は彼女の意思を尊重してくれる彼は一着でいいから叔母に見立ててもらって買ってこい、と聞かなかった。最終的に、婚約者にドレスも新調出来ないと思われるとグーテンベルグ家の恥となる、とまで言われてしまい、結局断りきれずにドレスショップまで来てしまった。

華やかなドレスショップには色とりどりのドレスが並んでいるが、長い間まともに身の回りの品を選んだことのないクラリスは自分で選ぶのは早々に諦《あきら》めて、ロッテに任せることにした。

「こんなにお美しいお嬢様のお見立てができますなんて……まぁ、なんて綺麗な菫色の瞳！　こんな美しい瞳を見たことがありません。そしてこの抜けるように白いお肌！　腕が鳴りますわ。本当ならドレスを一からお仕立てさせていただきたいけれど。今回はお時間がないのが残念です」

マダムはそう言って、ロッテとあれこれ相談しながらどんどん優雅なドレスを出してくるので、クラリスは恐縮《きようしゆく》しっぱなしであった。この袖《そで》がこうなってるのが当代随一《ずいいち》だ、とか、レースがこう重なっているのが今の流行だ、などと言われるがままに次々と差し出されるドレスを試着しては二人の前に出ていくことを繰り返した。マダムはクラリスの容姿を褒めたたえてくれて、全てが心からの賞賛《しょうさん》だと感じられる熱がこもっていた。決して楽しくないわけではなかったが、あまりにも慣れないことであったので、お店を出る頃にはすっかり疲弊《ひへい》していた。

結局ロッテは、イブニングドレスを二着、デイドレスを四着買うことを決めた。戸惑《とまど》うクラリスに、どうせお金はジーンが出すから貴女《あなた》は気にしなくていいのよ、と笑いながら支払いを済ませてしまう。多少寸法を直さなければならないドレスに関しては後日エインズワース邸に送り届けてくれることになった。


ロッテは最初の印象通り、明るくて優しく話題も豊富で、自分の母と過ごすより楽しかったので時間はあっという間に過ぎてしまった。

馬車で家に帰ると、これまたロッテが贔屓《ひいき》にしているという若い女性の美容師が来ていた。彼女は慣れた手つきで、クラリスの栗色の髪を、これだけ艶《つや》があるなんてお手入れは完璧《かんぺき》だし、量もたっぷりあって最高だわと褒《ほ》め称《たた》えながら、手早くカットしてくれた。美容師がメアリーに、クラリスに似合うと思う流行の結い方とそれに合わせたメイクを伝授し始め、二人は何だかんだと楽しそうにクラリスをおもちゃにした。

「まぁ、クラリスにとってもよく似合っていて素敵だわ」

そこに、仕上がりを見ようと部屋に入ってきたロッテが満足そうに微笑む。

「ジーンは貴女が可愛くて仕方がないでしょうね」

そう言われても、クラリスは返答に困ってしまった。

嫌われてはいない、とは思っているのだが、可愛くて仕方ない、というのは俄《にわ》かには信じがたい。本当にそうでしょうか、とロッテに尋ねてしまいたくなる気持ちを抑えて、クラリスは当たり障《さわ》りのない返答をした。

「ジーン様はとても素敵な方です」

ロッテはジーンによく似た、聡明そうな煌《きら》めく瞳でクラリスを見つめた。

「これは老婆心《ろうばしん》からのアドバイスですけれど……ジーンみたいな男性は、行動を見ていれば何を考えているのかすぐにわかるものですよ」

ジーンが外出先から戻ってきたのは、午後遅くなってからであった。

「ドレスはちゃんと買えたか？　――では出かけよう」

クラリスは何も聞いていなかったためとても驚いたが、どうやらジーンから既《すで》に事情を知らされていたらしいロッテが、持って帰ってきたイブニングドレスのうち濃いネイビーの方を着て行きなさい、とアドバイスをくれた。狐《きつね》につままれたような気分のまま、クラリスのために選ばれたドレスを身に着ける。メアリーが嬉々《きき》として、今日美容師に教えてもらったばかりの髪型とメイクを施《ほどこ》してくれた。そうして準備が終わった後に、鏡に自分の姿を映すと、今までとは見違えるとクラリス自身が驚くくらいの変貌《へんぼう》ぶりだった。

「お嬢様……とても綺麗です……本当に」

メアリーが震える声で今日も褒めてくれた。この気丈《きじょう》なメイドが声を震わせるなんてよほどのことだ。

「ありがとう、メアリー」

玄関ホールへ降りて行くと、銀色の短髪に金色の瞳を持つとても男らしい、彼女の婚約者が待っていてくれた。


「よく似合っている」

馬車に乗り込むと、自分も正装をしたジーンが褒めてくれて、クラリスは喜びで頬《ほお》を染めた。ジーンこそ本当に素敵だ——厚みのある体軀《たいく》を持つジーンが体の線に沿ったタキシードを着ていると、その美丈夫《びじょうふ》ぶりがいつもより何倍も際立《きわだ》っている。

「今から国立劇場に行こう、喜劇のミュージカルは好きか？」

「国立劇場に？　はい、喜劇はとても好きです」

ジーンは目元を和らげると、今王都で公演されているという人気の喜劇ミュージカルのタイトルを教えてくれる。マチルダはよく両親と観劇に出かけていたが、実はクラリスは一度も行ったことがなかった。父親はともかく母親はクラリスもと言ってくれるのだが、毎回のようにマチルダが嫌がるので有耶無耶《うやむや》になってしまうのだ。だから、クラリスが知っている喜劇というのは本の中でのことだ。

ジーンは思わず嬉しそうな笑みを漏《も》らしたクラリスの顔を、じっと見つめている。

「王都にいるときは、観劇にはよく行っていたのか?」

クラリスは返答につまった。

彼には嘘《うそ》を言いたくないし、とはいえ本当のことを言って憐《あわれ》まれるのはもっと嫌だった。

彼女の逡巡《しゅんじゅん》が伝わったかのようにジーンが静かに口を開いた。

「もうわかっていると思うが、俺は人の気持ちの機微《きび》を斟酌《しんしゃく》するのがあまり得意ではない。だから お前には俺でもわかるように自分の気持ちや考えをはっきり言ってもらう必要がある」

そんなことはない、ジーンは人の機微に敏《さと》い優しい人だ、と言おうと口を開く前に、彼が言葉を重ねる。

「だからといって俺の機嫌を取る必要はない。何を言っても俺がクラリスを嫌うことはないよ。必要なのは素直に話してくれることだ。そうでないとクラリスの考えが理解できないからな」

(やっぱりジーン様は……優しい)

思わず彼女が俯《うつむ》くと、向かいの座席に腰かけていたジーンが、手を握ってもいいだろうか、と静かに尋ねてきた。俯いたまま、小さく頷くと、彼がそっとクラリスの手を取る。その触れ方は性的な感じは一切なく、まるで兄が妹を励《はげ》ますかのようなさりげないものであった。

「クラリスを見ていると、苦労をしてきたのだろうと感じる時がある。それはファーレンハイト家に関することなのではないだろうか」

普段であれば実家のことを言われると胸が小さく痛むのに、ジーンに手を握られ、彼の手の温かみと、その存在をより近く感じる今は、その痛みを感じない。人の温《ぬく》もりというのはかくも心を強くするのか。クラリスが顔を上げると、彼はいつも通りの厳しい表情をしていたが、その眼差《まなざ》しはただただ優しかった。

「言いたくなければ、言わなくてもいい。でも、俺は、実家がもたらす辛さからお前を守りたい」

「……！」

「俺はこの通り無骨《ぶこつ》だから、ファーレンハイト家から力技で守ることしか思いつかない。俺が悪者になっても構わないし、それでクラリスが幸せになるならそうするが、心優しいお前はきっとそうではないだろう。クラリスの問題なのだから、お前が決めて、その後で俺にどうして欲しいか指示をして欲しい。俺はクラリスのためなら何でもすると約束する」

「ジーン様、そんなもったいないお言葉を……！」

思わず、ふたたび俯いてしまう。

クラリスの母親は決してクラリスを邪険《じゃけん》に扱ったわけではないが、自分の意見がなく父親の言いなりで、表立って自分を庇《かば》ってくれた記憶はない。それは貴族社会の家庭では特に珍しくなく、そうやって絶対の服従《ふくじゅう》を求めてくるような嫁ぎ先しか父親は探してこないだろうと思っていた。

マチルダの妨害で夜会に出ることも叶《かな》わず、恋愛結婚など有り得ず、政略結婚の道具になるだろうと諦めていたから尚更《なおさら》に。自分は夫になる人の邪魔にならないよう、相手の出方を探り、息をひそめて暮らし、とにかく離縁されないように過ごすような人生になるのだろうと諦めていたのだ。

身代わりの花嫁となり、人喰い辺境伯に嫁がされるとなった時、最初に思い描いていた生活はまさにそれだった。

きっと横暴な婚約者が待っていて、自分はただただ縮こまって生きるのだ、と。

しかし現実はまったく違った。

ジーンは出会った当初から彼女を気遣ってくれたし、言葉はなくても態度でずっと大切にしてくれている。そして、今はこうやって、クラリスの気持ちを一番に考えようとしてくれている。

「もったいないという言葉は適切ではない。俺は無駄なものには時間を割《さ》いたりしない。お前にはその価値があるということをよく覚えておけ」

クラリスが視線をあげると、いつものような無表情な怖い顔。

でもその金色の瞳にはやはり優しさが滲《にじ》んでいる。


ロッテの言葉が思い出された。

『これは老婆心からのアドバイスですけれど……ジーンみたいな男性は、行動を見ていれば何を考えているのかすぐにわかるものですよ』


彼はもしかして自分に同情しているだけかもしれないが……それでも気遣ってくれているその心は信じられる。

クラリスがジーンを見上げると、金の瞳は真摯《しんし》な光を灯していた。

「俺とお前は出会ったばかりだ、本当に信頼しあえるまでは時間がかかるだろうが……今は少しでも俺のことを信じてくれないだろうか」

クラリスは彼の想いにこたえるべく、口を開いた。

「はい、ジーン様。貴方《あなた》を信じます」

国立劇場に着くまでの間に、クラリスはジーンに『ファーレンハイトの宝石』である姉の身代わりで花嫁としてジーンのもとに嫁ぐことになった経緯を話した。家族や姉との関係についても、聞かれるがままに答えた。彼はクラリスの手を握ったまま彼女の話を聞き、どんどん眉《まゆ》の間に皺《しわ》を寄せていったが、彼女の家族についてのコメントは我慢して控えているようだった。

話しているうちに、クラリスは段々と、胸のつかえがとれていくような感覚に気づいた。まるで知らないうちに抱えていた大きな重石《おもし》を、自分一人ではなくジーンと一緒に支えているようなそんな感覚。

「やはり……そんなことだろうと思っていた。今までよく頑張って耐えてきたな。クラリスは立派だ」

クラリスの話が一段落すると、ジーンはため息をついて、そう言った。

その言葉がまるで柔らかい真綿で撫《な》でるかのように、傷ついた心を優しく慰撫《いぶ》する。

ジーンはしばらくクラリスの顔を眺めていたが、やがて彼にしては珍しく、ふっと表情をやわらかく崩《くず》した。

「とりあえず、今夜は喜劇を見て、笑ったらいい」

由緒《ゆいしょ》ある国立劇場は、その建物自体が歴史的文化財として指定されていて、初めて訪れたクラリスはあまりの優美なフォルムにしばし言葉を失った。白い円形《えんけい》の建物なのだが、屋根がどうしてか傾いていて、それがどうしたって目を引く。

いつもながら無表情に見えるジーンが、二階に設《しつら》えられたテラス席にクラリスを連れていく。厚みのあるクリーム色のカーテンで仕切りができていて、個室のようになっている。彼はソファにクラリスを座らせると、廊下に出て、売り子から軽食と水を買ってからテラス席に戻ってきた。テラス席の高額なチケット代を払った観客は飲み食いをすることが特別に許されているのだ。

「本当に初めてなんだな」

彼がやや柔らかい声で言うのに、徐々に観客で埋まっていく劇場の全貌《ぜんぼう》を眺めるのに忙しかったクラリスは、思わず笑ってしまった。

「ごめんなさい、はしゃいでしまって。私ったら子供みたいですね」

「そんなことは言っていない」

ジーンはそっと手を伸ばして、節くれだった親指でクラリスの頬を優しく撫でた。

「お前はもっと笑うべきだ」

(もしかして私が笑えるように……喜劇のミュージカルを選んでくださったのかしら?)

しかし彼女が何かを答える前に、ジーンが軽食と水を差し出してきて、劇が始まる前に食べてしまおうと言うので、その話はそれきりになった。

生まれて初めて見た喜劇のミュージカルは素晴らしかった。

そもそも喜劇も、ミュージカルも初めて観劇するクラリスは、場面転換で舞台装置ひとつ動くだけでも夢中になってしまう。演者が笑わせる演技をして、観客が笑い、演者が堂々と歌い上げる様に皆が酔いしれて、そのうちに劇場が大きな一つの空間となり、独特の熱が生まれていく。喜劇ではあったが、途中でお涙頂戴《ちょうだい》の演技もあり、クラリスは笑ったり泣いたり忙しかった。ジーンは終始劇にはほぼ無反応だったが、クラリスが夢中な様子を見て、時折楽しげに目を細めていたことにも、彼女は気づきもしなかった。

(ああ素晴らしかった……!)

三時間弱の喜劇ミュージカルが終わり、クラリスは未だ冷めやらぬ興奮状態のまま、ジーンの腕につかまって、貴族たちで混み合う劇場の通路を歩いていた。

「楽しめたようだな」

「ええ、素晴らしかったです! ジーン様、連れてきてくださってありがとうございます」

ふわふわした気持ちで劇場の外に向かって、人々の流れに沿って歩いていると、周囲の貴族たちが目に入り、彼らがジーンのことを知らない様子であることに気づいた。

貴族の男性たちは、明らかに質の良いタキシードを着込み貴族然と振る舞っているジーンを見ては、これは一体誰だろうという顔をしている人がほとんどだったし、女性たちは男らしい風貌で堂々たる体軀の彼を見て、うっとりした顔をしていて、彼の連れであるクラリスを羨《うらや》んだ表情で眺めていた。

やはり彼が自分で言っていた通り、王都にはほとんど来たことがないため人々はジーンがあの『人喰い辺境伯』だとは知らない、ということらしい。

「ああ、『人喰い辺境伯』か」

帰りの馬車内でクラリスにしてはかなり思いきってジーンに尋ねてみた。彼は特に気にした様子もなく、その名前を聞いたことがある、とあっさり頷いたので拍子抜けした。物騒《ぶっそう》な二つ名でも彼にとっては些細《ささい》なことのようだ。彼らしいといえば彼らしい。

「確か俺の戦場での容赦《ようしゃ》ない戦法を新聞が揶揄《やゆ》したのが始まりではなかったかな、シドかマリウスがそう言っていたと思う」

「そういうことでしたか」

目の前にいる淡々とした男性が優しいのでつい忘れてしまいがちだが、この人は凄《すさ》まじい経歴の持ち主なのだった。自分の領地にあれだけ誇りを持っている人なのだから、自領の危機とあらば滅《めっ》私奉公《しほうこう》の覚悟で辺境伯としての職務に、時間と情熱と彼の全てを捧《ささ》げていたに違いない。

「この前俺が王都に来たのは、隣国と和平条約を結んだ後に王に召集された時だから……もう一年前だな」

観劇の前にクラリスが実家との確執《かくしつ》について話してから、ジーンはまたひとつ壁が取り払われたように彼女に近しく振る舞うようになった。現に帰りの馬車でも、きっと無意識だと思うのだが、向かいではなく隣に座っている。といってももちろん決して不快に感じることはなく、大きくて暖かいジーンの身体が隣にあると、圧倒的な存在感を感じクラリスは安心する。

「ジーン様は、姉が『ファーレンハイトの宝石』と呼ばれていたことをご存知でしたか？」

「……ああ」

クラリスの胸に、一滴の墨汁《ぼくじゅう》が垂らされたかのように嫌な気持ちが染《し》みのように広がっていくのを感じた。一番最初に、クラリスのことを『ファーレンハイトの宝石』かどうか確認したのは、何の意味があったのだろうか。

「そうでしたか……ジーン様は……王様に……戦果の褒賞として『ファーレンハイトの宝石』を望まれたのでしょうか……？」

彼に尋ねる言葉は徐々に小さくなっていった。先ほど身代わりの話をしたときから彼に聞くべきかどうか悩んでいた。彼は一度も『ファーレンハイトの宝石』を嫁に迎えたいと王に頼んだ、という話を否定も肯定もしなかったのだ。だから聞きたかった、本当は姉を望んでいたのか、と。やってきたのが身代わり花嫁だったけれど、思ったより一緒に過ごすのが悪くなかったから妥協《だきょう》してくださったとか？

なるべく卑屈にならないように胸を張って生きたいとは思うのだが、幼い頃から刷《す》り込まれた姉への劣等感が突如《とつじょ》心の奥底から湧いてきて、クラリスは昏《くら》い思いに押しつぶされそうになった。やはり、ジーン様も私より姉の方が――。

ジーンがそっとクラリスの手を握った。

「クラリス……お前の実家へ行った後に、話すことがある。先に明らかにしたいことがあるからな。

今はただ俺を信じてくれ、としか言えない」

ジーンは必要があれば黙ることはあるかもしれないが、嘘をつく人ではないのはこの数ヶ月でよくわかっている。

彼の手の温度と、優しく握ってくれている肌の感触と、たったそれだけの言葉で、心が半分入りかけていた暗闇から救いあげられるのを感じた。

「はい」

彼はこうして私を気遣ってくれているのだから十分ではないか、とクラリスは考えた。

(私はいつの間にか贅沢《ぜいたく》になってしまっていたのね)

ジーンに出会って、彼に初恋をした。その彼におこがましくも、自分も愛されたいと願ってしまったのだ。

もし、彼が求めていたのが姉であって、自分ではなかったとしたら——その時は、ジーンのために身を引いたらいい。好きな人の幸せを願うことは自分にだって出来る。自分がどれだけ辛い思いをしようとも。

クラリスは固く目を瞑《つむ》り、馬の蹄《ひづめ》と車輪の音に耳を澄《す》まして、鮮烈な胸の痛みをやり過ごすことにした。

◇◇◇

ファーレンハイト家への訪問は二週間の王都滞在期間の最後に予定されていて、それまでの間、ジーンはクラリスを叔母に任せ、街へ一人で出かけることもあったが、ほとんどの午後はクラリスと一緒に王都を楽しんでくれた。親切なジーンらしいことだ、とクラリスは考え、それであれば許されている時間は余計なことを考えずに自分も楽しもうと決めた。

観劇をいたく気に入ったクラリスのためにあの後二回も連れていってくれたし、自分は甘いものなど一切食べないのに流行りのお菓子を食べにスイーツショップに連れていってくれた。王都では有名な大きな噴水がある公園を天気が良い日に一緒に歩いたり、クラリスを大きな本屋に連れて行ってくれて二人して本に夢中になった結果、かなり長時間滞在してしまい、夕飯の時間に間に合わず、ロッテに呆れ顔をされたこともあった。

王都にいると姉や両親とすれ違うかもと内心危惧《きぐ》していたが、王都は広く、彼らとは生活習慣がまるで違うからか、ニアミスすることすらなかった。

クラリスは、ジーンはこうやってゆっくり過ごすことで、王都での良い思い出をたくさん作ろうとしてくれているのだな、と感じた。彼女の実家で起こるであろう出来事を色々と彼なりに想像していて、ファーレンハイト家訪問が終わったらすぐに王都を出発できる手筈《てはず》にしたのではないか、と。辺境の地へ帰還する日に彼の隣に自分は座っていないかもしれないが、それでもこうやって楽しく過ごした記憶はクラリスだけのものとなり、誰に奪われることもない。

今を楽しもう、と心を決めたクラリスは日に日に表情が明るくなり、笑顔が増えていった。時にはジーンに対して声をあげて笑うこともある。彼といるとファーレンハイトの家のことを思い出しもしない自分がいる。今まで押さえつけられていた花の蕾《つぼみ》が、ようやく太陽の光と水を与えられ、ゆっくりと花開くように彼女は美しくなっていった。

◇◇◇

明日はいよいよファーレンハイト家への訪問だ、という日に、シドが久々にエインズワース邸を訪《たず》ねてきたのだが、彼はクラリスを見ると無遠慮に目を丸くした。

「クラリス！　本当に見違えるようだね！」

「何がでしょう？」

きょとんとしてシドを見ると、ジーンが横から唸《うな》るように彼に話しかける。

「クラリス、相手にしなくていい。——それで、シド、例のあれは？」

「はいはい、わかりましたよ、持ってきてるよ。はい、これ」

シドがジーンに手渡したのは、青いビロードの小さなケース。

「この短期間でジーンが言う通りのものを作るの、結構大変だったよ、感謝してよね。言ってた色でいいんだよね？」

「ああ、間違いない。それに心から感謝している」

「絶対心こもってないよね」

ぶつくさ言うシドのことを無視して、ジーンがクラリスに向かってそのケースを開けてみせる。

中には親指の爪ほどの大きさの、煌めく菫色の石がついた指輪が入っていた。思わず息を飲むほどの美しさであった。

「とても綺麗……」

(この色は……私の瞳と同じ色？)

シドがにやにやしながら言う。

「本物の宝石みたいに見えるでしょ、これ。でもイミテーションだよ」

ジーンを見上げると、彼はクラリスに向かって頷いてみせた。

「明日に向けて、作戦会議を開きたいと思う」

一方その頃、休みをもらったメアリーは、ファーレンハイト家のメイド仲間だったベティと王都の下町にあるカフェで落ち合っていた。ベティはマチルダの側仕えなのだが、メアリーがクラリスの下で働き始めた当初から、貴女が羨ましいと愚痴《ぐち》を零《こぼ》すくらいマチルダの我儘《わがまま》と横暴《おうぼう》に手を焼いていた。

周囲に聞き耳を立てているものが誰もいないことを確認してから、ベティが小声で話し始めた。

「クラリス様がいなくなってから本当に大変だったんだから。マチルダ様が荒れに荒れて」

メアリーの印象だとマチルダは既《すで》に十分荒れに荒れていたが、まさかあれ以上に？

「どんな風に？」

「ほら、今までクラリス様にぶつけてた鬱憤《うっぷん》みたいなのをメイドたちに全部向けるようになったわけよ、本当にやってられない。子爵様ご夫妻はマチルダ様に関しては何しても、知《し》らぬ存《ぞん》ぜぬだし、たまったもんじゃないわよ」

「ああ、そういうことね」

お察しします、とメアリーは肩を竦《すく》めた。とても簡単に想像がつく。使用人のことは家具と同じとしか思っていないマチルダなので、以前もメイドがいようがいまいが関係なくクラリスをいたぶっていた。メアリーも、それこそ何百回も何千回もマチルダがクラリスに嫌味や意地悪を言ったりしかけたりしているのを目撃している。

正直我慢ならないことは何度もあった。しかし万が一マチルダに面と向かって歯向かうと、彼女から雇い主の子爵に話が通り、自分がクラリスの専属メイドを外されると思い、クラリスのためと考え耐えていたのだった。側仕えでいさえすれば、この性悪女《しょうわる》が部屋から出て行った後にお嬢様をこっそりと慰められる、と自分に何度も何度も言い聞かせて。

「マチルダ様は見た目は確かにちょっと他に見ないくらい、お綺麗かもしれないけど……だけどクラリス様を着飾らないように仕向けていたのも、マチルダ様でしょう？」

それはメイドの間では暗黙の了解であった。確かに顔の造作《ぞうさく》こそ、クラリスよりマチルダの方が華やかかもしれない。しかしクラリスも相当美人なので着飾ればとても美しくなるのに、マチルダがそれを邪魔しているというような。お茶会や夜会も両親に頼み込んで、クラリスを出来る限り連れて行かないようにしている、とも。

「あのクラリス様への執着心というか敵意、正直怖すぎる。クラリス様がご実家から逃げられて良かったわ。で、クラリス様がいなくなった途端に、どうしていいのかわからなくなったんじゃないかしら、あれだけ今まで結婚なんて興味ないと言っていたのに、突然侯爵ご子息様とご婚約ですって。まぁ家から出て行ってくださるならそれに越したことはないけど」

「ふうん」

『ファーレンハイトの宝石』には、元々縁談《えんだん》は山のように舞いこんできていたが、相手の侯爵子息はきっとマチルダの外見しか知らないんだろうな、と思った。外見は天使でも中身は嫉妬《しっと》深い陰険な蛇《へび》のような女であるのに。どちらにせよ結婚してしばらくしたら、大抵の貴族のように仮面夫婦になるのだろうから、体裁《ていさい》さえ整えば中身なんてお互いに関係ないのだろうが。

「ほら、『あの噂《うわさ》』を覚えている？　万が一あれが本当だったら困るから、子爵様もマチルダ様が乗り気ならってことですぐに婚約をまとめたんじゃないの。あんなに可愛《かわい》がっているマチルダ様を家から出すっていうのに二つ返事だったみたいだもの、なんだかおかしいわよね」

前々から使用人の間でまことしやかに囁《ささや》かれているファーレンハイト家の経済状況についての噂話がある。その話はきっとクラリスは知らないだろうとメアリーは思っていた。

（そうだ、あの噂のこと、辺境伯様に伝えておいた方がいいかもしれないな……）

ベティは、クラリスの婚約者について興味津々《きょうみしんしん》だったが、明日ファーレンハイト家にお二人で顔を出すみたいだから、楽しみにしておいて、と言うに留めておいた。

◇◇◇

「それは本当ですか？」

ジーンに促《うなが》されたシドの報告を聞いて、すっかり青ざめたクラリスがソファに深くもたれかかった。

「うん、残念ながら」

シドが気の毒そうに肯定《こうてい》する。クラリスはあまりの衝撃のせいで、ふらふらする頭に自分の右手を押し当てた。淑女《しゅくじょ》としては無作法だが、今はそんなことに構っている余裕はない。

「大丈夫か？　クラリス」

向かい側のソファに腰かけて様子を見ていたジーンが気遣わしげに彼女に声をかける。彼女はぼんやりとジーンの金色の瞳を眺めると、不思議と心が落ち着くのを感じた。

（そうだ、ジーン様は……私を助けたいと仰ってくれて……この話をしてくださったんだ）

「はい、ジーン様。……お見苦しいところをお見せしてしまって、ごめんなさい」

「謝る必要はない、こちらの配慮が足りなかった。実家に関するこんな話を何の心の準備もなく聞かされたら、動揺するだろう」

「酷《ひど》い話だよね、本当に」

シドが静かに同意した。

「マチルダお姉様は……ご存知なのでしょうか？」

思わずクラリスは呟《つぶや》くが、ジーンもシドも黙ってしまった。沈黙が部屋をしばし支配していたが、やがてジーンが口を開く。

「戦法を決めるときは、正しい情報が必要だ、同時にありとあらゆる場合の可能性を考える必要もある。結局は頭脳戦になるのだからな。最終的には適切な情報を十分手に入れた者が勝利をおさめる」

「またジーンはそうやって」

シドが苦笑するが、クラリスは真面目な顔をして頷いた。

「ジーン様の仰る通りだと思います。……もし何も知らないままだったら私の出す結論は違うと思いますから」

冷静な金色の瞳が、少し潤《うる》んでいるようにみえる菫色の瞳を捉《とら》えた。

「それから、クラリス。俺が一番大切だと思っているのは、大きな決断というのは感情的に下しては絶対にいけないということだ。だから今みたいに動揺している時には答えを出すのはやめておいた方がいいだろうな」

「ジーン様……」

「お前の家のことだ、俺は黙っている。明日の朝、クラリスの意向を聞こう。どんな結論でも俺はそれに従う」

◇◇◇

「あ、いないと思ってたら帰ってきた」

(今日は私の厄日《やくび》ですか)

メアリーがカフェから帰宅して使用人用の入り口から入り、廊下に出た所でばったりとシドに会った。

「どこかに行ってたの？」

「はぁ……まぁ、こちらにいた時の知り合いに会いに」

そういうと、途端にシドの顔が何故《なぜ》か険《けわ》しくなった。

「それって男？」

(は？)

メアリーは内心唖然《あぜん》としたが、お答えする必要性を感じません、と心の中で呟いて会釈《えしゃく》をすると、シドの前をすり抜けようとした。するとちょうど辺境伯の大きな体軀が廊下の向こうから近づいてくるのを見つけたので、これ幸いとそちらへ急いだ。

「辺境伯様、お時間がよろしい時で構いませんので、ちょっとお耳に入れたいことが……」

「ふむ」

王都の滞在中にクラリスは目に見えて変わったが、ジーンも少し変わった。クラリスとの関係が親密になるにつれ、表情が柔らかく、読み取りやすくなったと思うし、そのお陰で少し取っ付きやすくなったように感じる。

「よし、今時間をとろう――シドも来い」


ジーンは手近な客間に入ると、自分は壁にもたれて立ち、メアリーには椅子に座るように勧めたが、メイドはもちろんこれを固辞《こじ》した。いつもへらへらしているシドが珍しくむっつりしているのでジーンはおや、とでも言いたげに眉を上げたが、それについては何も言わずにメアリーに話をするように促す。メアリーはなるべく順序立てて話すように気をつけながら、先ほどベティに聞いたマチルダの話と噂とを辺境伯に伝えた。メアリーが会っていたのが、クラリスのためで、しかもメイド仲間の女だったと聞いてシドの表情がみるみる蘇《よみがえ》っていくのをジーンは視界の端《はし》に捉えつつ、腕をゆったり組んだ。


メアリーが話し終わると、ジーンは頷いた。

「メアリー、その話は『俺たちの考えが正しい』ことを示している。非常に助かった。……クラリスのところへ行ってやってくれ」

メアリーはほっとしたように少し表情を緩め、お辞儀をすると、静かに部屋を出て行った。ドアが閉まると、辺境伯は独りごちる。

「駒《こま》は揃《そろ》った。あとはクラリスがどうしたいか、だな」

◇◇◇

メアリーがクラリスにあてがわれた部屋にノックをしてから入ると、彼女はソファに座ったままぼんやりと何かを考えていたが、メアリーに気づくと口元を緩めた。

「ベティは元気そうだった？」

「ええ、元気そうでしたよ。お嬢様の婚約者様に興味津々でしたから、明日を楽しみにしておけって言っておきました。ついでに綺麗になったお嬢様を見せつけて、みんなをびっくりさせてやりましょう。辺境伯様に買っていただいたあの綺麗なドレスを着て行きましょう。お化粧と髪の毛は私の腕の見せ所です」

メアリーはなるべくいつも通りに聞こえるように心がけながら話し続けた。実家に行きたくないであろう主人の胸の内を少しでも軽くしてやりたいからだ。クラリスがふふふと笑う。

「皆に会うのが楽しみだわ」

(皆、にはご家族は入っていないんだろうな)

メアリーの胸がきゅっと痛んだ。

「皆もお嬢様に会うのを楽しみにしていると思いますよ、料理長なんてきっと張りきってお嬢様の好きな焼き菓子をたんと焼いておいてくれるんじゃないですか、食べきれないくらいの。そうしたら持って帰ってきたらいいですね」

主人の気が少しでも楽になるよう祈りながら、それからもメアリーは明るく話し続けたのだった。

夕食を一緒にした時もジーンは急《せ》かすようなことは何も言わなかった。

彼はただクラリスのためにそこに居てくれて、そんな人は、今までクラリスには誰一人いなかった。それだけでクラリスは目も眩《くら》むような幸福感を感じた。

(私は一人ではないんだわ……ジーン様がいてくださるから。そして私がどんな答えを出してもジーン様は受け入れてくださる……それだけでもう十分。ジーン様が誰を求めていらっしゃるかどうかなんて関係ない)

夜眠りに落ちる前に彼女が最後に思ったのは家族のことではなく、ジーンのことだった。

そして、翌朝早く目覚めた時には、クラリスの心は落ち着いていて、遂《つい》に結論を出していたのだ。

朝のダイニングルームで、ジーンはクラリスの顔を視界に入れた瞬間、大丈夫そうだ、と感じた。昨日は多少狼狽《うろたえ》ていたようだが、今朝は完璧に自分の感情をコントロールしている。いつものように数歩で近寄り、柔らかい彼女の手に朝の挨拶のキスを落とす。そのままじっと見下ろすと、彼女の菫色の瞳に迷いの色は見受けられなかった。

(さすがだな……自分で答えを見つけたな)

「おはよう、クラリス」

「おはようございます、ジーン様」

「それでどうするつもりだ？」

「私は──」

◇◇◇

招待されたファーレンハイト家へ行くため玄関ホールに降りてきたクラリスは、今までの彼女とは比較にならないくらい、とても美しく輝いていた。

ロッテと買い求めた、淡い穏やかな色味の青のデイドレスは彼女の菫色の瞳によく似合う。ドレスメイカーのマダムが当代随一と自信を持っていたふんわりした上品な袖と、今の流行だと勧めてくれた幾重にも重なるレースがラウンドネックの首元とスカートの裾を飾り、シンプルなカットがクラリスのほっそりした身体を引き立ててくれる。ゴージャスなラインストーンも下品にならない程度に随所に使われており、デイドレスというよりはイブニングドレスかと見まごうばかりの豪華さだ。

メイクも髪のアレンジもメアリーが張り切ってドレスに合うように趣向《しゅこう》を凝《こ》らしてくれて、ジーンは正直な話、不愉快なファーレンハイト邸になぞ行かないでこのままどこかに二人きりで出かけたいと思ったくらい、それくらいクラリスは美しかった。

馬車に乗り込むと、今では定位置になったクラリスの隣に座り、ファーレンハイト家に向かう道すがら、ジーンは彼女の左手を握り、薬指にそっとキスをした。

「ここに、これを嵌《は》めるからな」

ジーンがスーツの胸ポケットから取り出したのはイミテーションとはとても思えない菫色の大きな石がついた指輪。誰がどう見ても婚約指輪に見える代物である。彼が嵌めてくれた指輪は、キラキラと石が輝き、イミテーションだとわかっていてもクラリスの目を和ませてくれた。左手を翳《かざ》して、矯《た》めつ眇《すが》めつ指輪を眺めていると思わず感嘆のため息が漏れてしまった。

「光に反射してとても……とても綺麗ですね」

「そうだな。それからこれも」

といって彼が取り出したのは、ティアドロップ型の同じような大きさの菫色の石がついたゴールドチェーンのネックレスだ。こちらも太陽の光を受けるととても綺麗に光る。

（これもイミテーションかしら？）

ジーンがクラリスの首にこのネックレスをかけると、彼女の胸元で菫色の石が燦然《さんぜん》と輝いた。

「よし」

彼は満足そうに頷いた。

ジーンにエスコートされ馬車に乗ったクラリスは黙って馬車が走る音を聞いていた。実家に近づくにつれて徐々に気が重くなってくる。

（こんな気弱なことでは駄目だわ、私は決めたんだから）

「クラリス、一応言っておく」

「はい」

「俺はお前の意思を尊重して、なるべく会話の邪魔にならないようにするつもりだ。でもどうしても我慢ならなくなったら、余計なことを言ってしまうかもしれない。そうしたら俺を遠慮なく叩《たた》いてくれ、自信はないが、多分正気に戻るから」

「叩くなんてそんなこと……」

ジーンがその男らしい顔にふっと笑みを浮かべた。王都に来てから、二人でいる時には彼がこうやって微笑むことが増えた。クラリスだけに見せてくれる笑顔に毎回見惚《みと》れてしまう。

「いい、お前にはその権利を特別に与える」

クラリスにはわかっている——彼はクラリスの気持ちが少しでも和らげばと、冗談を言っているのだ。

そしてクラリスがぎゅっと手を握りしめていると、するりと彼の大きな手がクラリスの少し冷たくなった手を覆った。いつものようにただただ彼女を励ましてくれる優しい温度だ。後はもう、クラリスに出来ることは目を閉じて深呼吸し、時が過ぎるのを待つだけだった。


一方、エインズワース邸に残っていたメアリーは心配で心配でどうしようもなくなり、所在なく部屋の中を行ったり来たりしていた。クラリスが外出している間は仕事がないので、自室待機していていいのだが、何か手伝えるような仕事をわけ与えてもらおうと廊下に出た。忙しくして何も考えないでおこうという作戦だ。厨房《ちゅうぼう》にでも行って皿洗いでも手伝わせてもらおうと足早に歩いていたら、後ろから声をかけられた。

「今日はクラリスと一緒に行かなかったの？」

正直、今はマリウス劣化版と話している心の余裕がなく、会釈だけすると厨房に向かおうと踵《きびす》を返しかけた。

「心配なんでしょ？　連れて行ってあげようか、ファーレンハイト邸に」

◇◇◇

あれだけ優雅な辺境伯邸の持ち主であるジーンをこぢんまりした質素なファーレンハイト邸に招き入れるのは気恥ずかしいが、彼がそんなことでクラリスを判断する人ではないことはわかっている。

玄関ホールで娘夫婦を出迎えた父親は、数ヶ月ぶりに会う娘の姿を見てぽかんと口を開けた。隣に立っている母親はクラリスの優美なドレス姿に瞳を潤ませているようだ。そして両親は、クラリスを守るように立っている、彼女より三十センチは身長の高い堂々たる体軀の辺境伯におそるおそる視線を移した。手紙のやり取りはあっても、本人に会ったことはなかったのだから、ジーンの美丈夫ぶりに彼らが驚くのは当然だ。

「初めまして、ファーレンハイト子爵、子爵夫人、この度《たび》はお招きいただいてありがとうございます。私がジークフリート・グーテンベルグです。ファーレンハイト嬢のご婚約成約を心から祝福致します」

「あ、ありがとうございます……」

無表情に近いジーンが淀《よど》みなくきっぱりと挨拶をするのに両親は完全に戸惑い、気圧《けお》されていた。彼らは次女を嫁に出した『人喰い辺境伯』がこんなに立派な人物だとは思ったこともなかったのに違いない。

「で、ではティールームに行こう。マチルダもうすぐ降りてくるはずだからな」

マチルダは朝寝坊をする上に、準備に相当な時間がかかるので、時間通りに登場したためしはない。クラリスは相変わらずだと思いながらジーンの腕に摑《つか》まり、ティールームに向かう両親の後に続いた。


「その……クラリス……幸せそうで何よりだ」

ティールームの椅子に腰かけると、向かい側に座った父親が戸惑い気味にクラリスにそう声をかけた。まるで幸せそうに見えることが意外とでも言いたげな父親に、クラリスはぐっとお腹《なか》に力をいれて答える。

「ええ。辺境伯様にとてもよくして頂いておりますわ」

「そうね……貴女の顔を見ればわかるわ」

母親が言葉を重ねる。普段は父親に遠慮して、滅多《めった》に話しかけてこない母親が積極的に口を開いたことにクラリスは内心驚く。父親はふんと鼻を鳴らしかけて、ジーンの前だと思い出したのだろう、微《かす》かに身動《みじろ》いで誤魔化《ごまか》した。

それからメイド長が紅茶を運んできて、四人は当たり障りのない会話を繰り広げた。そもそもマチルダの婚約発表という用件でファーレンハイト家に呼ばれたが、当の本人がいないので両親もその話をすることが出来ないからだ。

隣にジーンが座っていることで、気持ちが落ち着いていたクラリスは今までは見えなかった両親の関係図に気づく。

(お父様はやはり私のことをお好きではない。けれどお母様は私のことを気にしてらっしゃる？でもお父様に以前からこんなに遠慮されていたかしら？)

いつもマチルダがいると両親の——特に父の——関心が彼女に向き、クラリスは常に自分だけが疎外《そがい》されている寂しさを抱え、その心の痛みを宥《なだ》めるのに必死で、両親を客観的に眺めるということがなかった。

(わが家には歪《ゆが》みがあるのだわ)

三十分後、ようやくマチルダがティールームの扉を開けた。どきんと鼓動が大きくひとつ打ち、クラリスは扉の方へ視線を向けた。綺麗に巻かれている金色の巻き毛、エメラルドのように美しく輝く碧《みどり》の瞳、すっと通った鼻筋に、ぽってりした紅い唇を持った、両親が愛してきた『ファーレンハイトの宝石』がそこに立っていた。今日もまたクラリスが見たことがない、薄いピンク色の新しいドレスを身に纏《まと》っていた。クラリスが去ってから新調したのに違いない。

「おお、マチルダ、待っていたぞ。早くこちらへ」

やっと可愛い娘が来たとばかりに嬉しそうな父親がかけた言葉も耳に入っていないかのようにマチルダが立ち尽《つ》くした。

マチルダはまずクラリスをさっと眺め、それから隣に座っているジーンに視線を移し、もう一度ゆっくりクラリスに視線を戻した。彼女の着ているドレス、先ほどジーンにつけてもらったネックレス、それから何と言っても左手の薬指に輝く菫色の石がついた指輪。全部を舐《な》めるように眺めると、彼女の顔に浮かんでいた笑顔がすっかり消え、能面のような表情になった。しかしすぐに『ファーレンハイトの宝石』に相応《ふさわ》しいとしかいいようのない蠱《こ》惑《わく》的な笑みを浮かべ、立ち上がったジーンとクラリスの前にやってきて、クラリスを無視して、ジーンに右手を差し出した。

「クラリスの姉のマチルダ・ファーレンハイトです。どうぞマチルダとお呼びください」

近くで見る姉はやはりとても美しい……とクラリスはその美貌に圧倒された。ジーンはどう思っているだろうとちらりと視線を送ったが、彼はいつものように無表情なままだった。彼は差し出された手を完全に無視して、そのまま言葉の挨拶だけを返す。

「初めましてファーレンハイト嬢、ジークフリート・グーテンベルグです」

無礼ぎりぎりの返事である。マチルダはすっと瞳を細めるとそのまま何事もなかったかのように右手をひっこめたが、一瞬顔に朱が走ったのにクラリスは気づいていた。いつでもチヤホヤされているマチルダはこんなそっけない挨拶をされた経験がないのに違いない。

二人がけのソファに両親、向かい側にクラリスとジーン、それから一人がけのソファにマチルダが、テーブルを囲むように座っている。マチルダが選んだのは母親やクラリス側ではなく、父親やジーンに近い方に設えられているソファである。こういった場合は女性側に座るのが礼儀だというのに、このあからさまなジーンを意識した行動にクラリスは危惧を抱いた。

（マチルダお姉様、どうなさるつもりだろう……）

クラリスがそれとわからないように深呼吸すると、ジーンの右手がそっと動いて、彼女の左手の甲に触れた。彼を見ると、ジーンが前を見たまま微かに頷いたので、彼女も素知らぬふりをしてそのまま手を触れ合わせることにした。ジーンの体温が心強い。

「クラリス、とても素敵なドレスね」

マチルダの可憐《かれん》な声がティールームに響き渡った。


「マチルダお姉様のドレスも素敵よ」

「そう？　ありがとう。グレゴリー様がこの色がお好きなの。ピンクだと若々しく見えるでしょ、寒色系だと年増に見えるからって仰るから」

グレゴリー様というのが、婚約者の名前だろう。自分が遅刻してきたせいでまだ婚約の詳細は話されていないことはわかっているだろうに、彼の名前を出すなんてマチルダお姉様らしいわとクラリスは心の中でため息をついた。そして相変わらず巧妙《こうみょう》に、婚約者の名前を借りて、クラリスのブルーのドレスを攻撃してきている。

「そうね、お姉様には、そのお色がとてもよく似合っていらっしゃるわ」

これくらいの嫌味攻撃では傷つくことはない、くらいに常日頃から言われ慣れていたのでクラリスは相手にしなかった。

マチルダは〝美しい私のことを見つめたいでしょう？〟と言わんばかりにちらちらとジーンの顔を見ているが、彼は相変わらず無表情のまま、前を向いて紅茶を飲んでいる。

（ジーン様が自分に興味を持つだろうと思って、そちら側に座ったのかしら……）

「そのドレスはどちらの？」

クラリスがドレスメイカーの名前を答えると、マチルダの顔が般若《はんにゃ》のように一瞬歪んだ。キッとクラリスのことを強い視線で見据える。

「嘘でしょう？　あそこは予約がないと入れないのよ？　私だってあのドレスショップで買いたいとずっと思っていてもまだ入れたことがないのに……！」

聞かれたことに答えただけなのに、詰《なじ》られるとは……。クラリスはこの実りのない会話を終わらせることにした。姉相手に理解してもらおうと言葉を重ねることは愚行である。

「では私はとても幸運だったのね」

「それにその……指輪……ネックレスだって……！」

マチルダが尚も何かを言い募《つの》ろうとしたが、そこに父が口を挟んだ。

「マチルダ、クラリスのことはもう良いではないか。今日はお前の婚約の報告で集まっているのだから」

いつも姉のことだけを可愛がっている父親からそう言われ、さすがのマチルダも口を噤《つぐ》んだ。子爵がジーンとクラリスに向かって今回の婚約の詳細を話し出した。

お相手はグレゴリー・マッケイン侯爵嫡男。あまり社交界に出たことのないクラリスには顔は思い浮かばないが、名前だけは聞いたことがある。たしか王都有数の権力を持つ、金満家の一族のはずだ。

（そう……お金はとにかくたくさん持っていらっしゃるのよね。援助が出来るくらいに）

昨日のシドに聞いた、ファーレンハイト家の経済状況について思い返す。

グレゴリーは現在二十一歳のマチルダの十歳上だとかで三十一歳。ということはジーンよりも年上ということになる。父親が何回もしきりにグレゴリーの見た目が立派で……とジーンを気にしながら言うので、おそらくクラリスが知っているような〝ひ弱な洒落者《しゃれもの》貴族青年〟なのだろうな、と当たりをつけた。

「結婚式自体は来年か再来年になるだろうから、その時はまた来てくれ」

今の時点では決まっているのはそれくらいだ、と子爵が会話を終わらせた。

（こんなことのために、お忙しいジーン様を辺境の地から呼び寄せたの？）

クラリスは愕然《がくぜん》として父親の澄ました顔を見つめた。

数日かけて仕事の調整をしてくれたジーンに申しわけなかった。

いない間の仕事を引き受けてくれたマリウスにも、まだ緊張感が漂う国境沿いを守る騎士たちにも。自分の可愛い娘の婚約を知らせるためだけに、多忙だと想像がつく下の娘の婚約者を数日かかる土地から平気で呼び寄せる、自分本位で世間知らずな父親がとてつもなく恥ずかしかった。

「どうする、今日は一緒に昼食を摂るか？」

父親に聞かれたが、クラリスはもうこれ以上ファーレンハイト邸にいたくなくて、首を横に振って断った。

「お父様、帰る前に自分の部屋からいくつか持っていきたいものがあるのですが……。部屋に行ってもよろしいでしょうか？」

「ああ、それは構わないよ。でもお前一人で行くように」

父親が鷹揚《おうよう》なふりをしながら、暗《あん》にジーンを連れて行くなと言うと、隣に座る婚約者はクラリスに、俺はここでご両親と待っているから、と頷いた。

◇◇◇

久しぶりの自室に入ると、掃除はされているのだが、どこか雑然《ざつぜん》としていて荒らされている印象があった。確認すると、もともとほとんど高級なものなど持っていなかったが、置いて行ったアクセサリーがいくつかなくなっていた。きっとマチルダのせいだろう。マチルダは昔から平気で自分の気に入ったものはクラリスの部屋から勝手に持って行ってしまうのだ。

とはいえクラリスが辺境伯邸に持って行きたいのは、残りの植物図鑑、薬草の書、医療関係の本やあとは好きだった小説などで、その辺りはマチルダの興味外だからまったく影響はなかった。

本棚の前に立って目当ての本を探していると、後ろで扉が開く音がした。

「クラリス」

クラリスが振り返ると、そこには鬼のような形相をしたマチルダが立っていた。

◇◇◇

ティールームでは、子爵がジーンを相手に、クラリスを娶《めと》るにあたって一体どの程度の金銭的援助をしてくれるのか、ということを熱心な口ぶりで聞き出そうとしていた。ジーンはそれを軽くいなすと、子爵に静かに尋ねた。

「ところで、ファーレンハイト子爵……どうして私にあんな手紙を送ってこられたのでしょう？」

◇◇◇

「貴女……辺境伯がちょっとまともな良い男だったからって偉そうな顔をするんじゃないわよ」

以前のクラリスだったら黙ってしまったかもしれないが、彼女は一呼吸置いてから姉に静かに言い返した。

「お姉様、私はそんな顔はしていません」

「しているじゃない。そんな豪華なドレスとアクセサリーをわざわざ身につけて私に自慢しにきたのね？　そもそもお化粧もヘアメイクもするなって私が言っていたのにどうしてしているの？」

（この人は……）

クラリスは、ジーンと出会い、彼に大切にされる中でようやく自分というものを少しずつだが認められるようになった。ジーンだけではなく、シドやマリウス――もちろんメアリーたち使用人は昔からだったが――要するに彼女のことを大切にしてくれる人たちのお陰で、『ありのままの自分でも認めてくれる人』はいるということを知ったのである。

彼女のことを愛さない家族が押し付けてきたクラリス像は、マチルダより美しくない、それ故何の役にも立たない令嬢であった。クラリスは長いこと自分は価値がない人間だと思い込まされて、彼らの顔色を窺《うかが》い、言われるがままに従って生きてきたが、それは間違いだったと今ははっきりとわかっている。

「私は私のためにしただけで、決してお姉様に見せつけるためではありません。……それにもう婚約して、家を出ましたから、お姉様の言いつけに従う必要はないと思います」

「何よ……！　貴女なんて私の身代わりの花嫁のくせに……！」

つかつかとマチルダがクラリスの前に寄ってきて、彼女の左手首を摑んだ。

「この指輪は、本当だったら私のものだったのよ！」

「違うわ、ジーン様は私にこれをくださったのであってお姉様にじゃない……」

「うるさい！　黙れ！　クラリスのくせに！」

マチルダはそう叫ぶと、ものすごい力でクラリスの左手首を握りしめ、そのまま薬指から指輪を抜き取ると、クラリスを目の前の本棚に力任せに突き飛ばした。クラリスは激しく本棚にぶつかり、尻餅《しりもち》をついた。本棚は堅牢《けんろう》な造りのため倒れることはなかったが上から何冊も重い本が落ちてきて、クラリスは咄嗟《とっさ》に強く目を閉じた。

「貴女なんか本を読むくらいしか出来ない穀潰《ごくつぶ》しのくせに……、今からお父様に言って、貴女と私の婚姻《こんいん》を取り替えてもらうわ」

クラリスが目を開けた時にはもうマチルダはそこにはいなかった。

彼女はため息をつき、立ち上がろうとして、なにかぬるっとしたものが額に流れていることに気付いた。額が鋭く痛み、熱を持っている。

(私、きっと怪我をしたのね)

「お嬢様！　ものすごい音がしましたが、一体何が……!?」

「メアリー……どうしてここに……シド様まで」

メアリーとシドが飛び込んできてクラリスの顔を見るなり、メアリーが怒りの咆哮《ほうこう》をあげた。

「……許せない！　私のお嬢様に！」

クラリスの額からどくどくと鮮血が流れ出していた。ぶつかった本によって切れてしまったのだろう。メアリーはそれを見て顔を真っ赤にしたが、

「メアリー、落ち着け。まずはクラリスの出血を止める方が先だ。清潔な布はないか？」

シドの冷静な指示に我に返ると、綺麗な布を棚から取り出して彼に渡した。彼は慣れた手つきで、

クラリスの額に傷が痛まないようにそっとあてて、このまま押さえておくようにと言った。頭をぶつけているのだから、しばらくは動かない方がいい、とも。

クラリスは気分が高揚《こうよう》していたせいか、傷の痛みはほとんど感じず、熱に浮かされたようにメアリーに話しかけた。

「メアリー……私、お姉様に言い返したわ、言い返したのよ……自分で、闘ったの」

その言葉に、今までどれだけクラリスが自分の気持ちを心の奥底に押し込めて生きてきたかを知っているメアリーの瞳にぶわっと涙があふれた。シドは黙ってそんな二人を見守っている。

「お嬢様……本当に……頑張られました……私は誇りに思います」

クラリスは微笑んだ。

「ありがとう、メアリー。あとは……ジーン様にお任せするわ」

一方、ティールームでは、子爵が素知らぬ顔でジーンに聞き返していた。

「……手紙、とは？」

想像はついていたがクラリスの父親は、次女とは違い、ただの俗物《ぞくぶつ》のようだ。

「お忘れか？　婚約の時の手紙ですよ」

子爵がぐっと言葉につまった。

「何のことだかさっぱり……ちゃんとクラリスを差し上げると書いてあったはずだが」

「ああ、その部分は問題ありません。私が聞いているのは『その次の部分』ですよ」

「――仰っておられる意味がわかり兼ねる」

あくまでシラを切り通すつもりのようだ。次の攻撃をするべく、ジーンが口を開こうとしたときに、邸内《やしき》のどこかでドスンという重い音が響いた。

(クラリス……？)

先ほど、席を外したクラリスを追うようにマチルダが姿を消したのが気になっていた。しかし子爵には行かないように釘《くぎ》をさされ、自分の家でもないのに勝手に歩き回るのも憚《はばか》られるため、ジーンはぐっと我慢した。

しばらくすると小走りのような足音が響き、マチルダが部屋に飛び込んできた。彼女は子爵の膝下に座り込んで、父親を見上げる。

「お父様！　お願いします、私とクラリスの婚約を取り替えてください！　クラリスも了承して、この指輪を私に渡してくれましたわ」

彼女の左手の薬指に、菫色の指輪が輝いていた。

(救いようがないくらい愚《おろ》かだな、この女は……)

家同士で結ばれる婚約をどうやって当事者の一存《いちぞん》だけで交換するというのか、あまりの浅はかさに呆れて物も言えない。しかもジーンとクラリスの婚約と婚姻は王の元、既に祝福をもらっているのは父から聞いているだろうに。王命に背《そむ》いても自分だけは許されるとでも思っているのだろうか？

クラリスから話を聞いているだけでも、マチルダはこういう思慮のない言動を後先《あとさき》も考えず、平気でしでかしそうだとは思ってはいたが、まさか本当に客人たる自分の前で行動に移すとは……。妹の婚約指輪をつけて登場したら、ジーンがありがたがって喜ぶとでも思ったのだろうか？　完全にどうかしている。想像力と理解力に欠け、全てを自分に都合の良いように解釈する女なのが明らかだ。

ジーンはクラリスを幼い頃から大事にしてこなかった子爵一家に、自分は彼女を本当に必要としているところを見せつけたかった。なので訪問の際には彼女に本物の婚約指輪を嵌めてもらいたいと考えていた。しかしメアリーに内密に聞いたところによると、マチルダはクラリスが着飾ったり綺麗にするのを極端に嫌がっていたようだったから、婚約指輪をクラリスがしていたら絶対に反応するだろうし、それをどうにかして手に入れようとするだろうと考えた。

本物の婚約指輪であれば取り返す必要が出てくる。マチルダに本当に取られたとしてもジーンは力で奪い返すことはできるが、クラリスは嫌がるだろう。なので、イミテーションの宝石がついた指輪を用意することにしたのは、せめてもの代替案だった。本物でなければ、状況に応じてかろうじて見逃すことが出来る。

クラリスに代替案について話すと、聡明な彼女はすぐに真意を汲《く》み、マチルダが指輪を欲しがることに同意した。

シドに手配を頼んだ際、最近の若い貴族たちの間では、自らの瞳の色の宝石を意中の恋人に贈ることが流行《はや》りであると聞いた。しかしジーンは敢《あ》えてクラリスの瞳の色を選ぶことにした。自分の瞳の色の宝石を贈って所有欲を満たすのではなく、クラリスこそを宝物だと自分が考えていることを示したかった。

ジーンにとって流行りなど何の意味もなく、ただただクラリスだけを尊く思っていることが伝わればそれでいいと思った。

ちなみに今朝クラリスに渡したネックレスの宝石は本物のヴァイオレットサファイアである。指輪と違い、ネックレスを奪おうと思ったらものすごい力で鎖《くさり》を引きちぎらなければならないから女性には難しいだろうと考えたのだ。彼の予想通り、菫色の宝石を身に着けたクラリスはとても美しかった。

しかし半ば予想していたとはいえ、実際に今朝自分がクラリスに嵌めた指輪をこの女が当たり前のようにつけているのを目の当《ま》たり《あ》にすると、ジーンは激しい怒りを感じた。こうやって全てを自分の思いのまま、クラリスから奪って手に入れてきたのだろうと容易《ようい》に想像がつくからだ。正直、クラリスの姉でなかったら、問答無用ですぐさま指輪を取り上げるところだ。この女はイミテーションの宝石にすら値しない。

「な、何を言って……お前はグレゴリー様のところに嫁ぐのだろうが……。クラリスの夫より良い条件だからと婚約したのではないか」

(そして口を滑《すべ》らせる……と。この親にしてこの子あり。親子揃って愚かだな)

ジーンは冷ややかな気持ちでファーレンハイト子爵とその令嬢を見やった。とはいえ、さすがの子爵も長女の行動に唖然としているようだ。子爵夫人は父娘の会話を聞きながらも、じっと俯いたまま、動かない。

「だってグレゴリー様は、ジークフリート様ほど背丈も高くないし、銀色の髪も、金色の瞳も持ってないわ。あの家じゃ、お金だってそんなに自由に使えそうにないし」

菫色に輝く指輪をうっとり眺めながらマチルダはそう呟く。

クラリスの瞳の色というのが気に入らないが、すぐに自分の瞳と同じ碧色の指輪も買ってもらおう。そうしたらこの指輪は用済みになるから捨てたらいい。

マチルダは、自分こそが選ぶ立場であるということを疑っていなかった。マチルダがそう望めば、辺境伯がクラリスではなく自分を選ぶというのは、彼女にとっては疑う余地もないことであった。

しかし、自分の言うことを何でも聞いてくれるはずの父親がきっぱりと首を横に振る。

「マチルダ、それは無理だ。もう婚約の準備を進めているから、今更我が家からは覆せない。相手は侯爵家なんだぞ」

何を言ってるのかしら、とマチルダは物わかりの悪い父親に解決策を教えてあげることにした。

「だからクラリスを差し出せばいいじゃない。私の代わりがクラリスでは満足しないかもしれないけど、それが嫌だっていうなら、グレゴリー様とは婚約破棄をしたらいいわ」

あっけらかんと彼女はそう言うと振り返り、ジーンをうっとりとしながら見つめる。

「ね、ジークフリート様、クラリスではなくて私を連れて帰ってくださるわよね？　だってジークフリート様は『ファーレンハイトの宝石』をお望みだったんでしょう？　ご存知なかった？　もしかしてクラリスが嘘をついているかもしれないけれど、『ファーレンハイトの宝石』と呼ばれているのは、私なのよ」


ジーンは無表情に目の前の娘を眺めた。

クラリスが朝ジーンに頼んだのは、『ジーン様が必要だと思ったら家族に何を言ってもらってもいいけれど、出来たら傷つけないでほしい』というものだった。驚いて、本当にそれでいいのかと尋ねたら、『いい子ぶるつもりはないけれど、私は今ジーン様といられて幸せなので、自分のせいで家族が傷ついたり、不幸せになって欲しいとは思わない』という、ジーンには到底《とうてい》納得出来ないが彼女らしい思い遣りに満ちた答えが返った。

思慮深く、優しく、強靭な精神力を持つクラリスと、この自己中心的で、短慮《たんりょ》で、ただただ強欲《ごうよく》なマチルダが姉妹だとはとてもじゃないが思えない。そしてまったく信じられないことに、クラリスという凛《りん》とした花を咲かせたのは、ファーレンハイト家という荒地《あれち》なのだ。

しかし、ジーンはジーンだ。

クラリスのように優しくこの家族に接するつもりなぞ、毛頭《もうとう》なかった。今もしここにクラリスがいたとして、ジーンを正気に戻そうと叩いたとしても止める気はない。彼の大事なクラリスをここまで粗雑《そざつ》に扱うのであれば尚更。ジーンとシドが調べ上げた情報はこの家族を根本《こんぽん》から揺さぶるものであるが、彼はそれを明らかにするつもりだ。

苛立《いらだ》たしげにジーンが眉にぎゅっと皺を寄せると、彼の周りの温度がすっと下がっていく。

「くだらない。私の婚約者はクラリスだ」

目の前のマチルダの顔から一切の感情が抜け落ちた。

「たとえどれだけお金を積まれても、クラリス以外だったらこちらから断る。まあ、マッケイン侯爵家からファーレンハイト嬢との婚約の見返りに経済的支援の約束をしてもらっているくらい困窮されているなら、こちらに払うお金なんて欠片《かけら》もないでしょうが」

鋭い金色の瞳でじろっと子爵を睨《にら》むと、彼はマチルダの後ろで口をぱくぱくさせていた。その一方、マチルダは自分が拒絶された怒りで、ジーンの言葉を正確に理解していないようだったが、憤《ふん》慨《がい》して叫んだ。

「何よ、あんたなんか……ちょっと見た目がいいだけの、『人喰い辺境伯』のくせに……！　私はね、王都でも有名な『ファーレンハイトの宝石』なのよ！　皆が私のことを……」

「貴女の父親はファーレンハイト子爵ではないのに、貴女が『ファーレンハイトの宝石』を名乗るのはおこがましくないか？」

ジーンが静かに投げつけた爆弾によって、室内にキンと糸が張りつめたような緊張感が漂った。

今度の言葉はきちんと意味が伝わったらしくマチルダは一瞬で蒼白《そうはく》になり、同じく顔色が真っ白になった子爵を振り返った。ジーンにとっては、マチルダが自分の出生の秘密を知っていようがそうでなかろうが、そんなことはどうでもいい。

「ファーレンハイト嬢にこの家の娘を名乗る資格が果たしてありますかね。それにそのことをマッケイン侯爵家が嗅《か》ぎつけたら、どうなるでしょうか？　かといって絶対にもうクラリスは返しませんが。さて……そろそろ私は『グーテンベルグの宝石』を連れて帰ります。──異論はありませんね？」

突然十歳は老《ふ》けたような子爵が、力なく頷いた。

「結構。今後は我が婚約者に失礼な態度は慎《つつし》んでいただきたい……お立場をご理解頂きますように」

じろりとジーンが子爵を睨みつける。子爵はすでに反論をする気など一切ないらしく、ぐったりと力なく項垂《うなだ》れるばかりだ。

一刻も早くこんな不愉快な屋敷からは、クラリスを連れて立ち去るに限る。ジーンはソファから立ち上がると、呆然と床に座り込んでいるマチルダに手を差し出した。

「ファーレンハイト嬢、貴女にはその指輪に触れる資格すらない。私の婚約者に返してもらおう」

◇◇◇

廊下をすれ違ったメイドにクラリスの部屋まで案内してもらうと、室内からメアリーとおぼしき泣き声が漏れ聞こえてきた。メアリーは叔母の屋敷に置いてきたはずだが？　そしてあの一風変わったメイドが泣くなんて非常事態に違いない。何があったのかとジーンが内心慌ててノックすると、中から顔を覗《のぞ》かせたのはシドだった。シドがメアリーを連れてきたのだなとすぐにわかった。

「ジーン、いいか、落ち着けよ。ブチギレたらだめだからな？」

「は？」

「いいから約束しろ、何を見ても暴れたりしないって」

その言葉で自分の直感が正しいことを悟り、シドを押しのけて部屋に入る。目に飛び込んできたのは真っ赤に染まった布を額に当てて床に座り込んだクラリスが、おいおい泣くメアリーを必死で慰めているというおかしな光景だった。

「――何があった」

後ろに立つシドに、低い声で尋ねたが、シドは無表情のままの乳兄弟が心底怒り狂っていることを察し、慎重に答えた。

「いや……俺たちも音しか聞いてないんだけど、どうやらファーレンハイト嬢がクラリスを本棚の方へ突き飛ばしたみたいで……」

「あの女を殺す」

殺すというのは言葉のあやとしても、何か言ってやらないと気が済まない。今にも部屋を出て行こうとするジーンの背中に、クラリスの声が届いた。

「ジーン様……！　来てくださったのですね」

安堵が含まれた口調から、クラリスがジーンの到着を本当に喜んでくれているのがわかり、途端に彼の意識はクラリスだけに向けられた。散乱している本を避けて数歩で彼女の側まで歩いて行き、彼女の目の前に膝をついた。

「大丈夫か？　傷を見せてみろ」

彼女の手を優しく握ってそっと布を離すと、思っていたよりは小さい傷が出てきて少しだけ息を吐いた。今はもう血は止まっていて、傷もそこまでは深くはなさそうに素人目《しろうとめ》には見えた。しかし傷は傷で、もしかしたら額に傷跡が残るかもしれないと思うと、腸《はらわた》が煮えくり返る思いだ。叔母の家に戻ったらすぐに医者を呼び、診《み》てもらわなければ。

「上から落ちてきた本にぶつかって切ってしまったみたい。そんなに痛みもないの。とりあえずこの傷には後で薬を作って塗ります……メアリー、中庭から摘《つ》んできて欲しい薬草があるの」

その言葉でメアリーは泣き止んで、クラリスに指示をもらった薬草と必要な材料を取りに行くべく部屋を出て行き、シドも気を利かせたのか部屋を退出した。


扉が閉まるや否や、ジーンは迷わずクラリスを抱きしめた。

「可哀想に。怖かっただろう？」

「怖かったというよりはびっくりしました……。ジーン様、ドレスが血で汚れてしまったかも……せっかく買って頂いたのに、ごめんなさい」

「ドレスなんかどうでもいい」

心の底からこたえるとクラリスはほっと息を吐いて、肩に頬をそっとくっつけてきた。ジーンに触れているのが安心するとばかりに甘えるクラリスの仕草《しぐさ》に、彼女を抱く腕に力をこめた。

「お姉様は……人の幸せを攻撃しないと満たされない可哀想な方なんですね」

「可哀想なんて言ってやる価値もない愚かな人間だ」

ジーンは強い怒りで、一刀両断《いっとうりょうだん》に切り捨てた。

「だけどあのままだとお姉様は誰からも相手にされず、いつかは一人きりになってしまいます」

「だから、彼女は……」

「でも私は見て見ぬふりをするわ。ジーン様、これがマチルダお姉様への罰《ばつ》です」

クラリスはきっぱりと言いきった。ジーンだったらとてもじゃないがそれでは罰にならないと思うのだが、これはクラリスが決めるべき問題だから彼にあれこれいう権利はない。ジーンは黙ってクラリスの左手首にできた青紫の痣《あざ》を優しくさすった。左手首ということは、あの女に指輪を取られたときにできた痣に違いない。幼い頃からずっと精神的に傷つけられて、今日は肉体的にも痛めつけられたというのに、彼女はどうしてこんなに姉に優しくいられるのだろう。

その時躊躇《ためら》いがちにノックの音が響いたので、立ち上がろうとするクラリスを制し、ジーンが扉を開ける。

「貴女は……」

そこにはファーレンハイト子爵夫人が青ざめた顔で立っていた。

四章　過去と未来と

「メイドたちが……クラリスが怪我《けが》をしたと話していて……それで貴女《あなた》たちがここにいるとわかったので……」

ジーンはクラリスに脳震盪《のうしんとう》の兆候《ちょうこう》がないかを慎重に確かめた後、子爵夫人の向かいのソファに座らせ、自分もクラリスの隣に座ると脚を組んだ。母親はクラリスの額に出来た傷を見ると、瞳に涙を浮かべた。やがてハンカチでさっと涙を拭《ふ》くと、意を決したかのように口を開いた。

「グーテンベルグ辺境伯様は我が家の内情を全てご存知だったのですね」

ジーンはその問いかけには何も答えず、肩を竦《すく》めた。

ジーンは、この母親にもクラリスを十分に守ってこなかったという憤《いきどお》りを抱えていてあまりいい感情はない。しかし、彼女がこの部屋に来た目的は明らかだったので、ぶっきらぼうに尋《たず》ねた。

「ここにいらしたということは、お話し頂けるということでしょうか？」

「――はい、クラリスが聞きたければ、全てを話しましょう」

クラリスは菫《すみれ》色の瞳に強い光を浮かべた。

「お母様、私にファーレンハイト家のことを全て教えてください。それに、どうして私は『身代わりの花嫁』にならなければならなかったのか、をお母様の口から伺《うかが》いたいです」

子爵夫人はしばらく黙りこみ、どうやって話したらいいのかを考えているようだった。

ジーンは、クラリスは母親と同じ髪の色で、瞳の色こそ違うが顔立ちもそこはかとなく似ているということに気づいた。しばしの沈黙の後、子爵夫人が口を開いた。

「クラリスは私の実家のことを知っていると思いますが、今では没落《ぼつらく》した子爵家なのです。それで……没落する前に私には将来を誓った婚約者がいて、彼と結婚するとばかり思っていた――幼馴《おさな》染《じみ》でした」

クラリスは驚いた。

母方の実家が没落した子爵家ということはもちろん知っていたが、母に以前婚約者がいたということは初耳だった。

元の婚約者は昔から付き合いのあった、ある子爵家の次男だったという。お互いに思い合っていた良い関係で、彼の生家はそこまでお金に余裕はなかったが、一生仲良く穏やかな家庭が築けると思っていた。子爵夫人の母――クラリスにとっての祖母――はかなり昔に亡くなっていたが、母がまだ子供の頃に結ばれた、その幼馴染との婚約を喜んでくれていたのを心の支えにしていた。

「ただ……親戚の甘言《かんげん》に騙《だま》されて出資した大きな事業が失敗したことに焦《あせ》った私の父親が、彼との婚約を勝手に破棄《はき》したのです。それで私の家の建て直しに資金を出そうと言ってきたファーレンハイト子爵家との結婚を勝手に決めてきたので……彼と私は二度と王都に戻らない覚悟で駆《か》け落《お》ちをしたのです」

「えっ……？」

（お父様は……お母様をお金で手に入れようとしたの……？　そしてお母様はその方と駆け落ちをなさって……？）

予想だにしない展開に、クラリスは思わず目を見張った。

「もちろん、すぐに父とファーレンハイト子爵家は追手を出して、三週間後に私たちは連れ戻された。彼はそのまま隣国へ出されたと聞いています。私は父に絶対に子爵とは結婚をしないと言ったの。幼馴染の彼じゃないと嫌だって。でも父は私を部屋に監禁して、そのまま半年後の結婚式の日まで出してはもらえませんでした」

「そんな……」

今まで父の影に隠れて息を潜《ひそ》めていた母にそんな辛い過去の記憶があるなんて思いもしなかったクラリスは、話の内容にひどく胸を痛めた。

「そして、結婚式までの間に、私のお腹《なか》に彼との子供がいることがわかったんです」

クラリスはハッと息を呑《の》んだ。

そのお腹の子はマチルダお姉様だ。昨日シドから告げられたのは、ファーレンハイト家の経済状況についてだけだったので、マチルダの出生の秘密を初めて聞いたクラリスは動揺した。隣からジーンの大きな手が伸びてきて、クラリスの手を励ますようにぎゅっと握った。

そんな二人を見ながら、母は続けた。

「私は誰にも言わなかった……私の父が知ったら、私を殴ってでも堕胎させようとすると思ったから。彼との子供をどうしても産みたかったからずっと黙っていて……幸い私のお腹は目立たなかったので父には気づかれなかったの。けれど初夜の日に、もちろん夫には露見してしまった」

母は父に懇願した――『私はこのように身持ちが悪い女ですから、どうか婚姻を破棄してください』と。

父はこう言ったそうだ――『その手には乗らない。晴れて自由になった身であの男を追いかけるのだろう？　そんなことは許さない』

母は今でも美しく、若い頃はさぞやと思わせる容姿の持ち主だ。とはいえ、それだけが理由とも思えない。おそらく父は何らかの理由で母に病的に執着していたのだろう。そして母も父からの執着心が不気味に思えて、どうして自分にこんなに固執するのか、何度も聞いたのだそうだ。

『俺はお前なんかどうでもいい。ただ、お前みたいなあばずれ女が許せないだけだ』

母はその答えを聞いた時点で、父は本当のことを言うつもりはないのだと、彼とまともに会話することはできないのかもしれないと悟った。

父はとにかく、母がかつて想い人とともに逃げようとしたことに対して、すさまじい怒りを抱《いだ》いていて、許すつもりは一切なかったのだ。

父は尚もこう言い募《つの》った――『身持ちの悪いお前には私からの罰《ばつ》を与えるからそのつもりでいるように』と。

しかもそうやって母が一家の犠牲となって結婚したものの、結局資金繰りがうまくいかず母の生家は破産、その地位を手放すことになったという。

そしてクラリスが生まれる前に全ての元凶である祖父は亡くなり、母には年の離れた姉がいたが、何年も前に遠方の地に嫁《とつ》いでいたので母は孤独であった。

「最初はわからなかったんです。夫が言ったことが何を意味しているのか。マチルダが生まれてから、夫はとても可愛《かわい》がって、まるで本当の自分の子のように可愛がって……。だけど、クラリス、貴女が産まれた後、夫の言ったことの意味がわかったんです」

クラリスはまぎれもなく父と母の子だという。気持ちが伴わない配偶者と閨《ねや》を共にするのは苦痛以外の何ものでもなかったが、跡取りを残さなければならないと父に強く迫られると母は拒《こば》めなかった。彼女は帰る場所もなかったので夫の言う通りにするしかなかったのである。母が耐え忍んだ後に、生まれたのは男子ではなく女子だったので父は相当落胆していたらしい。

そして父は、生まれたばかりのクラリスの瞳《ひとみ》が菫《すみれ》色だと知った途端、彼女をひどく冷淡に扱うようになった。クラリスこそ自分の血をわけた子なのに、まるでそうではないかのように。

その代わりに、元婚約者との子供をより一層甘やかして可愛がる。マチルダは実際とても可愛らしい子ではあったがその容姿は元婚約者に似ているので、彼にとっては憎い子のはずなのに。

「途中で……本当は彼自身がマチルダを手に入れようと思っているのかと……警戒した時期もありましたが……」

血は繋《つか》がっていないのでもしやと思ったが、さすがにそれはなかったようだ。

「ある日夫が言ったんです、幸いマチルダは美しい顔を持っているから、利用出来るだけ利用する、と。売り物になる、とはっきりと言いました。だから甘やかすだけ甘やかして、自分で考えるような頭を持たせないようにすると。私のように駆け落ちを考えるような人間にはしない、と……。彼は表向きは人の良い子爵を演じますが狡猾《こうかつ》な人なのです」

クラリスは父の考えを知って心底怯《おび》えた。マチルダが可愛くて可愛がっていたわけではなく、その裏にこんな昏《くら》い思いが隠されていたなんて。

「狡猾と仰るが、色々と詰めは甘そうですがね。まぁ弱い者には強く出る最低の人間なんでしょう。それに実際、子爵の目論見通りファーレンハイト嬢は育っています。貴女は母親として止めることができたはずなのに、何もせず見ているだけだったのでは？」

ジーンが冷たく口を挟む。

「……言いわけだと思われるでしょうが、最初の頃は止めていました。マチルダは、彼との子供です、私だって大切に育てたかった……。でも、止めるたびに子爵に殴られて、酷《ひど》い時には屋敷の中で監禁されました。それでいつしか……彼に立ち向かおうと思うと体が震えて何も言えなくなっていったんです。それに私がすることで夫が逆上し、子供たちに害が及んでもいけないという思いもありました」

（確かにいつもお母様はお父様のなさることに何一つ反論されなかったけれど……。そんなことがあったなんて）

クラリスは小さい頃《ころ》を思い返してみた。

そういえば父が傍にいないときの母は普段以上に優しかった気がする。それが父が一緒にいると、彼女はぎこちなくなり不自然になる。その理由が、まさか父が裏で暴力を振るっていたからだったなんて。

母の瞳からはらはらと涙がこぼれ落ちてきた。それでも彼女は話すのを止めなかった。

「ちょうどクラリスを妊娠する前にファーレンハイト家にいた従者に菫色の瞳を持った人がいたんです。子爵はそれで私と彼の関係まで疑っていたみたいでした。本当にクラリスは子爵の子供だというのに……。私の家系には時々菫色の瞳を持つ子が生まれると何回も言ったのに信じてもらえませんでした」

待ち望んでいた男子でもない、さらには従者との不義の子かもしれない、そう思い込んだ子爵は次女を目の敵にするようになった。

その後、母への監視は度を越したのだという。子供が娘たちしかいないので、跡取りの息子を作るために閨を強要されるかと母は怯えていたが、不倫するような女にはもう手を出す気がない、と父に罵《ののし》られ続けたそうだ。父自身は若い頃、何人か愛人を囲っていたそうだがついぞ子供は他には産まれなかった。


「グーテンベルグ辺境伯様、我が家の家計はもう破産寸前です」

「ええ、そのようですね」

ジーンはあっさり頷く。

「そんな時にクラリスを貴方《あなた》に嫁がせることになった。本当はギュンター侯爵家と婚姻を結びたかったようなのですが、さすがに王命とあらば逆らえなかったんでしょうね」

「ギュンター侯爵のところといえば……次男あたりですか？　あの頭の緩んでいる？　まぁ確かにあの一家は資金繰りは潤っているが」

ジーンはぐっと奥歯を噛《か》みしめた。ギュンターのところへクラリスが嫁に差し出されなくて良かった。あの一家からいい噂《うわさ》を聞いたことがない。この家以上に彼女は虐げられ、辛い人生が待っていたに違いない。

「夫は、お金にさえなればなんでも良かったので。一番お金を出してくれる家を慎重に探していたと思います。それでクラリスは王命で貴方に嫁がせることになったので急いでマチルダを、と」

「ああ、それで……あのマッケイン侯爵嫡男、というわけですか」

「ご存知でしたか、マッケイン侯爵嫡男様のことも」

「王都に来るのは久しぶりであっても情報が入ってこないわけではないので。こちらに到着してからもまぁ……」

作戦会議の時に、ジーンとシドが王都でも情報を得るために動いていたことを教えてくれたのだが、姉の婚約者の人となりについては何も言っていなかったのでクラリスは首を傾げた。

ジーンがクラリスに問いかける。

「どうしてマッケイン侯爵のような大貴族の嫡男が三十歳過ぎても未婚だと思う？」

「……何か事情、があるからでしょうか？」

「その通りだ」

ジーンによると、グレゴリー・マッケインはその出自ゆえ、幼い頃からお金に苦労をしたことがなく、将来的にも給金だけで贅沢《ぜいたく》に暮らせるとあって何にも夢中になれない人間だったようだ。大人になってからも女性関係が派手でだらしなく、既に婚外子が数人いるという。頭脳の出来はすこぶる悪く、まともに政務も行えないが、側に控える従者たちが優秀だから何とか跡取りとしての体裁が整っているだけだという。彼の両親は若い頃から縁談をまとめようとしたが、二回ほど婚約破棄となっている。一回目は詐欺事件を起こし、二回目は女性問題、それぞれお金で手を打って内密に処理されているそうだ。

「一粒胤《ひとつぶだね》で、他に家を継ぐ者がいないのが、グレゴリー本人にとっては幸運なのだろうが、マッケイン侯爵家にとっては不幸としかいいようがないだろうな」

そこにきて、『ファーレンハイトの宝石』からの思いもよらない婚姻の打診。

『ファーレンハイトの宝石』と名高いマチルダを娶《めと》ることができれば、イメージがとても良いためマッケイン家が一も二もなく諸手を挙げてこの婚姻を受け入れることがわかっていたファーレンハイト子爵はかなり自分の家に有利な経済的支援を条件に出した。

「夫は、マチルダが高く売れた、と喜んでいました。どちらにせよ、使用人の間で我が家が傾いているという噂が流れていたので、それが外に漏れる前に、お金のかかるマチルダを嫁に出す頃合いだと思っていたようで……」

資金繰りに悩む中でもドレスだ、宝石だ、と姉にいくらでも買い与えていたのは、いつかマチルダを高く『売る』ための準備とでも思っていたのだろうか。

結婚相手の人柄や家柄などどうでもよく、マチルダが幸せになるかも構わず、ただただお金にさえなればいいと思って取り決めた婚約だったのか……。

（嫁いだ先でお姉様はこれからものすごく苦労される。そしてお金との引き換えだから、戻っても来られない。お母様と同じ境遇を与える事でお父様の復讐《ふくしゅう》は完成するんだわ。復讐も何もそもそもお父様がお母様に固執しなければよかったものを……）

クラリスは、ジーンとつないでいない方の手をぎゅっときつく握りしめた。

「先ほど仰っていましたが、グーテンベルグ辺境伯様のところへ夫から手紙がいったとか……差し支えなければ何が書いてあったか教えていただけませんか」

母の必死の懇願を受け、ジーンの視線がクラリスに向かった。

「実家の訪問の後に話すと言ったこと、今ここで話しても構わないか？」

「はい、もちろんです、ジーン様」

彼を見上げると、ジーンは彼女をその冷静な金色の瞳で見つめた。

「クラリス、まずはっきり言っておくが、俺は最初からクラリス・ファーレンハイトを嫁にほしいと王に願い出ている」

「……え？」

とくんとクラリスの鼓動が跳ね上がり、彼女の心を喜びが支配する。

「とりあえず今はこれだけ言っておきたい、残りはまた後でな」

無表情ながら優しい口調で付け加え、クラリスには時々見せてくれるようになった唇《くちびる》の端をふっとあげるような笑みを浮かべてから、ジーンは子爵夫人に向き合った。

「私からの手紙の内容はどこまでご存知ですか？」

ジーンとクラリスのやりとりを瞳にいっぱい涙を溜《た》めて見ていた母が、微《かす》かに微笑みながら答えた。

「戦果への褒美として『我が娘』をグーテンベルグ辺境伯様が望んでいらっしゃるということ、王がそれを快諾されたこと、あとは細々した条件をいくつかつけられたことを伺っています。ただ夫は、マチルダの手前、最初はマチルダを望まれたという話にしていましたので私も信じていました。でも違ったのですね。きっとそうしないとあの子の自尊心が満たされないからだわ」

（そうだったの……）

クラリスは呆然《ぼうぜん》とその話を聞いていた。

全ては姉のため、と見えていた父の画策《かくさく》だったが、その実、父の頭の中ではどうやって姉が気分良くマッケイン侯爵に嫁いでくれるのか、その一点しかなかったのに違いない。

「貴女はご存知なかったのだな、私がクラリスを望んでいることを。私は去年打診をしたのに、王家がファーレンハイト子爵に連絡したら、のらりくらり返答を延ばされたのは？」

「それも……知りませんでした。夫はそんなことは何も……」

そんなことだろうと思った、とでも言いたげにジーンは頷く。

「時期的にクラリスの婚約話をまとめるためにギュンター家と連絡をし始めたところだったのでしょうか。私から横槍《よこやり》が入っては、計画通りにならなくなりそうで鬱陶《うっとう》しかったんでしょう」

「そうかもしれません。夫はそれまでギュンター家についてあれこれ喋《しゃべ》っていたのが、ある日突然言わなくなりましたから」

夫の性質をよく知っている母が認める。

「何度も王家から連絡があったはずですがね。まぁしばらく待ってから、やっと婚約を受け入れるという、この手紙が子爵から来たわけなんですが……」

ジーンが父から届いたというその手紙を広げる。


クラリス・ファーレンハイトを婚約者として望んでいただき誠に恐悦至極《きょうえつしごく》に存じます。

『ファーレンハイトの宝石』を差し上げることは叶《かな》いませんがクラリスであれば喜んで。

お恥ずかしい事に我が家には支度金《したくきん》がほぼございませんので文字通り身一つで送ることをお許しください。

使用人も一人しか連れて行けませんが

ご理解いただけますように。
また辺境伯様との婚姻が成った折には
我が家に経済的支援を
考えていただけるとありがたく思います。

要するに、金はないからクラリスだけを輿入《こしい》れさせる、嫁に貰《もら》うのであればお金を対価として払え、との旨《むね》がはっきりと書かれていたのだった。使用人だってクラリスには一人しかつけないぞ、と。

ジーンは『ファーレンハイトの宝石』の通り名について、ファーレンハイトの長女がそう言われている、くらいの認識しか持ち合わせていなかったという。

「王には『ファーレンハイトの宝石』が欲しいなんて一度も申し上げていません。私ははっきり『ファーレンハイト家の菫色の瞳の娘が欲しい』と伝えたのです。王宮からは菫色の瞳を持つ娘は次女のクラリスだと返答があった。私は子爵への手紙にも菫色の瞳の娘を、と書きましたし、王宮からもそのように連絡があったはずです。だからわざわざその言葉が書き記されていたのがとても不思議で、クラリスが到着した晩に、『ファーレンハイトの宝石』とは何だ、と聞いたくらいです」

『ファーレンハイトの宝石』を差し上げることは叶いませんがクラリスであれば喜んで。

ジーンは文脈を無視して突然割り込まれたその言葉に奇妙な印象を持っていた。

気にはなっていたのだが、しかしそれを尋ねた後のクラリスの反応で、気を失うほどの緊張感を彼女が背負っていることに気づき、落ち着くまではしばらくはそれ以上聞くのをやめようと思った。倒れた翌日に、初めて二人で庭園を散歩した折も、クラリスが結婚式はしなくていい、と言ったり、悲壮な顔をしているので、何か関係があるのではないかと察した。

彼女の態度からはもちろん、父親である子爵からこれだけ支度金がないなどとも書かれていたことから、実家で冷遇されていたことも想像がつく。その推測を裏付けるかのようにクラリスの荷物は驚くほどに質素だった。まだ信頼関係がない自分が問いつめるとクラリスを傷付けてしまう予感がして、どうしても聞けずにいた。その後すぐにシドとマリウスに頼み、王都でファーレンハイト子爵の周囲を調べてもらう手はずを整えた。

メアリーが勇気を振り絞《しぼ》って聞いた「辺境伯様は、『ファーレンハイトの宝石』を奥様へと希《のぞ》んでいらっしゃったのですか？」という質問により、これはクラリスにちゃんと話が通っていないのだな、と確信を持った。ちょうどその後に王都から連絡が入り、子爵の周りのきな臭い人間関係や財政状況などが報告されて、ジーンはある程度裏側を推測して、納得したのであるが……。

クラリスはその話を半ばぼんやりと聞いていた。

「悪かったな、クラリス」

クラリスは今では一番信頼している金の瞳を見上げた。……そう、彼はクラリスだけを求めていてくれたのだ。そして彼はいつでも彼女の表情を探り、クラリスが何を考え、どう思っているかを知ろうとしてくれている。

「何が、でしょう？」

「黙っていたことだ、お前に早く聞いたら良かった。実家を訪問した後に、ある程度事実が明らかになってからの方が衝撃が少ないかと思ったのだがそれが間違いだったようだ」

黙っていたというのもクラリスのためだったのだと思う。いたずらに実家の闇《やみ》を話すことになり、万が一真実と違ったとき、それによってクラリスが傷つくことを彼は心配したのだろう。クラリスは繋がれている彼の手を握り直した。

「いいえ、ジーン様、どうか謝らないで」

「そうです、辺境伯様は何も悪くない。全ては我が夫と、それを止められなかった私のせいです」

ジーンが子爵夫人に、先ほどまでの冷たいだけのものとは違う同情めいた視線を送る。

「子爵夫人、どうして子爵は手紙に突然『ファーレンハイトの宝石』について書いてきたのだと思いますか？」

子爵夫人は少しだけ考えた。しばらくしてからの彼女の返答はため息まじりであった。

「多分、マチルダに価値を持たせたかったのかと……。その時にはクラリスを諦《あきら》めて、マチルダをどこかの貴族に嫁がせることを決めたのでしょうから。ただそれだけではないでしょうか」

王に祝福された結婚にでも『ファーレンハイトの宝石』は差し出せない、と言いたかったのか。間違いなく、マッケイン侯爵家にももったいぶるようなことを言っているに違いない。そのように利用した上で、グーテンベルグ家に金銭的援助を申し出てきていたとは……。

ジーンははっきりと顔に侮蔑《ぶべつ》の色を浮かべた。

「軽蔑するのも時間の無駄なくらい、低俗な人間だな……」

◇◇◇

その後メイドたちがクラリスの部屋に入ってきて互いに久しぶりの再会を喜んだ。予想通り、料理長がクラリスが大好きだった菓子をたくさん焼いていたのをもたせてくれ、メアリーが山ほど積んだ薬草もエインズワース邸に持っていくことにした。使用人たちはみな一様に、大柄で無表情なジーンに驚いてはいたものの、クラリスが幸せそうにしている姿を見て喜んでくれた。

父と姉は屋敷からはもちろん出てこなかったが、母が玄関の外まで出てきて、見送ってくれた。ジーンは気を遣い、母に挨拶をした後、先に乗っている、と馬車に乗り込んだ。その場に二人きりになると母がクラリスの手を取った。今まであまり積極的に触れ合いをしてこなかった母の思いきった行動である。クラリスが母の手に触れるのは子供の時以来ではないだろうか。何年かぶりに触れた母の手は記憶にあるより小さかった。

「クラリス、私を許せとは言いません。私は……結局自分が可愛くて、貴女たちを守りきれませんでしたから。でもグーテンベルグ辺境伯様と一緒にいる貴女を見ていたら安心しました。私がこんなことを言っていいのかわからないけれど——貴女は強い子。使用人にも慕われている姿をずっと見ていました。だから『きっと大丈夫』」

(『きっと大丈夫』……)

辺境伯邸に身代わりの花嫁としていく、と決まった時も心の中で無意識に呟《つぶや》いていた……クラリスが自分を鼓舞《こぶ》する時に胸の内で呟くこの言葉は、幼い頃母がいつも慰《なぐさ》めてくれる時にかけてくれていたものだと唐突《とうとつ》に思い出す。母は自分にも何回も言い聞かせていたのに違いない。

「お母様……」

「私にはこれからもこの家で生きていく道しか残されていないけれど、彼との思い出があるから生きていられるの。だからもう何があっても戻ってこないで」

「でも、お母様……」

これからファーレンハイト家はかつてないほどに混沌《こんとん》とするのではないか？

しかし母はきっぱりと首を横に振った。今まで父の影で隠れて生きてきたのが嘘のように、すっきりとした晴れやかな表情だった。

「グーテンベルグ辺境伯様は貴女のことをとても大事にしてくれているわ、もう過去は振り返らず、未来を生きて」

◇◇◇

大柄な辺境伯が、マチルダから奪い返した菫色の指輪を胸ポケットに入れ、振り返りもせずに部屋を出て行った後、マチルダは父を見上げた。

「お父様、今のって……本当？」

父は何も答えなかったがその沈黙こそが全てだった。

いつものように俯《うつむ》いていた母が、席を立つと足早に扉に向かう。普段は母が勝手な行動をするのを極端に嫌がる父だが、今日は何も言わなかった。

辺境伯がクラリスを守るためにぶつけてきた爆弾はものすごい威力だった。

二人きりになると、再び父親に問いかけた。

「私の……私の本当の父親って誰なの？」

父の顔が醜悪《しゅうあく》に歪《ゆが》む。

「私は堕《お》ろせと言ったのに、お前の母親が勝手に産んだんだ、お前を」

「え？」

「お前の父親は地位の低い貴族の男だよ、見た目だけはまともだったが――良かったな、そのお陰でお前は『ファーレンハイトの宝石』と呼ばれるような容姿を持って生まれたんだから」

いつもマチルダを愛して可愛がってくれていた父はそこにはいなかった。

その瞳に浮かんでいるのは――ものすごい憎悪《ぞうお》の炎。

彼女は父のあまりの変わりように呆然として、たじろいだ。

「ク、クラリスは？　クラリスの父親もその人なの？」

父は鼻を盛大《せいだい》に鳴らした。

「お前の母親はクラリスの父親は私だと言っている――どこまで本当かはわからないがな」

（うそ……クラリスは……お父様の子供なの？）

クラリスだけ、ずるい。

マチルダがまず思ったのはその一言だった。

「辺境伯め……余計なことばかりしやがる。でもまぁいい、いい加減、良い父親をやるのも疲れてきていたんだ。どちらにせよお前はこれから侯爵のところへ嫁いで、我が家の役に立ってもらわなければならない。お前みたいな能なしにはそれくらいしか価値がないからな」


このひとは、なにをいってるの？


両親に隠れて貴族子息たちと火遊びをしていたマチルダにはわかっていた――辺境伯がものすごく極上の男だということを。あんなに魅力的な男は少なくともマチルダの周囲にはいない。

そして間違いなく彼はクラリスに惚《ほ》れ抜いている。ああいう容赦《ようしゃ》のない男が本気になったらクラリスのことを二度と離さないように溺愛するに決まっている。

クラリスがこれから幸せになるのに、『この私』が、家の道具となって侯爵に嫁ぐ?

一度だけ会ったことのあるグレゴリーの姿を思い浮かべる。

豪華な服では隠し切れない、辺境伯とは比べものにならないだらしない身体《からだ》つきと、まっ白な肌に浮かんだ赤い唇がただただ気持ち悪かった。クラリスにはドレスが何だと言ったが、本当はグレゴリーとはそんなに会話していない。

彼と結婚すると決めたのは、クラリスの相手の辺境伯よりも爵位が高くてお金持ちだったから。お金さえあれば、結婚した後に綺麗《きれい》なドレスや宝石を手に入れて、見た目が自分好みの愛人を作る余裕があると思ったから。ただそれだけである。

辺境伯があんなに良い男だってわかっていたら、身代わりにクラリスを行かせたりはしなかった、絶対に!

ずるい、クラリスが幸せになるなんて、ずるい。

私はあの能なしクラリスより幸せになる権利があるはずなのに。

「いや! 私はグレゴリー様のところには嫁がないわ。クラリスが行けばいいのよ」

「お前は自分の立場がわかっていないようだな。お前の婚約はもう決定事項だ、絶対に覆《くつがえ》らん」

「お父様、どうして、どうしてそんなことを……？」

子爵がじろりとマチルダを見やった。

「頭の弱いお前にはわからないだろうが、お前の母親に対する私の復讐だ」

予想だにしない言葉に呆気《あっけ》にとられて、マチルダが父の顔を見上げる。

「お母様に対する……復讐？」

「私はもともと、お前の母親の姉が良かったのだが……彼女は七歳年上だったから、さっさと遠方に嫁に行ってしまった。だから容姿の似ていたお前の母親を貰ってやろうとしたのに……あの女ときたら、好きな人がいるので婚約は慎《つつし》んでお断りします、などと断ってきたのだ」

話しているうちに過去を思い出したのか、マチルダが聞いているかどうかなぞ気にもせず、顔を真っ赤にして子爵は怒鳴《どな》り始めた。

「あの家に金のないことはわかっていたから、お前の祖父は、泣いて喜んでいたよ。だというのに、あの女ときたら……男と手を取り合って逃げるんだからな。私のプライドはずたずただ！　それに、見つけた時にはお前が腹の中にいて、それもぎりぎりまで黙っていやがった！　金を出してやったのに、虚仮《こけ》にするなんて許されん。だから私は決めたのだよ、あの女を不幸にするために、絶対に離縁はしない。それからお前をどうしようもない人間に育て上げる、と」

「お、お父様は……お母様のことを憎んでいらっしゃるの？」

目をギラギラとさせながら、父はフンと鼻を鳴らした。

「当たり前だろう、生涯《しょうがい》離す気もないし、赦《ゆる》すつもりもない」

この人は、おかしくなっている。

さすがのマチルダも父親が半ば正気ではないことに気が付いた。父親は母親への執着が度を過ぎている。

父は、話は終わったとばかりにソファを立ち部屋を出て行こうとする。

「お前は黙って私の言うことを聞いていればいいのだ。こんな我儘《わがまま》に育つとはさすがあの女の娘だな」

いつも父親に従っている母親のせいにされて、マチルダはカッと頭に血が上った。


どうして？

父から本当の意味で愛情を向けられたことはなかったのはずっと肌で感じていた。

だからクラリスを押しのけていないと心配だったし、いつでも不安だった。

お父様に気に入られるようにしていたら、こうなったのに。

お父様に愛されるのに必死だったのよ？

お父様が私をこういう風にしたんだよ？

マチルダは、目の前のテーブルに置いてあった紅茶が入っている陶磁器のポットを機械的に手に取ると、父の頭に向けて勢い良く投げ下ろした。

◇◇◇

馬車に乗った後もクラリスはしばしぼんやりとしていた。横に座ったジーンは黙ったまま彼女を想いに浸《ひた》らせてくれていた。

(今まで知らなかったことがあまりにもたくさんで……色々と考え直さないといけないわ)

クラリスは軽く首を振った。

ジーンに事前に聞いていたのは、ファーレンハイト子爵家の経済状況が芳《かんば》しくなく、マチルダの婚約は経済支援との引き換えではないか、ということだけだった。クラリスが望むなら、父親にそのことを告げて、マチルダの婚約を破棄してもらうように動いてもいいのだ、とジーンは言った。クラリスの答えは、姉が辛そうであればそうしてあげたいが、幸せそうならそのままで良いと思っている、である。しかしその時は、ジーンがマチルダの婚約破棄を望んでいて、マチルダとクラリスの婚約を交換しても良いと望んでいるのではないか、と一瞬頭をかすめた。

だが彼はクラリスを大事にしていることを家族に見せつけるかのように、綺麗に装《よそお》わせ、ファーレンハイト子爵家に同行してくれた。またジーンがマチルダに挨拶をした瞬間、彼の中に一切姉はいないことをすぐに感じ取った。その後、母親の前ではっきりとクラリスを求めている、と断言もしてくれた。クラリスは今まで自分がジーンの行動から感じていた彼の気持ちは間違いではなかったと確信して、生まれて初めて感じるとても幸福な気持ちになった。甥《おい》をよく知るロッテの忠告は正しかったのである。

しかしその後、母から聞いたファーレンハイト家の真実は、両親の過去のことも含めて想像すらしておらず、衝撃的すぎた。

「怪我をしているのだから、頭は出来るだけ動かさない方がいい」

無意識に頭を振ったクラリスに、ジーンがなんとも彼らしく冷静に注意してきたので、思わずちょっとだけ笑った。切り傷はもう全然痛まなくて、しかも思いもよらなかった話を聞いたせいですっかりマチルダとの出来事を忘れてしまっていたくらいだ。

「ジーン様……本当に私なんかでよろしいのでしょうか？　家族をご覧になって……こんな家の娘をと思われませんでしたか？」

「まさか。なるわけがない」

彼はそっとクラリスの頭を撫《な》でた。

「……一年前、無事内戦が終結した報告に王都に来た折《おり》に、お前を見た」

「え？」

「王宮の夜会でだ。俺は早く領地に帰りたくて仕方がなかったが王に言われてやむなく参加していた。そこでお前とお前の姉を見かけた。遠目だったけどな」

去年の王宮での夜会。

確かに記憶にある。王宮での夜会は一度しか参加していないので、すぐに思い出せた。大規模な夜会で、名だたる貴族たちはほとんど来ていたのではないだろうか。あの時もマチルダはクラリスを家に置いていきたがったが、あの時は父がどうしてもクラリスを連れて行くといって聞かなかったのだ。今思えば父はクラリスを嫁がせるべく、ギュンター侯爵たちにクラリスの姿を見せたかったのかもしれない。

「遠目からでもお前は本当に美しかった。お前の姉なんか一度だってまったく目に入らなかった。菫色の瞳が印象的だったな。それからとても寂しそうな顔をしていたのが気になった」

ジーンが思わず隣にいる貴族に聞くと、『ああ、ファーレンハイト子爵のところのご令嬢ですね』と言われたそうだ。

「その後、お前は覚えているかわからないが、とある令嬢が突然倒れてな、周りの人々が誰も手を出さない中、お前だけが心配そうに使用人たちに手を貸していた。俺は遠くにいたから手を出せなかったが、近くにいたら同じことをしただろうから余計に印象に残った」

覚えている。

あとでマチルダに、使用人みたいな真似《まね》をしてファーレンハイト家に恥をかかせた、と散々に詰《なじ》られたのだがクラリスは目の前で人が倒れたのを放ってはおけなかった。

「本当に……あの場にいらしたんですね」

彼の話を聞く限りでは、同じ夜会に参加していたようだがクラリスには彼の記憶はなかった。これだけ圧倒的に存在感のある男性を一度でも見かけたら忘れられなかったと思うが。とはいえ基本的には夜会に参加した時はマチルダに他の男に色目を使うなと言われ続けていたから、あまり周囲を見ることはなかったのだが。

「ああ。俺はあの後すぐに帰ったんだ」

彼がまたそっとクラリスの髪を優しく撫でた。

「夜会を去るまでお前から目を離せなくて——王に何が欲しいかと問われた時に思わず言っていたんだ、ファーレンハイト家の菫色の瞳を持つ娘が欲しい、とな。俺は今まで誰かに対してこういう想いを抱いたことがなくて自分でも驚いた」

「ジーン様……」

「辺境伯邸で初めて近くでお前を見たときから、あまりの美しさに見惚れた。お前は本当に美しい、クラリス。だがお前の素晴らしさは外見だけではない。わかっているよな？」

思わず頭を横に振ると、彼が優しく笑った。滅多に見られない彼の心からの笑顔は蕩《とろ》けるような甘さが漂う。

「だから頭を振るなと言っているのに——お前が素晴らしいのはその内面の美しさと、知性ゆえだ。あんな家でもお前は腐《くさ》ることなくまっすぐに育った。人を助ける心がある。与えられた環境の中でより良いものを摑《つか》む強さもある。植物のことを学んだのだって、そうではないか。メアリーが言っていたぞ、簡単に医者に行けない使用人たちが何度もお前の作る薬に助けられたと」

ジーンは、彼女の頰をそっとくすぐるように撫でると、そのままクラリスの左手を取った。

「お前こそ俺のような無骨《ぶこつ》な男に呆《あき》れてしまわないかと心配だが——俺はお前に側にいて欲しい、これからもずっと」

ジーンは空いている手でゴソゴソと上着の胸ポケットを探ると、何かを取り出した。

「クラリス、ロマンティックな男は馬車の中でこんなものを差し出したりはしないだろうが——知っての通り俺はこんな男だから許してほしい」

そういうと、彼はゆっくりとクラリスの左手の薬指に指輪を通し、満足そうに頷く。

「この前鍛冶屋《かじや》でサイズを直してもらってきたんだが。うん、ぴったりだな」

クラリスは呆然とその菫色の瞳を見開いて、約束の指に通された銀色のシンプルな指輪を眺《なが》めた。

「俺は『ファーレンハイトの宝石』ではなく、クラリス・ファーレンハイトを花嫁にしたい。俺と結婚してくれるか？」

ぼろぼろとクラリスの綺麗な菫色の瞳から涙が溢《あふ》れてきて、ジーンは自分が彼女を悲しませたのかと焦った。

(何か話し足りなかったか？　話す順番が違ったのか？　不躾《ぶしつけ》にクラリスの気持ちを決めつけてしまったか？　『ファーレンハイトの宝石』のことを思い出させたのが良くなかったか？)

「クラリス……。悪い、俺はまたお前の気持ちも考えずに……」

彼女が泣きながら、微笑んだ。

「違います、ジーン様、私、嬉しくて」

クラリスが宝物を見るような瞳で指輪に視線を落とした。

「素敵な指輪ですね……」

「気を遣《つか》わなくていい。ちゃんとした指輪はまた買ったらいい。残念ながらこれはそんなに高価な品ではない。俺の父が母に贈ったものだからな。この前話したように俺の父親は地方の弱小貴族で――」

「ジーン様……」

ますます彼女の瞳から涙がこぼれて、不器用なジーンはもうどうしたらいいのかわからなくなった。

「これ以外の指輪は必要ありません。私、ずっとずっと大切にします」

そう答える彼女があまりにも綺麗で、ジーンは両手を伸ばして彼女を引き寄せると、額の怪我に障らないように、強くしっかりと抱きしめ、出会ってから初めて彼女の唇にキスを落とした。

クラリスの唇はとても甘く、ジーンはキスに溺れた。しばらくしてようやく彼女から顔を上げると、クラリスの菫色の瞳は潤んで、うっとりと陶酔しているかのようだった。普段清楚《せいそ》なクラリスのそんな表情に、ジーンはますます彼女への愛しさを募らせ、もう一度口づけをしたのだった。

◇◇◇

ジーンはクラリスにあてがわれた部屋の前でノックをするべきか、しばらく思いあぐねていた。

帰宅し、医者を呼んでクラリスの傷をみてもらい——思っていた通り軽傷で医者が処置をしてくれたため綺麗に治ると思うと言われた——晩ご飯を食べた後に就寝の挨拶をしてから自室にいたところ、ファーレンハイト子爵夫人からジーン宛に使いがきた。

その内容を知ったジーンは、クラリスに伝えるのは明日の朝にするべきか逡巡《しゅんじゅん》した。けれど少しの時間でもクラリスに隠し事はしたくない、そう思ってジーンは小さめの音で扉をノックしたのである。

しばらくしてから微かに衣ずれの音が響き、ドアを少しだけ開けたクラリスが驚いた顔でジーンを見上げた。

「何かございましたか？」

「ああ。子爵夫人から、連絡があった」

それを聞くとクラリスは大きく扉をあけて、ジーンに中に入るように告げた。

クラリスは真っ白の薄い夜着を着ていて、既に化粧は落としているものの十分すぎるほどなまめかしい。ジーンとしては多少目のやりどころに困るところだが、彼女はそんなことを考えてもいないだろう、心配そうな顔で彼を見つめている。ソファに隣同士に座ると、自分の邪心を恥じつつ、クラリスをなるべく見ないように口火を切った。

「諍《いさか》いの末、ファーレンハイト嬢が子爵を陶磁器で殴ったようだ」

クラリスの喉《のど》からひゅっと息を飲むような音がした。

「マチルダお姉様が……陶磁器で？　それでお父様は？」

「いや……確かに怪我はしたようだが、重傷ではなさそうだ」

どちらかというとその後が問題なのだ。

「それに激高《げっこう》した子爵がどうやらファーレンハイト嬢を殴りつけたようだ」


子爵夫人がクラリスたちを見送ったあと屋敷に戻ると、真っ青になった執事が夫人のところに駆け寄ってきて、緊急事態を知らせた。子爵夫人がティールームに急いで戻ると、頭から血を流しながら怒り狂った子爵がマチルダに馬乗りになって殴りつけているところだった。

子爵夫人はその姿に、かつて自分に暴力を振るった時期の夫の姿を重ねて身が竦んだ。が、それは一瞬で、娘を守るために心を奮い立たせると、部屋の外で様子を見守っていた執事や男の使用人たちに子爵を取り押さえるように頼み、マチルダを救い出した。

助け出された時、すでにマチルダは意識が朦朧《もうろう》としていて、その美貌《びぼう》は無残《むざん》なまでに腫《は》れ上がっていた。


クラリスが両手で顔を覆った。

「――どうして……そんなひどいことを……」

ジーンは彼女に手を伸ばそうとして、途中で止め、ぐっと拳《こぶし》を握った。

「俺のせいだろうな。俺がさっき、ファーレンハイト嬢は子爵の娘ではないと言ったから、二人は揉《も》めたに違いない」

クラリスの父と姉に対して怒りを感じていたから、冷酷に言葉の刃《やいば》を振るったが、それで結局クラリスを悲しませる結果になってしまったかもしれないと思うと、本当に最善《さいぜん》の策《さく》だったのか。

しかしクラリスは顔をあげると、きっぱりと言い切った。

「いえ。ジーン様には一切非はありません。もともと……綻《ほころ》びのある家族なんです。それに何があっても男性が女性に暴力を振るって良い理由なんかありません。もちろん姉が父に陶器を投げつけたのも許されません。あの二人にはそれぞれ自分の行いに見合った結果が自分に返ってきているんだわ」

クラリスはため息をつきながらそう言うと、お母様から他に何かありましたか？　と尋ねた。

ジーンはクラリスの母については、話を聞きながら彼女の境遇《きょうぐう》に多少同情めいたものも感じていた。またクラリスがここまで子爵やマチルダに邪険《じゃけん》にされながらも、清く育ったのは母が陰で守ってくれていたからかもしれない、という感慨《かんがい》を持ったのである。その思いは伝言を受け取った時にますます強くなった。

「先ほど言ったように、貴女は決してこの家に戻ってきてはいけません、と」

菫色の瞳に、みるみる涙が浮かんで、クラリスは椅子の上でぎゅっと膝を抱いた。子供のように無防備で、かつ無作法な仕草《しぐさ》だがジーンには気持ちがよくわかったので、そのまま彼女を覆うようにそっと抱きしめた。

「お母様……ご自分だけで闘うおつもりなんだわ」

「そうだな」

クラリスの体が小さく震えていて、ジーンはその悲しみを全部引き受けてやりたい、それが無理ならば一緒に背負ってやりたいと強く願った。クラリスはしばらく泣いていたが、やがて涙を拭きながらそっと体を起こしたのでジーンも少し体を離して、彼女の表情を確認した。どうやら最初の衝撃は和らぎ、落ち着いたように見えた。

「ジーン様、慰めてくださってありがとうございます」

「いや。夜遅くに悪かった……でもきっと早く知りたいだろうと思って」

クラリスは微かに笑顔を浮かべて、頷いた。

「はい、教えていただけて良かったです」

二人の間にかつてないほどの親密な空気が流れ、ジーンが若干の居心地の悪さを感じて、立ち上がろうとすると、クラリスがジーンの夜着の裾《すそ》を摑んだ。

「あ……申しわけございません」

ジーンが去るのが寂しくて思わず摑んでしまった、とばかりに顔を真っ赤にしてぱっと手を放したクラリスにジーンはたまらない気持ちになった。

「手は出さないから……今夜は一緒にいてもいいか？」

そう尋ねると、クラリスは花が咲くように綺麗に笑った。

◇◇◇

翌朝、クラリスが目を覚ますと、ジーンが片肘《かたひじ》をついて彼女の顔を見下ろしていたのでとても驚いた。寝起きの彼は少し髭《ひげ》が生え始めており、それがまた男らしさに磨《みが》きがかかっていて、とにかく美しい。

（えっ!?　ジーン様……!?　どうしてここに？）

とても焦ったが、すぐに昨夜自分がジーンを引き留めてしまって、彼が隣に寝てくれたのを思い出した。寝台《しんだい》に誰かと寝るのは初めての経験だったが、緊張したのは一瞬だった。

あまりにもさまざまなことが起こりすぎた濃密すぎる一日を過ごしたクラリスはベッドに横たわるや否や睡魔《すいま》に襲われてあっという間に寝てしまったのだった。その後ジーンは、自分の部屋に帰ってもよかったのに、律儀《りちぎ》に同じベッドで寝てくれたらしい。

「よく眠れたか？」

寝起きの彼の声はいつも以上に掠《かす》れたバリトンボイスだった。寝起きの顔も声も初めてのクラリスは、なんだか彼の特別な瞬間を独《ひと》り占《じ》めしているようで胸の奥がぽっと暖かくなった。

「はい……。疲れていたみたいでぐっすりでした」

「良かった。夜中もうなされてはいなかったようだったが、悪い夢も見なかったか？」

（心配してくださっているんだわ）

ジーンの優しさが心に沁《し》みる。クラリスがにこりと微笑むと、彼もほっとしたように唇の端をあげるいつもの笑顔を見せてくれた。

「おはようございます、お嬢様！」

その時、メアリーがノックをしていつものように返事を待たずに部屋に入ってきて——ベッドの上にいるジーンを見て、固まった。

「へ、へ、辺境伯様！　失礼しました、わ、私、今すぐ出ていきます！」

(やだ、メアリーったら！)

ジーンとの間に何もなかったとはいえ、メアリーの言葉にクラリスは真っ赤になってしまった。

ジーンは若干《じゃっかん》面白がった口調で、メアリーを引き留める。

「メアリー、大丈夫だ、俺はすぐ出ていくから、クラリスの支度を手伝ってやってくれ。——クラリス、あとで朝食の時にな」

彼は彼女の額に——怪我をしているところは慎重に避けて——キスを落としてから、部屋を出て行った。

「これから朝の挨拶をするときはもう少し気をつけますね。それで辺境伯様、いつお部屋にいらしたんです？」

クラリスの洗顔用に、桶《おけ》に入った水と布を準備しながらメアリーが尋ねた。昨日は実家でのあれこれがあったので心配した辺境伯がクラリスの様子を見にきただけだろうとメアリーも思ってはいたが、これからは『そういうこと』もあるかもと思って、ついにやけてしまうのを隠しきれなかった。

「昨夜は寝る前にいらしたんだけど……メアリー、聞いている？　お父様とお姉様が……」

もちろんその話はまだ聞いていなかったメアリーは目を丸くして、あまりの驚きに危うく桶を落とすところだった。

「えぇ——！　ついに子爵様ご乱心《らんしん》ですか！」

「乱心かどうかはわからないけど。でもそうやって思われちゃうわよね」

「それでどうするんです？　帰る日程を延ばすとかですか？」

「ううん。予定通り明日には王都を発《た》つつもり」

(きっと私がここに残ることをお母様はお喜びにならないわ。だから後でお手紙を書いて屋敷に届けてもらうことにして——私は予定通り辺境の地へ戻ろう、ジーン様と一緒に)

クラリスは心の中でそう呟くと、メアリーが用意してくれた布で顔を拭き始めた。


朝食の後、辺境の地へ出立する最終確認をしにエインズワース邸を訪れたシドは、ジーンの部屋で目を見開いた。

「え、それで手を出さないとか、マジで？　ジーンって聖人だったの？」

「シド」

「同じ寝台で隣同士で寝たんだろ？　すげえ……好きな女が一晩中側にいるのに手を出さないっ

て……そういう趣味？」

もちろんこれはシドの冗談だし、ジーンもそれを察しているだろう、乳兄弟が本気で気分を害しているようには見受けられない。

シドだって、クラリスが姉に怪我をさせられたその日に、ジーンが彼女に手を出すとは思っていない。ただそれくらい二人の仲が近づいているのが嬉しくて揶揄《からか》っているだけだ。なので楽しい気分で、からからと笑いつつ、しかしそこまで言ってからシドはふと思い立ってジーンに尋ねる。

「昔、俺がお前を無理やり引っ張って娼館《しょうかん》に一緒に行ったよな？」

堅物《かたぶつ》の乳兄弟はものすごく嫌そうな顔をして頷いた。

「で、お前すごい勢いで帰ったよな……。あの時、何もしていないだろ？」

十年ほど前だろうか。

その頃ジーンはまだ騎士を目指していたのだが、明らかにモテそうな外見に反して、圧倒的に奥手だったのでシドが面白がって貴族子息御用達《ごようたし》の娼館に引きずっていった。

ジーンには相当嫌がられた。酒を飲む部屋にはついてきたが、シドがお気に入りの娼婦の部屋に行った後、彼は即娼館から帰ったらしい。ジーンの相手をしたがっていた当の娼婦が後日そう言っていたので間違いないだろう。

「お前、昔は騎士になるべく励んでて、その後は辺境伯になっただろ？　恋人いたことないよな？あれ、もしかして……娼館もあれから行ってない？」

恋人はいたことがないのは知っていた。

だからクラリスに普通の貴族男性が言わないようなことをつい喋ってしまうのは仕方ないと思っていた。

ただ。

経験はあると思っていた。

これだけ体格のいいジーンが一人でずっと過ごせるものなのか？

「当たり前だ。俺が娼館なぞ行くわけないだろう」

ちょっと待て。

それから推測される答えは一つ。

「嘘だろ？　嘘だと言ってくれないか？」

「何をだ？」

「お前……女と寝たことない？」

ジーンはシドをしみじみとこの俗物《ぞくぶつ》め、という顔で眺める。

「当たり前だ。婚姻したいと思える女が現れるまでは俺は誰とも寝ないと決めていたからな」

（こいつ、すげえ……）

堅物……ストイックと言ったらいいのだろうか、ここまでくるとある意味感動ものである。

「お前、できるの？　いざクラリスを前にして、大丈夫なのか？」

「練習なんていらん。大丈夫だ」

ジーンはいつものように尊大な態度で腕を組んで、自信満々である。

（何の自信だろう……謎《なぞ》だ……）

「でもさ、やっぱりほら、彼女の初めての日にモタモタしてたらほら、興醒《きょうざ》めされたりしないかとか思わないか？」

「どうしてだ。誰だって初めてはあるしクラリスはそんなことで俺に呆れるような人間じゃない。動物は誰にも教えてもらわなくても番《つが》えるんだぞ？　人間がどうして出来ない」

ジーンは俺のことはどうでもいい、とシドに尋ね返した。

「お前、メアリーのことを気に入っているな？」

「ぐ……」

シドは図星《ずぼし》を突かれて、言葉に詰まった。この、一見他人に興味がなさそうな乳兄弟は、実はものすごく冷静に周囲を観察している、のを忘れていた。それに初めての思いに翻弄《ほんろう》されて、自分を取り繕《つくろ》っている余裕がなかったから、彼にはすぐに見透かされていても不思議ではない。

「あんなにわかりやすいお前は初めて見るぞ。まあ相手にはされていないようだが」

「わかっている」

メアリーにはおそらく煙《けむ》たがられているくらいの話だ。

「どうしてメアリーがいいんだ？」

その質問にシドは素直に返答をした。

「わからない……。でも型破《かたやぶ》りすぎて見ていて楽しい」

「型破りであることは同意する。でも貴族令嬢ではなく、ただのメイドだぞ？」

「メイドだろうがなんだろうがメアリーはメアリーだ、関係ないだろ」

そうやってシドの本気度を確認したジーンが肩を軽く竦める。

「考えてみろ、メアリーが経験豊富だったら？　しかもお前のために準備してた、と言って他の男と寝ていたらいい気分がするか？　それとも、しょうがない、たいしたことないって言うか？」

それはさすがに言えない。自分が清い身ではない以上、相手が処女であることは取り立てて求めてはいないが、メアリーが既《すで》に他の男と、と考えると確かにあまりいい気はしないくらいには彼女のことが気になっている。


この国の貴族社会では、女性は結婚前までは処女でいることを求められ、男は逆にある程度遊んでいる貴族令息の方が洒脱《しやだつ》だとされる風潮《ふうちよう》がある。だから、あまり深く考えずシドもほどほどに貴族御用達の娼館に通ったり、ゆるい貞操《ていそう》観念を持つ貴族令嬢と火遊びをしていたのだった。しかしそれは自分には今まで本気で好きな女性がいなかったからだということを、ジーンからの指摘で痛感した。

「女は結婚するまで清いままでいるのが価値があるのに、男は遊んでもいいいなんておかしくないか？　まともな女だったら相手の男が清いままだったら嬉しいと思わないか？　女だって嫉妬するだろう、好きになった男が前に抱いた相手に。自分はその男が初めてだったら尚更」

ジーンの理路整然とした問いかけに、シドは早々に自分の敗北を認めた。

「わかった、俺が悪かった、考えなしだったよ……。まぁお前の初めてと同じくらい、クラリスの初めても大事にしてやってくれよ、あの子はもう十分に痛めつけられてきたんだからな。まあ俺が言わなくてもお前のことだから大丈夫だよな」

言葉の足りない乳兄弟がやや心配だが、ジーンはこれと思った相手には真摯なとてもいい奴だし、クラリスも聡明《そうめい》でこれ以上ないくらい良い子だから、二人はこれからずっと幸せに暮らしていくのだろう。

こうやって唯一無二の伴侶《はんりょ》を得られたジーンが羨ましい。そして二人はお互いの初めての記憶を共有して生きていくのだろう。

そう思うと、堅物も……なかなか悪くないかもな、とシドは思った。

◇◇◇

王都滞在最後の昼は、ジーンがクラリスに行きたい場所を聞いてくれたので、本屋に連れて行ってもらった。ついでに近くにある薬屋にも寄ってもらったら、薬屋の主人が博識《はくしき》で辺境の地で採取できる薬草にも詳しかったので、時間を忘れてしばし話し込んでしまった。その時はジーンのことを忘れてしまっていて、クラリスが謝罪すると、彼は謝る必要などない、と言ってくれた。クラリスは辺境の屋敷に戻ってからも、もちろん薬の勉強を続けるつもりだ。

夕食後、母への手紙を認めて、自分の気持ちが届きますようにと思いを込めて封をした。今までで一番母を近くに感じる。それもこれもジーンのおかげだとクラリスは素直に感謝していた。

今夜は別々の部屋で寝るのかと思ったら、ジーンがクラリスの部屋にやってきて、いいだろうか、と尋ねるので、一緒に寝台に横たわった。昨日ほど疲れていないから緊張して眠れないかもしれない、と思ったが、彼の側は安心感があり居心地が良くクラリスはあっという間に眠ってしまった。きっと気づかない疲れも溜まっていたのだろう。瞬《また》く間に夢の世界に落ちてしまったので、ジーンがクラリスの寝顔を眺めて微笑み、優しく頭を撫でていたのはもちろん知らなかった。

翌朝、メアリーはまたもいつも通りに部屋に飛び込んできて、前日に引き続いて赤面する羽目《はめ》になった。


早朝に出発する手はずになっていたが、ロッテはわざわざ見送りに屋敷の外まで来てくれた。

ロッテは最後まで理想的な女主人だった。余計なことは一切言わず、必要と思われる手助けは全て惜しまずしてくれた。クラリスは彼女と別れるのがとても寂しかったが、実はロッテはジーンがクラリスのためにエインズワース侯爵の領地から呼んでくれていて、彼らが辺境の地へ旅立ち次第、ロッテも家族の元へ帰るのだという。

「今度は是非エインズワースの領地まで来て頂きたいわ。夫と息子に紹介しますからね。別にジーンがいなくても構わないわよ」

ロッテはおそらくファーレンハイト家での事件を知っているだろうがそんなことはおくびにも出さず、にこやかにクラリスにそう言った。

「ありがとうございます、ロッテ様。そう言っていただけて嬉しいですわ」

「ジーンと喧嘩《けんか》した時も来ていいわよ」

茶目っけたっぷりにロッテが付け加えると、ジーンが不満そうな顔で、あり得ない、と口の中で呟いていた。ロッテはそんな甥を嬉しそうに眺めてから、クラリスにジーンのことをよろしくね、と微笑んでくれた。

◇◇◇

シドといることに多少は慣れたように見えるメアリーが、やっぱりこれからまた三日間同じ空間で過ごすのか……とうんざりした顔で馬車に乗り込んでいくのをクラリスは笑顔で黙って見送った。それからジーンのエスコートで、クラリスも自分たちの馬車に乗った。当然のことながらジーンはクラリスの隣である。すっかり馴染《なじ》んだ彼の存在を心強く思いながら、馬車の窓を流れていく王都の景色を眺めていた。

王都に来る前と来た後で、こんなにも自分の気持ちが変わるとは思いもしなかった。

少なくとも実家には何の思いも残すことはなくなったし、次にいつ王都に来られるかはわからないが、母に関しては以前よりずっと親近感を持って接することが出来るだろう。

母と姉に暴力をふるった父に対してはとても複雑な思いを抱いている。もともと自分には無関心な人だったし没交渉《ぼっこうしょう》気味な関係であったけれども、もしかしたらもう二度と話すことはないかもしれない。

姉は……。

クラリスは姉に対して、どうしても哀《あわ》れな人だという思いが拭いきれずにいた。

ジーンや使用人たちの視点からだとおそらく自分は十分〝酷い目〟に遭《あ》わされているのだろうし、その部分は決して許容《きょよう》してはいけないのはわかっている。

だが、姉の根底《こんてい》に流れているものが『誰かにありのままの自分を愛して欲しい』という自分と似通った思いであることを、妹であるクラリスはずっと感じてきたのだった。自分もずっと同じだったから、余計に。

自分たちは二人とも、歪んだ父親が作った虚像《きょぞう》の家族における犠牲者だったのだ。

(でも……だからこそ私はマチルダお姉様の側にいてはいけない)

近くにいたら、マチルダはクラリスを攻撃し続けることで自分の不安を解消しようとするし、クラリスはその攻撃を甘んじて受け入れ続けることで姉を甘やかしてしまう。

姉の側にいないこと、姉の人生にこれから何があっても見て見ぬ振りをすること。

それこそが妹として出来る最後の姉孝行だと思う気持ちは、今でも変わらない。

姉はクラリスを利用せずに一人で立つ必要があり、自分のことを見つめ直して強く生きていくべきだ。そして姉の近くにはこれからは母が寄り添ってくれるはずだ。自分の側にジーンがいてくれるように。

「ジーン様、辺境伯邸に戻ったら庭園に、薬草の畑を作ってもいいですか」

「もちろん。好きなようにしたらいい」

その返答に嬉しくなって微笑みを浮かべた。左手の薬指に輝く指輪を見つめているとジーンが黙ってその手を握ったので、クラリスは彼の肩にそっと自分の頭をもたせかける。

「ジーン様、ありがとう」

私を見つけてくれて、ありがとう。

◇◇◇

「慌ただしい滞在だったが、結果色々片付いて良かったな」

「そうですね。仰る通りだと思います」

メアリーはシドがファーレンハイト邸にあのタイミングで彼女を連れて行ってくれたことには感謝をしていた。そのお陰でクラリスの大事に居合わせることができたからだ。シドは、相手にするのは大概面倒臭いが悪い人ではない、くらいの認識に今や変わっていた。

「君さ、本当にクラリスのことが好きだよね？」

「はい、大好きです！」

メアリーの即答に、向かいに座ったシドはきょとんとした後大爆笑した。

(笑った顔はちょっと可愛いんだよなぁ……。はっ、絆《ほだ》されてはいけないッ)

「クラリスのどんなところが好きなの？」

「えっ⁉ お嬢様の好きなところを話し出したら日が暮れますよ？」

「いいよ、時間はたっぷりあるんだから、聞かせてよ、君が好きなクラリスのこと」

メアリーが楽しげにどれだけクラリスが素晴らしい主人であるかという話を語るのを、シドは眼を細めて聞き続けた。

メアリーとシドの様子が以前より親し気になっているのをクラリスは日々感じている。休憩の後、メアリーがそこまで嫌がらずにシドの手を借りて馬車に乗り込むのを見ていた。

（本当だったら……メアリーもシド様のような方と……）

馬車が走り出し、隣に座っているクラリスの憂《うれ》い顔に気づいたジーンが、どうしたのかと尋ねる。

「メアリーのことなのですが、聞いてくださいますか？」

「ああ。もちろんだ」

ジーンが静かに相槌《あいづち》を打った。

行きの馬車ではジーンに伝えることが出来なかったメアリーの出自《しゅつじ》について、クラリスは話すことにした。これからも長い時間を共に過ごすことになるジーンに隠し事はもうしたくないという思いがあるからだ。

「メアリーの家はもともと男爵家だったのですが……その……とある事情で没落しまして……一家離散《りさん》した後、メアリーだけ、旧知の仲であった我が家に私仕《づか》えの使用人として引き取られました。私がまだ八歳で彼女が十二歳の折でした。それからずっと一緒にいるのですが……本当だったらメアリーもそろそろどなたかと結婚していたのかなって……」

さすがに予想外だったのだろう、ジーンが目を瞠《みは》った。

「なんと、メアリーは男爵令嬢だったのか？」

「はい」

「なるほど、ただの使用人ではないと思っていたのだが……そういう背景があったのだな」

男爵という爵位自体は貴族社会の中では一番下であるが、それでも貴族は貴族である。なんとはなしにメアリーが普通の使用人という感じがしなかったのは、もともと男爵令嬢だったからだとしたら納得できる部分はある。ジーンはふとこの情報にはシドが喜びそうな気がしたが、メアリーのためにしばらく黙っておくことに決めた。

◇◇◇

三日間の旅路の後、無事に辺境の地へと戻ってきた。

帰路は馬車の中でジーンとの会話が自然に弾《はず》み、時間が経つのが速く感じられた。途中、馬車の車輪が外れかけるというアクシデントが起こって、修理に手間がかかりその日の宿に着くのが夜遅くになってしまった時には馬車の中でジーンの肩を借りてうとうとしていたこともあった。

何より一番変わったのは宿でジーンとクラリスが同じ部屋で眠るようになったことだった。

朝食の席でシドは終始ニヤついていたが決してクラリスのことは揶揄《からか》わない。メアリーも朝、気をつけるようになり二人が休んでいる部屋に飛び込んでくることはなくなった。ジーンは未だにクラリスの額の怪我を気にして、抱きしめて眠る以上のことは一切しないのでメアリーが気にするようなことはないのだが。

都会だった王都に比べると、ずいぶんのんびりとしている辺境の地だが、クラリスはここに戻って純粋に嬉しさを感じた。ずっと疎外感を感じていた実家がある王都より、既に自分の故郷のように感じられるのが嬉しかった。


もうすぐ辺境の屋敷に到着するという頃合いで、ジーンが緊張した面持ちで切り出した。

「クラリス、今日から寝室を共にしてもいいだろうか」

一瞬返事に困ると、また言葉が足りないと思ったのかジーンが慌てたように付け加えた。

「王都の貴族たちが寝室をわける習慣であることは知っているのだが……俺はクラリスとずっと一緒にいたい」

クラリスの両親もそうだが、貴族たちが寝室を共にする習慣はあまりない。必要があれば夫が妻を訪れることが一般的だが場合によっては逆のこともある。どちらにしても最終的に眠るのはそれぞれ別々の部屋であることがほとんどだ。

その習慣が彼らの乱れた性生活を助長しているのは否めなく、夫が妻の部屋を訪れると愛人がいたり、その逆もまた然《しか》りで醜聞《しゅうぶん》にはこと欠かない。もちろんクラリスが浮気をすることをジーンが疑っているわけではないだろうが。

「もちろんです。ジーン様こそ私が同じ寝室で、居心地悪くありませんか」

そう答えると、彼がまさか、と言わんばかりに眉をあげたので、クラリスは笑った。

相変わらず他の人からみると無表情のいかつい辺境伯に見えるようだが、自分の目には随分《ずいぶん》表情豊かに映る。クラリスがジーンに慣れたというのもあるが、彼がクラリスに心を許してくれているのが大きいと思う。いつもクラリスの幸せを考えてくれるジーンといると、心がそれだけで満たされる。彼が新しい、これからずっと一緒に過ごしていく家族だ。

(お母様が仰ったことは正しいわ)

『もう過去は振り返らず、未来を生きて』

そこに輝ける未来があるのに、過去を見る必要はない。


久しぶりの辺境伯邸はクラリスの目には本当に美しく感じられた。

数ヶ月前に、一人で不安でいっぱいになりながらおそるおそる登った表階段を、今日はジーンに手を取られながらゆっくり登っていく。恭《うやうや》しくドアを開けるトーマスと、その後ろで頭を下げた使用人たちが出迎えてくれる。

「お帰りなさいませ」

(『お帰りなさい』……)

迎え入れられるのがこんなに嬉しいとは。

ここが私の家だ、これからもずっと。

クラリスは震える心でそう思い、隣に立つ美しく気高い、彼女の夫になる人を見上げた。

いつだって彼女が何を思っているのかを理解してくれるジーンは、彼女をひたと見つめて二人は同じ感慨を共有した、と心から信じられた。

視線が合うと、ジーンは微かに頷く。

「ただ今帰った」

辺境伯の堂々とした声が家に響き渡り、クラリスは微笑んだ。

五章　新しい日常

目が覚めると、ジーンの腕の中にいた。

今ではもうすっかり慣れたが、クラリスは横たわったまま目を瞑《つむ》っている自分の婚約者の顔を見つめた。彼は昨夜も夜遅くまで執務室で仕事をしていたので、彼女が眠る時間にはまだ部屋に戻ってきていなかった。夜中に戻ってきて、それからいつものようにクラリスを抱き寄せたのだろう。

王都から戻って三週間、いなかった間を埋《う》めるべくジーンは政務に忙しくしていた。その中でもなるべくクラリスとの時間を捻出《ねんしゅつ》しようとしているのを感じて、申し訳なくなって一度やんわりとお仕事に集中してくださっていいのですよ、と言ったことがある。しかしジーンはその言葉で完全に拗《す》ねて、『お前は俺と一緒にいたいとは思わないのか？』と抱き寄せられ、クラリスの顔は真っ赤になったのだった。

（ああ、でもジーン様の腕の中は心地良いなぁ……）

もともと貴族社会には親が子を抱きしめるという習慣があまりないものだが、とりわけクラリスは父との関係が希薄《きはく》だったため、小さい頃《ころ》から大人の男性に抱きしめられた経験はほとんどなかった。ジーンの大きな身体《からだ》に抱き寄せられると、これ以上安心する場所はないと思うくらい彼女は安心する。彼がつけているアンバーの香水と彼本来の男らしい清潔な匂いが、今では彼女の癒しである。

そして気づけばクラリスはまたうとうとしていた。

信じられないことだが、彼と一緒に寝台に横たわっているといくらでも眠れるのである。

これは今までの反動ではないかと、クラリスが実家でずっと気を張って生きてきたことを知っているメアリーが推測していた。要は気が緩《ゆる》んでいるという意味らしい。

しばらくして目が覚めると今度はジーンも起きていて、彼がそっと彼女の額を優しく撫《な》でた。

「あの医者の言った通り、傷は綺麗《きれい》に治ってきたな」

彼は寝起き特有の掠《かす》れた声でそう言うと、クラリスに優しく口づける。クラリスは彼の頬に手をあてて目を瞑る。ジーンの伸び始めた髭《ひげ》があたって痛痒《いたがゆ》い。

ジーンは、辺境伯邸に戻ってきて最初の夜、自分もこういう経験が初めてなのでゆっくり進めたいと言った。まさか彼が同衾《どうきん》した経験がないとは思っていなかったクラリスは内心とても驚いた。彼の正直さと、ジーンが今までその腕に誰も抱いたことがないことを知って、とても幸せな気持ちに包まれるのを感じた。

ジーンは仕事が一段落したら、辺境の地の果てにある彼が子供の頃から大好きな湖に彼女を連れていき、自分たちの初夜はそこで迎えると決めていると言った。ここまで待ったら同じだ、と今では彼女が大好きな、片方の唇をあげる微笑《ほほえ》みを浮かべながら笑っていた。そして、初夜を迎えるにあたり、生真面目なジーンらしく王にクラリスとの婚姻を結ぶ旨を連絡して、快諾された。既に祝福自体は受けていたので話はスムーズに進んだ。式は挙《あ》げていないものの、これでジーンとクラリスは、婚約者ではなく、正式な夫婦になったのである。ジーンの懸念だった隣国との関係も、この数ヶ月で随分と落ち着いたらしい。ジーンのことが大好きなクラリスには何の異論もなく、それからも幸せな日々が続いている。

ジーンがベッドを降りながらクラリスに言った。

「今日は午前中は執務をする必要があるが、午後は空いている」

「本当ですか？」

「ああ、家で過ごしてもいいが、街に行ってもいい。考えておいてくれ」

「はい」

クラリスがにこやかに微笑むと、一度離れたジーンが我慢できないというように戻ってきて、また唇を合わせた。だんだん熱を帯《お》びてきたのだが、彼は意志の力を総動員してキスをやめ、名残惜《なごりお》しむかのように彼女の頬にちゅっと唇を落とした。

「ああ、お前の唇は甘くて、本当にキリがない」

「ジーン様」

クラリスのとろんとした菫《すみれ》色の瞳を愛《いと》おしそうに眺《なが》めてから、ジーンは今度こそ朝の支度をするべくクローゼットへ向かった。彼は相変わらず自分で全ての準備をするのだ。

「早く仕事を片付ける」

「はい、何時ごろになりますか？」

「今日の話ではない。ああ今日もそうだが——早くお前と辺境の湖に行きたい」

（それって……）

ジーンの返事にクラリスの顔は朝から真っ赤になってしまったのだった。

◇◇◇

「それで今日はどこに行かれるんですか？」

「街の本屋と薬屋に行こうかと……」

「お嬢様にとっての黄金コースですね」

メアリーが朝の支度を手伝いながら笑った。艶《つや》のある栗色の髪の毛を梳《と》いてすっきりしたヘアアレンジをして、軽くお化粧をして、王都で買い求めた洗練されたデイドレスをクラリスに着せてくれた。メアリーはクラリスを眺めて、満足そうに頷《うなず》いた。

「お嬢様、本当にお綺麗になられました。私のお嬢様なので当たり前ですけど」

「もう、メアリーったら。突然どうしたの？」

クラリスはメアリーの誉め言葉に照れて笑った。

「私は嘘《うそ》はつきません。――そうだ、街に行かれるんでしたら、冬支度の厚手のコートやドレスなども買っていただくのがいいと思います」

「確かにそうね」

今は秋の終わり、もうすぐ厳しいと噂《うわさ》の冬がやってくる。メアリーが辺境邸のメイド長に聞いてある程度の支度をしてくれているが、外着に関しては、たいして出かけないクラリスは必要ないのではないかと思っていた。とはいえ防寒具は必需品なので、せっかく街に行くならばいいかもしれない。

「メアリーも一緒に行かない？　私、センスがないから自分で選べるかしら」

「まぁ……正直に言えばお嬢様のセンスってなんとはなしに心配なんですけどお店のマダムに相談したらいいと思いますし。そもそもお二人の邪魔をしたくないというか……」

クラリスはふと今日の午前中にシドがジーンに会いにくることを思い出した。

「じゃあシド様に頼んで、彼の馬車で行く？」

それを聞いた途端、メアリーの顔にさっと朱が走った。

「どどどどどうしてあの人の名前が出てくるんですかね？　いいえ結構ですやめておきます」

クラリスが目をぱちくりとして見ているのに気づいたメアリーは、慌てて言い繕《つくろ》った。

「さ！　出来ましたお嬢様！　朝食に行ってらっしゃい！」

◇◇◇

王都からの帰り。

馬車の中でメアリーは本当にクラリスの魅力についてしばらく話し続け、シドはとても楽しそうに話を聞いてくれていた。しかし途中で我に返った彼女は突然口を噤《つぐ》んだ。

「どうしたの、どうしてやめたの？」

シドが驚いたように尋ねてきたので、メアリーはバツが悪い思いがした。

「すみません、あの……無作法《ぶさほう》でしたよね、私。一人で話し続けて」

彼は爆笑した。

「今更それ言うの？」

「今更っていうか。まぁ薄々気付いていていたんですけど……」

「ああ、なるほどね、別に俺に嫌われてもいいから気ままにしてたって感じでしょ？」

図星をさされるとさすがのメアリーも、ちょっと申しわけない気がしてきた。シドは言動はチャラチャラしているように見えるが、ジーンに対する忠誠心はきちんと持っているし、クラリスにもとても親身に世話を焼いている。クラリス付きのメイドである自分のことを気にかける余裕もある人だ。

メアリーは自分が男爵家の生まれであったことを今はすっかり意識の彼方《かなた》に押しやっているが、ふとした瞬間にその記憶が戻る瞬間がある。シドのことがあまり好きではなかったのは、かつての記憶の中にいる人に彼が似ていて自分の過去を彷彿《ほうふつ》とさせるというのも理由のひとつだった。

でもそれはメアリーの問題であって、シドが悪いわけでもなんでもない。いい加減態度を改める頃合いだろう。

「はい、でも失礼でした——あの、ファーレンハイト邸まで私を連れて行ってくださってありがとうございました。お陰様でお嬢様の一大事の時に近くにいることができました。まぁ……私はほとんど役には立ってなかったんですけど」

シドはメアリーが殊勝《しゅしょう》な顔でお礼を言うのにびっくりした顔を見せてから、ふっと笑った。

「そんなことないでしょ。クラリスは君が来てくれて心強かったと思うな」

シドの笑顔が——懐かしいあの人の笑顔に重なってみえて、メアリーは思わず目を瞬《またた》かせた。

「ありがとうございます、ハンゼン……様」

よく考えると彼の立場を知らなかったのでためらいがちに家名《かめい》で呼んだのだが。

「別にシドでいいよ」

態度を改めると言った端からなんだがやはりこの人の馴《な》れ馴《な》れしさはあまり好きではない、と思った。そしてこの馴れ馴れしさはあの人にはなかったもので、彼の記憶がすっと遠のいていった。

センチメンタルに偏《かたよ》りすぎないのは、ある意味シドのお陰である。

「それはあの。私のような立場の者だと、許されないことだと思いますので」

シドがむっとしたようにメアリーを見た。

「別に俺が気にしないからいいでしょ？」

「は？」

(気にしない、気にするというレベルではないんですけど。他のメイドに聞かれたら私多分殺される)

シドはメイドたちにも気楽に話しかけるので人気が高いのだ。彼の従兄弟《いとこ》であるマリウスは真面目すぎるため使用人たちも気楽には騒げないが、シドはその洒脱《しゃだつ》な雰囲気もあり、陰でキャーキャーと騒ぐのにちょうどいい存在のようだ。使用人ネットワークによると、シドは女遊びをそれなりに嗜《たしな》んでいるらしいが、今まで使用人に手をつけることはなかったので、万が一メアリーだけ特別扱いをしているのを他のメイドが知ったら……。

（うわっ。めちゃくちゃ無慈悲《むじひ》に氷河《ひょうが》に突き落とされる姿が見える）

考えすぎな気もするが、それでも不穏《ふおん》な種は蒔《ま》かないに限る。

「俺はメアリーにシドって呼んでもらいたいな」

（まだ言うか!!）

「あの、さすがにそれは無理かと……。私、使用人なので」

「じゃあ二人の時限定でどう？　それならいいでしょ？」

ここまで言われてしまうと、さすがに断りきれず、メアリーは仕方なく折れることにした。

「はぁ……。まぁそれなら」

そもそも辺境伯邸に帰れば、シドはシドの屋敷に戻る。そうなれば、そこまで頻繁《ひんぱん》に顔を合わせることもなくなるだろう、そう思ってメアリーは了承した。

「ほんと？　じゃあ呼んで、今すぐ」

その返事を聞いたシドが期待に満ちた目でメアリーを促す。

「は、はぁ。シド様」

シドは何だか奥歯を嚙《か》み締めるような顔でメアリーを見つめた。

「メアリーに遂《つい》に名前を呼ばれた……！」

若干《じゃっかん》無理やり呼ばせた上に、メアリーにとっては非常に微妙なことで感動しているので完全に目が点になる。

(変なものでも食べたのかな……?)

「メアリー、俺ね、君のこと気に入ってるから、よろしくね」

・・・・

「――――――――は!?!?!?!?」

ハッと、メアリーは物思いから覚《さ》めた。

しかし帰宅してから三週間、シドが辺境伯邸にやってくることはなくメアリーはあの会話は夢だったのに違いないと思うようにした。

それが今日久々にシドがジーンを訪ねにくるなどと聞いたらもう……。

(どこか隠れる場所ないかな)

◇◇◇

「へえ、あの湖にねぇ」

久しぶりにジーンに会ったシドが、紅茶を口に運びながら笑顔を見せた。執務室ではジーン、シド、そしてマリウスが仕事の一休みの話に花を咲かせていた。

「ジーン、あの湖好きだよな」

人前では辺境伯様と呼ぶマリウスも、実は人目がない時はとても気楽な態度である。何しろ子供の頃からともに育った親しい仲間なのだ。

「ああ、俺の父親の故郷に近いからな」

「そうだったな。懐かしいな」

乳兄弟《ちきょうだい》であるシドはもちろん、マリウスもジーンの両親とは親しかった。

「あの湖は綺麗だからきっとクラリスも喜んでくれると思うなぁ、ジーンもやろうと思ったらロマンティックな演出が出来るんだな」

にやにやと揶揄《からか》うシドに対して、マリウスは現実的なアドバイスをする。

「季節的にちょっと寒いかもしれないから、クラリス様の防寒具ちゃんと持っていってね」

「ああ、そうする。そんなわけで数日この家を離れるから、何かあったらお前たちに後を頼む」

シドもマリウスも断る理由がない。ずっと身近にいた二人はジーンが心身を削って辺境伯の務めに励んでいたのを嫌というほど知っている。その彼が最愛の婚約者と旅行に行くというのを止めるつもりなんか微塵《みじん》もなかった。

「そういえば、湖にメアリーは連れていくの？」

シドが何気ない口ぶりでジーンに問う。

「メアリーか？　クラリスに聞かないとわからないが」

マリウスは一体なぜシドがメアリーの話をするのかピンときていなかったが、ジーンは、ああ、と合点《がてん》がいったように肯《うなず》く。

「そうか、湖に連れて行かなかったらデートにでも誘おうと思ってたってことで間違いないな？」

その後マリウスは、いつも飄々《ひょうひょう》として堅物《かたぶつ》のジーンを揶揄《からか》ってばかりいる従兄弟が、ジーンの言葉で顔を真っ赤にするという珍事《ちんじ》を目撃することとなった。

◇◇◇

その午後、クラリスはジーンと街に行き、本屋と薬屋に寄った後、必要な防寒具を買ってもらった。シンプルな茶色の暖かそうな革のコートと、マダムおすすめの厚手の素材で作ったドレスを何点か。メアリーに漏《も》らしていた通り、クラリスは自分のセンスに自信がないのでマダムとジーンに任せたのだが、彼は意外にも良いアドバイザーだった。クラリスを引き立てるドレスの型に関して、ジーンほど素晴らしい目を持っている人間はいないだろう。加えて、彼の色彩感覚はとても優れていて、マダムを感心させたほどだ。

さらに水辺の近くに旅行に行くと聞いたマダムがそれならと店の奥から出してきてくれた、ドレスの下に着込む温かい下着も合わせて買ってもらうことにした。ジーンは、ロッテに連れて行ってもらった王都のドレスショップに連絡をして冬のドレスをいくつか見繕《みつくろ》ってもらおうかと尋ねてきたが、クラリスはこれでもう十分、と気持ちだけありがたく受け取ることにした。

買い物にメアリーは連れてこなかったし、彼女がシドと過ごしていたかはわからない。夕方近くに帰宅したときにはもうシドもマリウスも自分の屋敷に戻っていて、メアリーは何も言わなかったのでクラリスも特には聞かなかった。

ジーンとともに寝室に引き上げ、さて後は寝るばかり、という段になって、ふと思いついたことがあった。

「シド様って、セドリック様に似ているんですよね……」

クラリスがベッドの端に腰かけてそう呟《つぶや》くと、寝間着に着替えていたジーンが反応した。

「セドリックとは誰だ？」

「メアリーの幼馴染《おさななじみ》の子爵家の方です。男爵家が取り潰《つぶ》しにならなかったら、メアリーと婚約していたかもしれません。セドリック様はメアリーのことをお好きだったのではないかと子供心に思っていました」

メアリーは辛辣《しんらつ》な物言いが目立つのでついそのイメージが先行するのだが、実は目鼻立ちはかなり整っている。黒髪に、落ち着いたグレー色の瞳に、すらっとした体軀《たいく》はなかなか悪くないのだが――いかんせん言動が言動なので、ジーンはシドの好みはちょっと人とは違うのかなと思っていた。

それが他にもメアリーのことを嫁にしたいと思っていた男がいたとは、驚きである。

「似ているとは？　顔が？」

「顔立ちだけでいうと、シド様の方がお綺麗な気がしますが、笑顔がセドリック様を彷彿とさせます」

　着替え終わったジーンはクラリスの隣に腰かける。

「そのセドリックという男は今どこに？」

「それがあくまでも当時メアリーと一緒にいる時に会ったことがある程度で。私はご存知の通り、夜会にはほぼ顔を出していませんし……。年齢がメアリーより四歳くらい上でしたから、今はもう奥様を迎えられているとは思いますが」

　確かに、男爵家が取り潰されたときはクラリスはまだ八歳でメアリーが十二歳だと言っていたから、セドリックのその後を知らなくても仕方ない。男爵家はどうやら一家離散したようだが、メアリーが王都のファーレンハイト家に奉公《ほうこう》に入ったのはセドリックも知っていただろう。その中でその後付き合いがなかったということは、……そういうことなのだろうと思う。

「メアリーはセドリックが好きだったと思うか？」

　その質問を受けて、クラリスはじっくりと考え込んだ。

「あくまでも私の予想ですが——お慕《した》いはしていたと思うんです。でもメアリーはああいう性格ですから、男爵家が取り潰しになった段にすっぱりと過去を切り離したような気もしていて。だから、その後の彼女がセドリック様を思ってため息をついている、ようなことは一切なかったと思います」

クラリスの言葉を受けて、ジーンもそれは確かにメアリーらしいと納得する。

「どうして突然セドリックのことを思い出したんだ？」

メアリーにセドリックを思わせる何か兆候《ちょうこう》でも？

そう問うと、クラリスがちょっと恥ずかしげな微笑みを浮かべたので、ジーンは彼女を抱きしめて愛《め》でたくなったのだが、大事な話の途中だと理性で何とか我慢した。

「それが……今朝のことなんですが、メアリーにシド様のお話をしたら、あのメアリーが顔を真っ赤にして動揺《どうよう》していたので……シド様のことがお好きなのかな？　と思ったんです。でもそうしたら突然シド様がどなたかに似ているなと……それでセドリック様のことを思い出したんです」

（なるほど……ちょっと調べてみる価値はあるな）

クラリスはきっと何とはなしに思い出しただけなのだろうが、ファーレンハイト家のゴタゴタが表沙汰《おもてざた》になりつつある今、セドリック某がメアリーのことを心配して内情を調べる可能性はある。

メアリーは今や、ファーレンハイト家のメイドとはまた違う立場になっているわけだから、会おうと思えば会えると考えるかもしれない。

ジーンは自分がクラリスという稀有《けう》な伴侶《はんりょ》を得て、今まで生きてきた中で考えられないくらい幸福で満ち足りた気持ちになっているので、乳兄弟の恋のために、彼が気になっている女性の背景を調べてみるのも悪くないと思った。クラリスにセドリックのフルネームを聞き、明日マリウスに内密に調べさせようと頭の中にメモをした。

それから彼はベッドに横たわると、大好きな婚約者を自分の側へと引き寄せながら、メアリーを湖に連れていくのはやめないかとクラリスに提案してみよう、と考えていた。

◇◇◇

数日後、ジーンとクラリスは辺境の果てにある湖を目指して出発した。

ジーンはマリウスにメアリーの実家と、セドリックについて調べるよう指示をして、クラリスもメアリーを今回の旅行には連れて行かないことにした。クラリスはメアリーにも少し休んで欲しかったのでちょうど良い機会だと言っていた。

馬車の中で隣に座ったジーンは、クラリスの左手を取ると、くるくると彼女の指輪を回して遊んでいる。

「ずっと考えていたことがある。以前お前に聞いた時に結婚式はしなくていいと言っていたが……。もちろん王都で華々しくする必要はないが、辺境の屋敷でしないか？　そうしたらシドやマリウス、使用人たちに祝ってもらえる」

「辺境のお屋敷で？」

「ああ。まぁどちらにせよこれからもう冬だし……春くらいになって花が咲くようになったら、どうだろう。王からは既に結婚の祝福を貰《もら》っているのだから、事前に日時だけ連絡しておけばいい」

「いいのですか？」

クラリスが菫色の瞳を喜びの色に染めながらジーンに尋ねたので、彼はこの問いかけが間違っていなかったことを確信した。

「もちろん。俺がお前の花嫁姿を見たい」

「とても嬉しいです、ジーン様。……あの時は私ではなく姉をお望みだと思っていたから私は何も言えなかったんです」

「そうか、そうだったな……」

彼女の父が蒔いた身勝手な嘘のせいで、ジーンもクラリスも大分遠回りをした。

「私もジーン様の花婿《はなむこ》姿を見たいです。とてもご立派だと思いますから」

頬を薔薇《ばら》色に染めて笑顔になるクラリスが可愛《かわい》すぎて、ジーンは思わず唇を奪ってしまう。しばしその甘いキスに耽溺《たんでき》してから、しぶしぶ離す。ジーンも今までにないくらいの浮かれた気分だから馬車の中で思わず先に進んでしまいそうになる。

「だめだな……。せっかくここまで待ったのだから……」

上気した顔のクラリスはキスから解放されるや否《いな》や、こてんと彼の肩に自分の頭をもたせかけた。

クラリスは遠慮がちではあるけれど、存外《ぞんがい》甘えるのが好きだ、とジーンは思う。そしてクラリスが甘える相手は自分だけで、そんな彼女の姿を知っているのは自分だけであることに彼の独占欲は満たされ、はちきれんばかりの喜びを感じる。

「ウエディングドレスは、王都のあのドレスメイカーに連絡して作ってもらおう。お前のサイズは控えてあるだろうしな」

ジーンがそう言うと、思った通りにクラリスが遠慮をする。

「その……あまり豪華なのはいりません、ジーン様」

「いいから。一生に一回の、美しいドレスを着た誰よりも綺麗なクラリスを俺が見たいんだ。俺を甘やかしてくれ、奥様」

ジーンこそそうやって上手にクラリスを甘やかしてくれる。そう言われると、断れないし、彼が本当に自分のウエディングドレス姿を楽しみにしていると感じることができる。クラリスは彼にもたれかかった姿勢のまま、微笑みながら頷いた。

◇◇◇

(四日間のお休みをいただきました……。どうしよう、何しようかな)

一方メアリーは辺境伯邸の自室で、久しぶりの休日に喜びつつも一体何をしようかと頭を悩ませていた。ファーレンハイト家では、マチルダから四六時中目を離せず、そのためクラリスの側を離れたいと思ったことがなかったので、ほぼ休みを取っていなかった。

(とりあえず今日は辺境の街に行ってみようかな)

辺境伯から、もし街に出たくなったら馬車を準備するから執事に頼むように、と直々に言ってもらったので、ありがたくそうさせてもらうことにした。しばらく経《た》って、執事に呼ばれて屋敷の裏口に停められていた馬車に乗り込むと――

（なんで）

そこには三週間ぶりに会う、シドが乗っていたのだった。

「メアリー久しぶり、元気だった？」

「は、はぁ……」

「どこか行きたいところあるの？」

「いや……まぁ……」

（ど、どういうこと？　辺境伯様もご存知……ってことよね？）

メアリーはかなり戸惑ったが、正直彼と会うのは面映《おもはゆ》かったものの、会えば会ったでどんな人かはわかっているので今更緊張することもないか、と思い直した。一緒にいて特に不快なわけでもない。男性と連れ立って歩くなんてはしたないとされる未婚の貴族令嬢とは違い、使用人である自分には気にしなくてはならない理由もない。この切り替えの速さは自分の強みだと思っている。

「辺境の街に行ったことがないので、とりあえず行ってみたいんです」

そう答えると、シドが目をぱちくりとしてから、にこやかに笑った。

（笑顔はなぁ……いいんだよなぁ、この人）

「じゃあ俺が今日観光案内するよ。といっても王都みたいに都会ではないけどね。でも寒いだろうからまずは外套《コート》を買ってあげるよ」

「いえ、それは自分で買います。それではご迷惑をおかけしますけど、一つよろしくお願いします」

もちろんシドは辺境の街に詳しいだろうから、素直に頼むことにした。二人を乗せた馬車は辺境の街に向かって走り出した。


「辺境の街って思っていた以上に都会でした、あ、この言い方でお気を悪くしないで頂きたいんですが」

「いや君がおしとやかだと思ってないから安心してもらっていいよ？」

「それもどうかと思うんですけど、気が楽ですありがとうございます」

メアリーは至極《しごく》真面目に答えたのだが、シドはまたしても爆笑している。

結局シドに連れて行ってもらったのは、冬支度をするべく手頃な値段の洋服を買える店と、本屋である。いつもクラリスのことを本の虫だと揶揄《からか》っているメアリーだが、もともと男爵令嬢だったため実は字が読めるのだ。とはいえクラリスとは違い学問にはあまり興味がなく彼女が読むのはもっぱら流行している恋愛小説や時代小説なのだが。シドは使用人のメアリーが字を読めることに驚いた様子だったが何も言わず、黙って彼女が本を選ぶのを眺めていた。


ファーレンハイト家からのメイドとしての給料と、辺境伯から貰っている相場よりかなり高めの給料は今までほぼ使う場がなく貯《た》まるばかりだったので、今日は思い通りに買い物ができて楽しかった。シドは都度自分がお金を払おうと言ってきたが、払ってもらう義理がないので丁重に断った。

「辺境の街って、結局何で栄《さか》えてるんですか？　産業とかあるんです？　場所としては他の街から離れていてかなり不便ですよね」

メアリーがふと思ったことを質問すると、シドが意外なことを聞くなとばかりに彼女を見つめた。

「まぁ基本は隣国と民間レベルでの交易《こうえき》が盛《さか》んだよね、公《おおやけ》には条約が何もない時から、交流はあった」

「ああ、そうでしょうね。この辺りは農業はそこまで盛んではないんですか？　ここに来るまでに岩場を何度か通りましたが、鉱物《こうぶつ》は取れたりするんですか？」

「農業に関して言えば必要なものを必要なだけ、という感じであることは否めないかな。やっと少し隣国との関係が落ち着いたから、ジーンがこれから手をいれると思うけど。そもそも天候が農業向きではないよね」

辺境の地では四季はあまりはっきりしておらず、短い春、長い夏と秋が続き、それから厳しい冬という具合でどちらかというと三季と言っていいらしい。今はちょうど晩秋と初冬の間で、これから気温が厳しく下がり、雪で何日も家に閉じ込められる日々がやってくるとか。辺境の地では冬に向けて人々が備蓄《びちく》に励むという。それはメアリーも他の使用人たちに聞いて、知っていた。

「鉱物は多少取れるけど……まぁ高価なものはあまり、かな、基本は貧しい地域なんだよ」

シドはそう説明を加えた。だからこそジーンが辺境伯に抜擢《ばってき》された時も、他の貴族たちからそこまで羨《うらや》む声が出なかったのだ。結果的に王に褒賞《ほうしょう》と名誉を与えられ、彼が築いている財産や立場だけをみれば実りがある土地だったということがわかるが、その過程は厳しく凄《すさ》まじいものだった。ジーンでなかったら諦《あきら》めて放り投げていたに違いない。

（しかもジーンは財産があろうがなかろうがそんなに気にしていなかったし……。まぁ今はクラリスに使えるからいいかと思ってるくらいだろうな）

説明に頷くメアリーの横顔を見ながら考える。シドにとってメアリーは他の令嬢とは何かが違う。何故《なぜ》こんなに惹《ひ》きつけられるのかは自分でもわからない。

最初に屋敷の中で声をかけた時は、外見に惹かれたからだったということは否定しない。でも一旦口を開くと、顔の綺麗さがどこかにいってしまうくらい、個性的で彼を愉快《ゆかい》な気持ちにしてくれて、一瞬で夢中になった。今までシドの周りにいたような、すぐに媚《こび》を売るような女性とは全然違う。それにクラリスに対する確固たる忠誠心が見ていて心地よい。

（でも使用人のメアリーが字が読めるとは……どうしてだろう？）

「シド様は、ハンゼン子爵様の嫡男殿ということでよろしいんでしょうか？」

突然メアリーから今までにはない、個人的な質問をされた。驚きのあまり、メアリーに念願のシド様呼びをされたことにも気づかなかった。

「え？　いや、俺は……ハンゼン子爵三男だよ」

「お兄様たちがいらっしゃるんですね」

「そう。長兄がハンゼン子爵を継ぐから、俺は悠々自適《ゆうゆうじてき》」

メアリーは特にコメントを言わなかったが、シドの普段の様子から薄々察していたのか、そんな感じだね、と言わんばかりにおざなりに頷くから、シドは愉快な気持ちになった。

「マリウスは俺の従兄弟だっていうのは知ってるでしょ？　あいつは二番目の子供だけど、他に姉妹しかないから嫡男」

「ああ。マリウス様ですか」

（あ。マリウスのことは何も言わなくても下の名前で呼んでいる……）

ちりっと嫉妬《しっと》の炎が燃える。彼の従兄弟は、真面目な質《たち》で女性に優しいから女ウケが昔から異常に良いのである。とはいえジーンと負けず劣らずの堅物ぶりで女遊びはほとんどしていないようだが。

（いや……この前ジーンの話を聞いて堅物も悪くないって思ったところだったな）

密《ひそ》かに落ち込む。やはりメアリーもマリウスのような身持ちが堅い男がいいのかもしれない。ジーンに愛されているクラリスの幸せそうな顔を見ているから、メアリーがそう思うのは自然かも。

シドは今ほど過去をやり直したいと思ったことはなかった。何も考えず女遊びをしてきた自分の首を絞めて正気に戻らせたい。もちろん、シドは相手の女性たちをリスペクトはしてきたし、いたずらに弄《もてあそ》んだこともない、はずだ。ただ何も考えず享楽的《きょうらくてき》だっただけ。でもその女性たちの顔を思い出せるかと言ったら——思い出せない、ただの一人も。メアリーを見た瞬間からそうなってしまったのだ。

ジーンがクラリスに一目惚れをした話を、シドは思い返す——見たらわかった、と乳兄弟は真顔で言ってのけた。恋はゆっくりと落ちるものではなく、気づいたら既に落ちていたのだ、と。シドは、相変わらずジーンは顔に似合わずロマンティストだなあと思っていたのだが、今ではわかる、気づいたら落ちているという意味が。

急に押し黙ったシドをメアリーが不思議そうに眺めていたが、彼女は特にそのことに言及することなく、黙ったまま馬車の外を流れる景色に視線を移した。

「メアリーはさ、過去をやり直したいって思うことある？」

シドが突然尋ねると、彼女は車窓から彼に意識を戻した。

「時が戻るっていうのは全くもって現実的ではありませんが、もし可能でしたら、やり直してみたいですね」

「ふうん……。例えば何歳くらいから？」

メアリーは一瞬黙ったが、すぐに答える。

「出来るものなら十二歳になる前くらいに、もう一度戻ってみたいです」

◇◇◇

辺境伯の屋敷に到着し、馬車からメアリーが下りる間際、シドが上着のポケットから包み紙を出した。

「はい、これ、貰ってくれる？」

「――何ですか？」

シドは微笑んだ。

「今辺境の街で流行《はや》ってる甘いお菓子だよ。自分ではなかなか買わないものでしょう？」

メアリーが絶句していると彼はその包み紙を彼女の手に押し付けた。

「今日は付き合ってくれてありがとう。明日も君に会いに、また来るから」

自室に戻ったメアリーはお菓子の包みを手にしながら、シドの真意はどこにあるのだろうかと考えていた。彼は自分が元男爵令嬢であったことを知らないだろうから、ちょっと物珍しいメイドがそこにいるから手を出してみようと思っているのだろうか。自分はファーレンハイト子爵家の使用人の間では猛者《もさ》と呼ばれていたくらいだから、女性のメイドとしては少し変わり者だという自覚はある。それに、見た目はそこまで悪くはないことを知っている。

クラリスにはきっとバレていないと思うのだが、メイドとして働き始めてから、これでも恋人がいた時期もあるのだ。とはいえメアリーがあまりにもクラリス中心の生活を送っていることに彼が呆《あき》れてすぐに終わってしまったけれど。それはともかく、そもそも子爵三男がメイドに興味を持ってちょっかいをかけたとして。

（良くて愛人？　悪かったらただのつまみ食い？　でもあの人ってそういうこと……するかな？そもそもモテる人なのだから、別に私にこだわらなくてもいくらでも恋人になりたいという女性はいると思うしなぁ）

シドという人を知るにつれ、彼がそのような節操《せっそう》なしとは思えず、メアリーは珍しく思い悩んでいた。お菓子の包みを開けると、綺麗な薄ピンク色の一口大の焼き菓子が出てきた。中にクリームらしきものが挟まっている。

（可愛い……）

こう見えて可愛いもの好きなメアリーはとても気に入った。そっと顔を近づけると食欲をそそる香ばしい匂いがして、彼女は微笑みながらお菓子を頬張った。

◇◇◇

ジーンとクラリスが訪れた初冬の湖は、思っていた以上に幻想的だった。

ジーンの話では、自邸のある辺境の街から馬車で数時間、どちらかというと果てに近いということだったので寒いのではないかと思っていたが意外にも温度的にはそこまで低くない。ただ水辺なので、風は少し冷たく、風が強い日には体温を奪われそうだ。

湖はとても大きく、クラリスは見たことがないがこれは海というものに似ているのではと思った。ジーンにそう言うと、確かにこの湖は波があるし、魚も住んでいるのだが、海とは異なり完全なる真水なのだ、と言われた。

「水は少し冷たいけど、泳ぐとなかなかいいぞ。真水だから身体が洗えるし、飲もうと思ったら飲める」

ジーンらしいコメントを聞きながら、湖の周りをゆっくりと散策した。湖の真ん中には小さな離れ島があって木々が生《お》い茂《しげ》り、きっと動物も住んでいるのだろうなと思わせる。

「ジーン様はもちろん泳げるんですすよね？」

彼の腕をとりながら波打ち際を歩きつつクラリスは尋ねた。

「そうだな、父親がこの近辺の出身で、小さい頃はよくこの湖で遊んでいたからな。泳ぎは得意だ」

彼女は彼の野性的な身体つきを眺めて、なるほど小さい頃から自然の近くで遊んでいたからこれだけしっかりした身体に成長したのかもしれないな、と納得する。騎士として鍛えていたこともあるだろうが、もともとの生活で既に基本となる身体が出来ていたのだろう。

「お父様がとおっしゃると……ロッテ様もということですよね？」

ロッテはジーンの父親の妹だと聞いている。

「そうだ。彼女は長らくここで育って、エインズワース侯爵とは社交界にデビューをした王都で出会ってるんだ」

（たくさんの素敵な物語があるんだわ……）

ジーンの言葉が本当なら彼らの出自はそこまで有力な貴族だったとは思えないので、その彼女が侯爵に見初《みそ》められ、おそらく考えられないような様々な難関を超えて結婚をし、今もなお仲良く暮らしているというのは……間違いなく次にロッテに会った時に聞かせてもらわなくては、とクラリスは心に決めた。

「よし、陽《ひ》が落ちる前に屋敷に向かうか」

ジーンは辺境伯として王から褒賞をもらった際に、今住んでいる屋敷を改装するのと同時に、この近くに別荘を買ったというのだ。クラリスが驚くと、彼曰《いわ》く王都に比べると全てが安いから出来るだけだ、などという。

とはいえ彼は普段の暮らしは仕事中心で、基本的に贅沢《ぜいたく》はしないし、無駄遣いするような人ではないことは重々承知である。自分の家族との思い出が残るこの土地は彼にとって、とても特別なのだろうとクラリスは考えた。


湖畔《こはん》近くに建てられた別荘は、とてもこぢんまりしていて、ブラウン夫妻という使用人が責任をもって面倒を見ているという。普段は彼らが時折風を通しにやってくる程度でも十分維持できるくらいの規模なのだ。

「まあ、ジーン様がこんなお綺麗なお嬢様をお連れになる日がくるなんて」

父の代からの知り合いだというブラウン夫妻はジーンが婚約者を連れてくると聞いて、大喜びで準備をしていたという。ブラウン夫人はハンカチで目を押さえて涙を押しとどめている。

「春には式を挙げるつもりだ」

「それは素晴らしいです」

「是非《ぜひ》お前たちにも出席してもらいたい、詳細が決まったら手紙を送る」

ジーンの周りにいる人々はみんな彼のことを気にかけている素敵な人たちだ、とクラリスはしみじみ思う。それは間違いなくジーンが彼らを大事にしていることの表れだ。

家の中はとてもシンプルだがカントリー風の家財道具で整えられ、すみずみまで綺麗に掃除もされている。夕食はブラウン夫人が腕を奮《ふる》ってこの地方の郷土料理も織り交《ま》ぜながらたくさん準備しておいてくれた。この辺りの特産はミルクやチーズと聞いたが、それらがふんだんに使われた料理はとても美味《おい》しくて、どちらかというと食が細いクラリスも、たくさん食べてしまったほどだ。

クラリスの隣でいつものように旺盛《おうせい》な食欲をみせているジーンが時々彼女を満足そうに見つめる。

そんな仲睦《なかむつ》まじい二人の様子をブラウン夫妻がとても嬉しそうに眺めていた。

ブラウン夫妻は食後、一階のリビングに暖炉《だんろ》の火をいれてから、また朝来る旨を告げて家に帰っていった。


「クラリス、おいで」

ジーンが暖炉の前に敷かれたラグの上に胡座《あぐら》をかいて座ると、彼女を呼び寄せ、彼の膝《ひざ》の上にクラリスを座らせ後ろから抱きしめた。彼の大きな身体にすっぽりと覆《おお》われると、守ってもらっているような気持ちになる。

「旅行は楽しいか？」

「はい、ジーン様。とても楽しいです」

クラリスが身体の力を抜いて彼にもたれかかっても彼の頑丈《がんじょう》な身体はびくともしない。彼からクラリスの大好きなアンバーの香りが漂《ただよ》ってくる。暖炉の炎からやってくる暖かさと彼の熱い身体に囲まれて、パチパチと暖炉の薪《まき》が爆《は》ぜる音を聞いているうちにクラリスの目蓋《まぶた》はだんだん閉じていく。いつものようにジーンの側にいると彼女は本当によく眠れるのだ。

次に彼女が気がついた時は、ジーンに抱き上げられて、ベッドルームに運ばれているところだった。

「悪い。起こしてしまったか？」

「ああ……私、寝てしまったんですね」

「長い時間馬車に乗っていたからな。疲れているんだろう、よく眠っていた」

彼はそっと彼女をベッドに下ろすと、自分はベッドサイドに腰掛けて、彼女の栗色の髪の毛を優しくかき上げた。クラリスは突然、彼への思いが心の奥底から湧《わ》き上がってきて、何も考えずに呟いた。

「ジーン様、好き」

クラリスの髪を愛おしげに撫でていた手が唐突に止まった。手だけではなく、ジーンごと、微動だにしなくなる。

（どうされたのかしら……？）

いつも無表情な彼の顔がみるみる緩み、真っ赤になっていくという事態を彼女は驚いて見守った。

彼はクラリスの髪を触っていた手で、自分の顔の下半分を覆いながら呟いた。

「気づいているか、クラリス。お前が俺に……その……好き、と言ったのは初めてだったんだぞ」

(それで照れて……！)

自分が無意識に想いを漏らしていたことに気づいたクラリスの頰も朱に染まる。

「私……お慕いしていると言ったことはありませんでしたか？」

「ああ」

彼はまだ手で顔の下半分を覆ったままである。

「それは失礼しました……。私、ジーン様のこと、誰よりもお慕い申し上げております」

ジーンが動いたかと思うと、次の瞬間にクラリスはジーンに組み敷かれていた。彼の野性味あふれる顔は珍しいほどの緊張感を湛《たた》えていて、金色の瞳には間違いなく劣情を浮かべていたが彼の口調はいつも通り優しかった。

「クラリス……俺はお前を愛している」

(ジーン様も初めて言ってくださったわ)

ジーンがクラリスのことを希《のぞ》んでくれている気持ちは今では疑いようもなく、彼に誰よりも大切にされているのをクラリスは日々感じているが、はっきりと明確な愛の言葉を囁《ささや》かれたことはなかった。十分態度で示してくれていたので彼女はとりたてて彼に言って欲しいとは思っていなかったが、こんなに天にも昇るような気持ちになるなんて……。彼女はその菫色の瞳を潤ませながら、誰よりも大切な夫を見つめた。

「ジーン様、私も……愛しています」

「クラリス……」

彼がクラリスの唇を奪った。

◇◇◇

翌朝、クラリスが重い目蓋をなんとかこじ開けると、後ろからジーンの筋肉質な腕が腰にがっしりと巻きついていて、身動きがとれなかった。


昨夜はジーンと共に過ごした。

自分も望んでいたことだったし、ジーンはとにかく優しく、宝物であるかのように彼女を扱ってくれた。とても恥ずかしかったのだがジーンにうまく宥《なだ》められて一緒にお風呂にも入った。その後、なんとか寝支度を自分で整えると、疲労のあまりベッドに横たわるや否や、すぐに寝てしまったのである。おそらくジーンが湯船の片付けや何なりしてくれていたはずだがその物音にも全く気付かないような深い眠りであった。

クラリスはとにかく幸せだった。そしてジーンを今まで以上に近く感じ、彼への揺るぎない愛情がますます強くなったのを感じる。クラリスはもう一度ゆっくり目蓋を閉じると、婚約者の腕の中で、再び眠りの海へと揺蕩《たゆた》っていった。

◇◇◇

「おはよう、メアリー！」

(本当に来た……)

朝食を取ったタイミングで予告通りシドがやってきたので、メアリーは思わず苦笑した。しかも、さすが辺境伯邸をよく知り尽《つ》くしているというべきか、使用人たちが自室に戻る時間帯にやってくるあたり、なかなかの策士《さくし》である。

「今日はどうするの？」

「それは何も考えていませんが……」

ふーん、と今日もなかなか洒落《しゃれ》た洋服で身を固めたシドが軽く首を横に傾けた。辺境伯はおそらく着心地重視なのだろうな、というシンプルな服を、マリウスは絶妙に目立たない普通の服を着ているることがほとんどであるのに対し、シドはいつも洒脱な服を着ている。特に昨日辺境の街を訪れたことで、シドの着こなしは流行の最先端であるということがわかった。

(わかったところで、ただそれだけですけど)

そこまで考えてメアリーは心の中で苦笑した。

「じゃ、この屋敷の近くにある公園でもどう？　ちょっと冷えるけど、昨日買ったコートを着たら大丈夫だと思うし」

「公園ですか？」

「うん、その公園にはティールームがあるから紅茶をご馳走《ちそう》するよ」

「ご馳走って……私にですか？」

ぽかんと見つめると、シドがにこにこと頷く。

「ハンゼン様、子爵のご子息様なんですよ？　他家の使用人の私なんかに紅茶をご馳走する必要なんてないんです。それにきっとそのティールームは貴族ばかりなんでしょうから、私が行ったら浮いてしまいます」

そうはっきりと断ると、彼は珍しくムッとした顔になった。

「そういうの、自分から言うのは良くないね、職業に貴賤《きせん》はないでしょう？　俺が君と紅茶を飲みたいんだ。堂々としていれば誰にもわからないよ」

（洋服で私が貴族じゃないってすぐわかるでしょうに……。ああ、私も変わってるけど、この人も相当変わってるし、何ていうか）

『自由』だ。

「ふふっ」

思わず笑みを零《こぼ》してしまうと、シドがぱっと彼女を見下ろした。

（ほんと、変な人……）

メアリーはそういう『自由』をついつい面白がってしまう自分の性質を自覚していた。

シドは今朝は起きた瞬間から気持ちが落ち着かなくて、メアリーを何ていってどこに誘おうか、とうんうん唸《うな》りながら辺境伯邸にまでやってきたのに、朝から可愛い彼女の顔を見たら、事前に考えていたことはどこかに一瞬で飛んでいき、彼女がどうやって過ごすのかを聞くので精一杯。こんなことは生まれて初めてで自分でも狼狽《ろうばい》する。

それから彼女にすげなく断られそうな気配を感じて、なんとか一緒に過ごす時間を捻出したいがために、ティールームのある公園に誘った。しかし半ば予想はしていたがメアリーが立場の問題で遠慮するから、つい強い口調で誘ってしまう。

きょとんとしたメアリーを見て、しまった、とその瞬間は失敗した、と思ったのだけど。

「ふふっ」

と彼女があまりにも楽しそうに笑うから自分の目が信じられなかった。

「シド様、変わってる」

さっきは屋敷内ということもあってか、ハンゼン様、と言っていた彼女が自然に自分の名前を呼んでくれたので、途端に嬉しさで胸がはちきれそうになった。

「あ、変わってるって褒《ほ》め言葉ですからね。私も自分が変わってるって思ってますし。あ、それだと自画自賛《じがじさん》になるわけですね、ははは」

楽しそうに付け加えられたメアリーの言葉が耳にとても心地よかった。

ひとしきりメアリーは笑うと、ティールームにはご一緒は出来ませんけど是非その公園に連れて行ってください、とシドに頼んだのだった。

◇◇◇

瞬く間に残りの二日が経ち、クラリスと辺境伯が湖から帰ってくる日になった。シドは毎日辺境伯邸に顔を出し、メアリーをあれこれ連れ出したのでおそらく他の使用人たちにはある程度バレていると思うのだが、そこはさすが辺境伯の教育がいいのか、もしくはシドが策士なのかはわからないが、最初に予想したように特にメアリーが苛《いじ》めを受けるようなこともなかった。むしろ何とはなしに皆に生温かい目で見守られているような気がして、それはそれでなんだか気恥ずかしい。クラリスに久々に仕えるのを心待ちにしているものの、メアリーはこの楽しい休暇が終わるのが少し残念でもあった。その残念さの理由の一部がシドだと認めるのは癪《しゃく》ではあったが。

クラリスたちは夜遅く辺境伯邸に帰ってきた。

（あああああもおおおおおおじょおさまあああぁぁぁ）

クラリスは完璧《かんぺき》にキラキラと輝いて帰ってきた。今までも美しかったが、愛された女性特有の歓《よろこ》びが足されてこの旅行中に二人に何があったのかはメアリーの目には明白であった。辺境伯も男としての自信に漲《みなぎ》っており、今まで以上にクラリスに魅了《みりょう》されているのは彼の乏《とぼ》しい表情筋を以《もっ》てしてもわかりすぎるほどわかりやすい。基本的に、クラリスに関しては、感情が『彼にしては』だだ漏れになるところがあるのは否めないのだ。

(よかったあああ。ああ、でもこれからは本当に朝の挨拶には気をつけないとなぁ……万が一の時……辺境伯様に睨《にら》まれたら私、死ねる……)


メアリーは数日ぶりに会ったクラリスの変化に感動していたのだが、クラリスはクラリスでメアリーを見て、何かに驚いていたようだ。夜、クラリスの寝支度を手伝っていると、彼女がしげしげとメアリーを見つめてきた。

「メアリー、何か良いことあった?」

「えっ? 特に何もなかったですが」

一瞬ドキッとしたが、シドが毎日辺境伯邸に来てメアリーを連れ出していたことをクラリスは知らないはずだ。シドとの間に明確な何かがあったわけでもないし、改めて話すのは気恥ずかしい。なのでメアリーは素知《そし》らぬ顔をした。

「何か表情が明るいから。ずっとメアリーは休みはいらないって言ってくれてたけど、本当はお休みが必要だったのね……」

「わっ、いやいやその、お嬢様、そんなことはないんです、私がお嬢様の側にいたかったので……」

滅多《めった》にないくらいに慌ててしまったメアリーはそそくさと就寝の挨拶をすませると、余計なことを口走る前に自室へと引き上げたのであった。

寝室のベッドでクラリスが本を読んでいると、ドアが開いてジーンが入ってきた。見慣れてきたと思っていても、大柄で逞《たくま》しい彼の姿にいつでも見惚《みと》れてしまう。

「お仕事、お疲れ様でした」

クラリスがねぎらうと、ジーンはああ、と頷き、きびきびと寝支度を始めた。

「今日は何をしていた？」

そうやってクラリスが過ごした一日がどうだったかを尋ねてくれるのはいつものことで、彼女の言葉を本当に興味深く聞いてくれるのだ。クラリスにとっても、寝る前にジーンと穏やかなひと時を共有できるのは何ものにも代えがたい喜びである。こうしてジーンのことがどんどんかけがえのない人になっていく。

「旅行もとても楽しかったですが、家に帰ってこられてほっと一安心しました」

クラリスがそう言うと、ジーンが唇を少しだけ上げて、彼らしい笑みを浮かべた。

「お前が辺境伯邸を家と思ってくれて、何よりも嬉しい」

ジーンがそう言いながらベッドの横にもぐりこんでくると彼が好んでつけているアンバーの香水の匂いが辺りに漂う。クラリスは少し考えて、顔を赤らめて続けた。

「辺境伯邸はもちろんとても居心地がよいのですが……ここでなくてもジーン様がいらっしゃるところが、これからは私の家になります」

「クラリス……俺もお前がいるところが俺の生きる場所だ」

「ジーン様……大好きです」

我慢できず目の前の大きな身体に抱きつくと、彼もしっかりと抱きしめ返してくれる。

「俺も愛している」

クラリスが朱に染まった顔をあげると、ジーンはクラリスにだけ見せてくれる、これ以上ない柔らかい表情のままそっと彼女に口づけを落とした。


マリウスが、メアリーの情報を調べ上げて辺境伯邸にやってきたのはそれから数日後のことだった。

「随分早く判明したな」

ジーンの執務室にマリウスが調査書を持って訪れると、辺境伯は眉をあげた。自分たちが湖に出かけたのは一週間ちょっと前だった。王都へはここから三日かかるので、ジーンが出立してすぐに遣いを出し、最短で返事が来た、と思っていいだろう。

「ああ、とりたてて調査は難航しなかったようだ。割と周囲には知られた話だったみたいでね」

マリウスがぽんと調査書の束《たば》をジーンの机に置く。ジーンはそれを手に取るとじっくりと読み始めた。

「なるほど……。人がいいあまりに騙《だま》されて財産をなくしてしまった、と」

メアリーの父、ルーズヴェルト男爵は生来の人の良さから、これは絶対に儲《もう》かると言われた与太話を信じてしまい、あっという間に財産を失った。もともと権力もないルーズヴェルト男爵家はあ

っさりと取り潰《つぶ》しとなったわけだ。ただ男爵の人柄の良さはよく知られていて、周囲の人々はできるだけ助けの手を伸ばしていたようだ。まだ年端《としは》のゆかない少女が路頭《ろとう》に迷ったらかわいそうだ、ということもあって、メアリーをもともと親交があったファーレンハイト子爵家が引き取るという流れになったらしい。現在、元男爵は夫人と共に田舎で市井《しせい》の人としてひっそり暮らしているという報告があがってきている。メアリーには兄がおり、彼は両親についていって、今では稼ぎ頭として身を粉《こ》にして働いているとか。善良な人間性を示すかのように、田舎でも悪い評判は特には聞かれないらしい。

「爵位復権はできるものなのか？」

「うーん、どうだろうねぇ、そもそも十年以上も前の話だしなぁ」

「悪質な事件を引き起こした犯人のわけでもなし、どちらかというと詐欺《さぎ》罪の被害者だろう？　王に頼めば出来るのではないか。せめて名前だけでも爵位が戻れば随分《ずいぶん》違うよな。王には何かもうひとつ褒賞が欲しければいつでも頼んでくるがいいと言われているからちょうどいい」

ジーンが腕組みをしながら最終手段と思われる内容をあっさりと口にすると、マリウスは肩を竦《すく》めた。

「シドのためにか？」

「まぁな」

ここが王都とは離れた辺境の地で、シドがいくら自由人で本人は良しと思っていたとしても、さすがに使用人であるメアリーを正妻として娶《めと》るのはほぼ不可能である。せいぜい愛人にして、正妻を娶らない、という手段くらいしかない。しかしそれが名前だけでもメアリー・ルーズヴェルト男爵令嬢となれば、話は違ってくる。貴族の多い王都だと難しいかもしれないがジーンが治める辺境の地で暮らすのであれば誰も文句は言わないだろう。

そして結婚さえしてしまえばメアリーはもうハンゼン子爵三男夫人となり、それからは王都に移ったとしても問題ない。ジーンはシドの両親であるハンゼン子爵夫妻をよく知っているが、メアリーが男爵令嬢であれば、息子の婚姻にはおそらく反対はしないだろう。

しばらくしてマリウスが顔を綻《ほころ》ばせた。

「従兄弟として、そこまでお前が考えてくれているのはありがたいよ。まぁ確かにあんなシドを見るのは初めてだし」

「メアリーがシドのことをどう思っているのかがわかって、必要だと判断したら即手配しよう。どちらにせよ王には我々の結婚式の日取りを連絡しなければならないからな」

「結婚式!?」

初耳のマリウスが尋ね返すのに、ジーンがはっきりと頷く。

「ああ、もう夫婦ではあるのだが……春に式も挙げようと思っている」

マリウスは人の良さそうな顔に満面の笑みを浮かべた。

「それがいいな……クラリス様もきっと喜んでいらっしゃるだろう」

クラリスのことを話す時だけ、この堅物な男が緩む。今もマリウスの言葉に表情を少しだけ崩しながらジーンが肯定した。

「ああ」

（本当にクラリス様がジーンの元に来てくれて良かったなぁ……）

マリウスが尊敬する、この孤独な男が手に入れた望外《ぼうがい》の幸せを思うと、彼の胸中《きょうちゅう》も花が咲いたかのように華やいだ。

「それで、メアリーの幼馴染だというセドリック某についてはわかったのか」

突然無表情になり、話を変えるジーンにもマリウスは慣れっこである。特に驚きもせず、先ほど渡した報告書を指し示した。

「ああ、セドリック・アンダーソン子爵嫡男だな。ルーズヴェルト男爵家とは親同士がとりわけ親しかったようだ」

「そうだ、確かにクラリスが子爵と言っていた気がする」

「アンダーソン子爵家自体はごく普通の子爵家みたいだぞ。ルーズヴェルト男爵家の取り潰し騒ぎの時も助けになるべく奔走《ほんそう》していたみたいだ」

「そうか」

「セドリックの現在の様子については簡単に報告書をまとめてもらっているから読んでみてくれ。もしそれ以上に詳しい情報が必要ならばまた調べるから言ってくれるか。――あ、あとこれ、お前にと頼まれたものだ」

マリウスは一通の分厚《ぶあつ》い手紙の封筒をジーンに渡した。

「これは？」

「ファーレンハイト子爵夫人から、クラリス様に」

◇◇◇

「ルーズヴェルト家をですか？」

その夜、クラリスが寝室のソファで寛《くつろ》いでいると、ジーンからルーズヴェルト家の爵位を取り戻す案を聞かされて、驚いた。

「ああ」

「そして……本当でしょうか、シド様がメアリーのことを……その……」

「直接聞いてはいないが、おそらくそうだと思う」

クラリスも何とはなしにシドの様子から、もしかしたらメアリーのことを気に入っているのではないかとは思っていたのだが、シドと長い付き合いであるジーンの目にもそういう風にうつっていたのか、と自分の印象が正しいことを知った。

「まぁ当たり前のことだが、メアリーの気持ちを最優先にしなくてはならない。シドのことを彼女が受け入れる気はないかもしれないだろう？　クラリスにはそのうち彼女は話すかもしれないから、何か聞いたら教えてくれ。ご実家の爵位の復権も、俺はそれが妥当《だとう》だと思うが、彼女が望まないかもしれないとは思っている。爵位が戻れば戻ったで、口さがないことを言う人間もいるだろうしな」

「ジーン様……」

相変わらず視野が広い。クラリスが実家の問題で苦しんでいた時も、彼は決して自分の考えを彼女に押し付けず、自分で選択したらいいと見守っていてくれた。そのお陰で彼女は自分で思った通りに行動ができて、自らが出した結論に自信と責任を持ち、その分強くなれたと信じている。

シドやマリウスは、ジーンが視野が広いのはもともとだが、ここまで甘くて優しいのはクラリスに関することだけだと笑うかもしれない。しかし彼らに対してもジーンはとても優しいとクラリスは思っている。そういった彼の本質をみんな理解しているからこそ、これだけジーンが慕われているのだと感じる。

「セドリック・アンダーソンについてだが……」

彼が懐かしい名前を出したのでクラリスは目を瞬かせた。

「セドリック様ですか？」

「ああ、ついでに調べてもらった」

「ご結婚されていましたか？」

「いや……どうやら婚約者もいないようだ」

セドリック・アンダーソンは現在二十七歳で、書類上ではまだ婚約者もいないことになっていた。

ジーンはマリウスに出来たら追加の情報を手に入れるように指示するかと思っていたところだった。

「そうでしたか。やはりメアリーを想っていらっしゃるのかしら……。でもなんだかしっくりきません。セドリック様がどう思われているかまでは私にはわかりませんが、メアリーはセドリック様のことはそういう意味で好きではなかったと思うんですけれども。今度本人に聞いてみます」

「ああ……そうしてくれるか」

（それが一番手っ取り早いかもしれない）

クラリスはメアリーのことで何かわかったらすぐに話してくれるだろうから、ジーンはそれを待つことにする。

「それから、マリウスの使いに、ファーレンハイト子爵家にも寄ってもらったら、この手紙を預かってきたようだ」

クラリスの手に渡された分厚い手紙。ジークフリート・グーテンベルグ辺境伯様、と書かれている筆跡は確かに母によるものだ。体裁上ジーン宛になっているが、中身はクラリスに向けたものなのは明らかだったので、ジーンはその手紙の封を開けないでくれていた。そんな彼の心遣いが嬉しく、クラリスの頬が上気した。

「ジーン様。今、読んでも構いませんか？」

「もちろん」

ジーンがクラリスの隣に腰掛ける。クラリスは封筒をレターナイフで開けて中身を取り出した。

母からの手紙は流麗《りゅうれい》な筆致で、まずクラリスが王都を発《た》つ日にファーレンハイト家に送った手紙への感謝から綴《つづ》られていた。

続いて母は、父とマチルダの暴力沙汰の噂が流布《るふ》してしまい、それを聞いたマッケイン侯爵家から、マチルダとの婚約を白紙に戻すという通達がきたと淡々とした文章で書いていた。

そして、父がそれを聞いて再びマチルダに暴力を振るいそうになったので必死に止めたこと、それをきっかけに父とは別居し、父に離縁を懇願したことも併せて書かれていた。今ならマチルダの醜聞を理由に離縁出来るかもしれないと思ったからであろう。当初父親からの反応は芳《かんば》しくなかったようだが、立て続けに起こった出来事でさすがに相当弱っていたらしい。今までこんなにも強く何かを母が求めたことがなかったこともあったせいか、父親が遂に、前向きに検討する、と答えたという。

一連の騒動がもたらした衝撃により、マチルダはすっかり落ち込んでいて、ともすると自殺しそうになるので使用人による二十四時間の監視がついているらしい。

(お姉様……お一人で今、闘っていらっしゃるんだわ)

マチルダは、今まで自分が拠《よ》り所にしていた父からの盲目的な愛情というものが土台から崩れ去ってしまった。そして自分の不安の捌《は》け口にしていたクラリスが、遠くで自分より幸せになっているということへの嫉妬と、一体自分はこれからどうしたらいいのだろうかという焦燥感などが絡《から》まり、混乱してしまったのだろう。姉は外見の美しさばかりを父から褒められ、それればかりを磨いていたため、趣味などの話も聞いたことがない。

(でも、私がこうやって遠くから見守るのがお姉様への罰《ばつ》だから)

いつかもう一度、姉に会いたい、という気持ちは微《かす》かに残っている。ただ一生叶《かな》わないかもしれない、という思いもある。それは時間だけがそのうちクラリスに答えを教えてくれるだろう。

父と離縁するという母の決断をクラリスは尊重しようと思う。あれだけ母に固執していた父が同意したということは、父も母への執着が消え失せたのだろうか。そして離縁するとなると、後ろ盾《だて》のない母とマチルダは路頭《ろとう》に迷うことになるかもしれない。父がちゃんとした補償《ほしょう》を母に与えてくれるといいのだが、家計が火の車なのだとしたらそれは難しいだろうか。

彼女がぼんやりと考え込んでいるとジーンがそっと尋ねた。

「子爵夫人は何を書かれていた？」

クラリスが手紙の内容を伝えると、ジーンが腕組みをする。

「ファーレンハイト子爵がようやく子爵夫人を手放す決意をしたというのなら、気が変わる前に離縁は早くしたらいいと思う。子爵が我に返って離縁しないとごねだしたら困るだろう」

ジーンの、母のことを思いやる言葉が心に沁《し》みる。

「はい、返事にそう書かせて頂きます」

「もし、子爵がきちんとした生活費を払わないようなら俺が――」

クラリスはさっと彼の口元に手をやって、その言葉を押し留《とど》めた。

「ジーン様、今はまだ言わないでください」

ジーンならばそうやって言ってくれることもわかっていた。だからこそクラリスは申しわけない気がしているのだ。

「まぁ……とりあえず離縁する方が先だな。その後のことはそれから考えたらいい」

◇◇◇

「私がセドリック様とですか？　お嬢様、熱でもあるんですか？」

朝一番にメアリーと顔を合わせた時にセドリックのことを尋ねたら、メアリーが正気ですか？という顔をしたので、クラリスは自分の勘が正しいことを知った。

「確かにセドリック様には可愛がっていただきました。兄の友人でしたしね。今でも会えたら嬉しいなと思いますけど、彼が私のことを憎からず思っているなどということは絶対にありえません」

とはいえメアリーがあまりにもきっぱり言うので、クラリスは少し驚いた。

「そうなの？　絶対？」

「はい、詳しい事情はいくらお嬢様相手でも話せませんが、『絶対に』、です」

メアリーがこうやってはっきり言い切る以上、そうなのだろう。クラリスはジーンにセドリックのことはこれ以上調べなくていいと伝えることにした。

執務室では、マリウスとジーンがファーレンハイト子爵家についての話を交わしていた。今日は辺境伯邸に来る予定だと先触《さきぶ》れがあったシドはまだ到着していない。

「そうか……。まぁ離縁されるのであれば子爵夫人もようやく心が休まるだろうね」

「そうだな」

マリウスがふと、思い出したかのように言った。

「セドリック某のことを調べろとジーンは言っていたが、それよりメアリーの元恋人の使用人について調べた方がいいんじゃないか？　どうやらメアリーと別れた後、婚約詐欺にあったとかで多額の借金を拵《こしら》えて、今出奔中《しゅっぽんちゅう》だとか」

「ふむ、そうか。メアリーには恋人がいたのだな、セドリックではなくて」

「ああ。まぁ付き合っていた時期も短かかった上に、随分前の話だから、メアリーを今更頼ってくる可能性はほとんどないと思うが――」

シドは執務室のドアノブに手をかけたまま、室内で繰り広げられている幼馴染たちの会話を立ち聞きしていた。

(そりゃそうだ、あれだけ魅力的なんだもんな――恋人の一人や二人くらいいたって)

かつて自分がジーンに言われた、メアリーがもし経験豊富だったら？　の一言が今、シドには重く感じられていた。とはいえ、落ち込んだのは一瞬だ。その時自分たちは出会っていなかったのだし、これからどうやって過ごすのかが大事だと思うからである。

(気にしない……。といったら嘘になるけど、でもそれでもメアリーがいいんだから、仕方ないよな)

シドは笑顔を作ると、ドアノブを回して、部屋の中に入った。

◇◇◇

「メアリーは、シド様のことをどう思ってるの？」

クラリスはセドリックのことを聞いたついでに、直球で質問してみることにした。こんなことを聞いたくらいでは怒らないメアリーの性格はよく知っているし、最近ジーンを見ていて、彼のような直接的な物言いは時々とても有効であることを感じているからである。

「シシシシシド様ですか!?」

しかしメアリーはクラリスが思っていた以上の反応を示した。

いつもは沈着冷静、というか堂々としているメアリーの顔は、今や真っ赤であった。

(やっぱりこれは……)

メアリーのシドへの気持ちは明らかで、クラリスは自分の不意打ちの質問で彼女を動揺させたかと思うと申しわけなくなった。

「ごめんなさい、メアリー。話したくないならいいのよ」

メアリーはそれを聞くと、そんなことはないと明るく笑った。

「シド様はとても優しく、大事にもしてくださるので、つい……叶わない夢を見ちゃいますね」

「メアリー……」

「お嬢様もシド様がセドリック様に似ているとお思いになったんでしょう？　確かに笑顔は少し似

ていらっしゃいますよね。なんだかシド様と話していると、自分が男爵令嬢だった頃を思い出すんです。それから自分がもし男爵令嬢のままだったら今どうしているかな、とちらっと思ったり。シド様といるとなんだかそんなことを考える時間が多かった気がします」

メアリーは焦点《しょうてん》をぼかして話しているが、クラリスには十分伝わってきた。男爵令嬢だったら、シドとの未来がある、彼女は最初からその可能性を夢みないように自分を律《りっ》しているのだ。

「……昔に戻りたいと思う？」

クラリスの静かな問いかけにメアリーは笑顔で答えた。

「いいえ。実は似たような質問をシド様からこの前されたんですよね。その時はつい十二歳以前に戻りたいなんて答えましたけど、あれから考え直したんです、私はお嬢様と一緒に過ごせて本当に幸せでしたし、そこに後悔はありません」

◇◇◇

今日は外出の予定がなかったジーンは午後にまとまった時間ができたので、ふとクラリスはどう過ごしているのかなと思い立った。執事のトーマスに聞いてみたところ、自室にいるとの答えだったので早速部屋に向かった。部屋に入ると、メアリーは会釈《えしゃく》してくれたが、肝心《かんじん》のクラリスはソファに座りぼんやり本を膝に広げたまま何か物思いに耽《ふけ》っていた。いつもは彼の気配を感じるとすぐに彼を見て笑顔になるのにこれは本当に珍しい。

「クラリス」

彼が声をかけると、彼女はソファの上で文字通り飛び上がった。

「ジ、ジーン様、ごめんなさい！　考え事をしていました」

「そのようだな」

慌てるクラリスもこれはこれでとても可愛いのだが、と心の中だけで続けて、ジーンはメアリーにしばらく二人にするようにと指示を出した。


二人きりになってから、ジーンはクラリスから朝のメアリーとの会話について聞いた。

「なるほど……」

「メアリーはシド様のこと、私には言えないみたいでしたけど、お慕いしているようなんですが、やっぱり身分のことで躊躇《ためら》っているのは否めないかと。ジーン様はルーズヴェルト家の爵位を取り戻すことまで考えてくださっていましたけど、だからってメアリーが今すぐそれを喜んで受け入れるように思えなくて。やはりシド様との気持ちが通じ合わない限りには何とも言えないなぁと思っていたところです」

「そうか、まぁそれはシドに任せよう。俺らが口出しすることでもあるまい」

彼女はこくんと頷いた。普段はむしろ大人びている印象を与える彼女であるが、こういう無防備な仕草《しぐさ》は年相応《としそうおう》に思えて、それがまたジーンには可愛く感じられる。

「それからセドリック様のことなんですけど、メアリーがあそこまで否定するのはどうしてだろうと考えていたら、私も思い出したことがあって……」

クラリスはむしろそれを考えていてぼんやりしていたらしい。ジーンは彼女が続けた打ち明け話にさすがに目を見張ることになるのだった。

六章　メアリーとシド

メアリーはジーンに席を外すように指示され、部屋から廊下に出ると、しばらく自分の部屋に戻ろうかなと考えた。実は朝から頭が鈍《にぶ》く痛み、身体《からだ》も重く感じるので熱があるような気がしているのだ。今や彼女は壁に右手をついて、よろよろと足元もおぼつかなく歩いていた。

（もし本当に熱があるとしたらクラリス様にうつしたら良くないし、トーマスさんに言付《ことづ》けしておいた方がいいな……）

クラリスの側に仕《つか》えているときは気を張っていたのが緩《ゆる》んだせいか、段々本格的に身体の動きが鈍くなってきて、彼女は少しだけ休もうと廊下の隅に蹲《うずくま》った。小さく丸まって、自分の膝《ひざ》にぎゅっと額をあてて深呼吸をする。

（ああ、昔はよくこの姿勢でいたな……）

男爵家が取り潰《つぶ》しになるという時に、人の良い両親は自分たちは破滅まっしぐらだったのにも拘《かか》わらず、多額のお金を持ち逃げした犯人がそのお金で幸せになってくれたらいいなと願うようなお人好《ひとよ》したちだった。そしてセドリックの両親や、クラリスの両親など周囲の人々の助けに心から感謝していた。

メアリーはそんな両親が大好きだった。

クラリスがセドリックの名前を口にした時、自分の胸の奥がズキッと鈍く痛むのを感じた。

当時のことを思い出したのだ——もちろん、言っても仕方ないことだとはよくわかっていた。それでもつい少し前まではメアリーもそれなりに綺麗《きれい》な服を着て、クラリスやセドリックと対等に話していたのに、使用人としての立場になり一歩引いて見守らなければならないという、誰にも言えない苦しみ。クラリスもセドリックも会えば前と同じように親しみを持って微笑《ほほえ》んでくれるし、とても親切にしてくれるのだが、メアリーは優しくされればされるほど、自分が惨《みじ》めで辛かった。

クラリスに言った通り、彼女付きの使用人としてファーレンハイト子爵に引き取られたことは、最善の策だったと思っている。両親と兄は路頭《ろとう》に迷うかもしれない田舎への旅にメアリーを連れて行くのを躊躇《ためら》っていたし、心優しいクラリスはいつでも親身になってくれたから本当に感謝しかない。仕えたのがクラリスでなかったら、メアリーはぺしゃんこに潰れていたと思っている。

それでも、使用人となってファーレンハイト子爵家に引き取られてからしばらくの間は、夜になるとこうやって膝を抱えて使用人部屋のベッドの上で蹲っていた。

本当はもし結果的に何もかもがうまくいかなくて一家で心中《しんじゅう》をしなければならなくなっても、メアリーは家族と一緒にいたかった。何しろまだ十二歳の少女だったのだ。

そしてそのことを誰にも言えずに胸に秘《ひ》めて、ある日思ったのだ、元気で明るいメアリーになれば、きっと皆は私が家族を恋しがっていると思わず、男爵家の取り潰しのことをあれこれ言わなくなるのではないか、と。

その日から彼女は人前では殊更《ことさら》明るく振る舞った。人に辛さを見せるのは弱い人間のすることだ、と奮《ふる》い立たせ、辛いときは夜にこうやって自分で自分を抱きしめればいい、と言い聞かせて。

メアリーは目を閉じていても尚ぐらりと自分の視界が歪《ゆが》むのを感じて、ますます目を強く瞑《つむ》った。

（あ、これは本当によくない……）


「……メアリー！　どうしたの!?」

（シド……さま？）

バタバタと足音が響いて、メアリーの目の前に座り込んだのは、誰であろうシドであった。

（今日も来ていらっしゃったのね）

膝から顔をあげて、彼の顔を眺《なが》めたが、潤んだ瞳《ひとみ》で視界が定まらない。彼は即座に額に手をあてて、あつっ、と呟《つぶや》いた。彼の手がひんやりしてとても気持ちがいい。シドは迷う素振りも見せずに、さっとメアリーの頭と膝の下に手を差し込むと、いわゆるお姫様抱っこにして抱き上げた。

「すごい熱があるから部屋に連れて行く。どこ？」

「二階の……端《はじ》っこです」

「わかった」

男性としては小柄なシドだが、なんの躊躇《ちゆうちよ》もなくメアリーを抱き上げ、よろめく気配もない。

彼女はぼんやりと彼の顔を下から見上げていた。

（クラリス様……シド様はセドリック様に似てなんかいないです……シド様は、シド様……）

そう思ったのを最後に、メアリーは意識を飛ばしてしまった。

夢を見ていた。

十二歳で別れてから一度も会っていない母がベッドサイドに座って、メアリーの看病をしてくれている。彼女の黒髪をゆっくりと撫《な》でてくれているその手はとても優しい。

「お母様……」

思わず呟くと、手の動きが一旦止まったが、やがてまた何事もなかったかのように、動き出した。

あまりにも懐かしくて、会いたくて――これが残酷《ざんこく》な夢だと気づいていて、メアリーの閉じられた目蓋《まぶた》から涙がこぼれ落ちた。


シドはメアリーが「お母様」と呟いて涙を零《こぼ》すのを、痛々しい思いで見つめ、零れた涙をそっと指で拭《ふ》きとった。メアリーを抱き上げて部屋まで運ぶ途中で、廊下を行き交ったトーマスに医者の手配を頼み、ついでにクラリスに今日は休むことを伝えてもらうことにした。

ジーンが重用《ちようよう》する気の利くトーマスはすぐにメアリーの部屋にシドを案内してくれ、医者の手配のみならず、水や果物《くだもの》などを届けてくれた。今日の仕事は済んでいるので急いで帰宅する必要もないし、メアリーをベッドに寝かせた後、看病《かんびよう》のため残ることにした。

そして彼女の部屋に入って驚いた。街に一緒に行った時に本を買っていたので、字が読めることは知っていたが、ベッドサイドの机の上に手紙の封筒が置いてあった。どうやら間違いなく彼女は字も書けるのだろう。使用人階級ではありえないことである。宛先を見たい誘惑にかられたが、さすがに本人の了承なしでは失礼だろうと思ってぐっと我慢《がまん》する。

さらにお母様、と呟く言葉から、シドはメアリーはある程度の身分があった令嬢だったんだな、という結論に達していた。

眠っているメアリーの額の上に水を絞《しぼ》ったタオルを置きながら、シドは彼女の瞳を閉じていると案外幼い印象を与える、整った顔を眺めた。

(君は、俺に心を明け渡してくれるかな、俺がそれを望んだら、どこかに逃げていっちゃうかな)


シドは、自分がメアリーへの恋心を隠せなかった時点で、ジーンやマリウスが彼女のことをある程度調べるだろうと思ってはいたが、メアリーから直接話を聞きたかったので、何も確認したことはなかった。そして彼らからメアリーの話をされることもない。シドも、もし逆の立場だったら、同じことをするだろうから何一つ気にならないのだった。

要は、お互いある程度心配はして色々先回りはするが、しかし必要とされない限り、口出しは一切せず適度な距離でそっと見守るのだ。この前は本当についうっかり、話を立ち聞きしてしまったわけだが。

(恋人がいたんだよなぁ……それにセドリックとかいう男も身近にいたのかな? 一体君はどんな人生を送ってきたんだろう)

ジーンとクラリスが湖に休暇を取りに出かけている四日間でメアリーと少しだけ近づけた気がしていた。彼女の微笑みは、以前の慇懃無礼《いんぎんぶれい》なものから、親しげなものになったと感じていたし、屋敷の中でもシド様と呼びかけてくれるようになった。知れば知るほど、メアリーのさっぱりした気性は親しみやすく、彼女との刺激的な会話から頭の回転の良さが窺《うかが》われてますます惹《ひ》かれた。自分だけを見てほしいという思いは日々募《つの》るばかりだ。

(本人に、聞いてみたらいいんだよな)

シドは今まで刹那的《せつなてき》な関係が多すぎて、恋の駆け引きというものをしたことがなかった。お互いに利害が一致しているので、始まりも終わりも唐突《とうとつ》なのであった。去っていかれたとしても追いかける必要性を感じていなかったので深く考えなくてよかったのだが、メアリーに対しては失いたくないからこそ、つい臆病《おくびょう》になってしまっていた。

とはいえ、ジーンとクラリスを身近で眺めていて、シドは二人の関係を心底羨《うらや》ましいなと思うようになっている。ジーンのような人間になれるほど自分は強くはないが、それでもジーンのように好きな女性に好意をきちんと示すことくらいなら自分にもきっと出来るはず。

◇◇◇

誰かが話しかけてくる声に促《うなが》されて、メアリーの意識はゆっくりと浮上《ふじょう》した。

「メアリー、よく寝ているのに、ごめんね？　お医者様が来たから起きてくれるかな」

「……シド様？」

思っている以上のざらついた声が出て自分でも驚いた。

「起き上がれる？」

ぼんやりとしていたメアリーはやっと自分が体調を崩して廊下で蹲っているところをシドに抱き上げてもらったことを思い出した。朝から続いていた頭痛は今はもう治っている。身体はまだ怠《だる》いが、熱が上がりきったことで頭痛がおさまったのかもしれない。

「大丈夫です」

何とか自力で身体を起こすと、シドがコップに入った水を差し出してくれたのでありがたく受け取り、一気に飲み干した。乾ききった喉《のど》に水が染み渡って生き返る思いがする。

「あの、シド様、どうしてここに？」

女の、しかも使用人の部屋で子爵子息の彼が看病していることが噂になったら、メアリーはともかくシドの評判が下がるのではないかと思って、おそるおそる尋ねた。きっとメアリーの考えなんてお見通しであろうシドはにこっと笑った。

「俺が君の側にいたいんだ。とりあえずまずはお医者さんを部屋に通すから——後で話そう？」


医者はメアリーを診察すると、喉の腫《は》れは見られるが、肺の音は正常だし、名前のつくような病気とは思えない、おそらく過労による発熱だろうと言った。栄養と水分をとって大人しく寝ていればきっとすぐに回復するだろう、とのことだった。季節の変わり目で寒くなってきたのも関係しているかもしれないから夜はなるべく暖かくして寝るように、と言って帰っていった。

「良かった、じゃあちゃんと食べて寝ていたらいいんだね」

シドはほっとしたように言うと、執事に医者の見立てを伝えてくる、と部屋を出て行った。

（後で話そうって何を……？）

メアリーは混乱したが今は熱もあって頭の動きが鈍いから、あれこれ考えるのは面倒だった。とりあえず処方された薬を飲み、もう一度ベッドに横たわると、あっという間にまた眠りに吸い込まれていった。

シドはトーマスにメアリーが明日もクラリスの世話はできないであろうことと、ジーンに、少し話したいので後でメアリーの部屋に来てもらいたいという伝言を託《たく》した。それから彼女が薄い掛布団しか持っていないのでもう少し厚めの毛布を用意して欲しい、とも頼んだ。それから厨房《ちゅうぼう》に行って、改めて冷たい水をピッチャーにいれてもらうと、メアリーの部屋に戻った。

部屋の中はしんと静まり返っていて、メアリーの寝息だけが響いていた。医者が置いていった薬はちゃんと飲まれているし、今はきっと回復のために睡眠が必要なのだろう。シドはベッドサイドにある書き物机としてもメアリーが使っているテーブルにピッチャーを置くと、先ほどまで腰かけていた椅子に座った。彼女がこの前、辺境の街で買った大衆小説が置いてあるのを見つけて、時間潰しにと勝手に読ませてもらうことにした。

自分も読みたいなと思っているシリーズの最新刊だ、と本屋で彼女に話したくらいなので、おそらく読んでもそこまで嫌な気はされないだろう。メアリーは既《すで》にかなり読み進めているようで、しおりらしきものが挟《はさ》まれていることに気づき、とりあえずそのページを開く。

（あ、これ……）

自分が渡した焼き菓子の包み紙が丁寧《ていねい》に折られて、挟まれていた。

メアリーが眠りから覚めると、身体がだいぶん軽くなった、と感じた。全身汗をかいているのも良い兆候《ちょうこう》だ。夕暮れどきなのだろう、窓からオレンジ色の光が差し込んでいる。

（何だかとっても暖かい……）

ふといつもの掛け布団の上に厚めの毛布がかけられていることに気付いた。こんな上等なものは持っていないのできっとシドが気を利かせて、誰かに頼んで持ってきてもらったのに違いない。横たわったまま周囲に視線を走らせたが、室内には誰もいなかった。

（ご自宅に帰られたかな……でも看病してくださって心強かったな）

病気の時はさすがのメアリーも気弱になるから、自分のことを心配してくれるシドが側にいてくれたのはありがたかった。ベッドの上に半身を起こすと同時にドアノブが回って、シドその人が現れた。

「あ、メアリー！　目が覚めたの？」

シドの笑顔はメアリーの心をきゅっと締めつける。最初はセドリックに似ていて郷愁《きょうしゅう》を誘うからだと思っていたけど――今は違う。シドだからこそ心が反応する。いつからかは明確ではないけれど、メアリーはそのことを随分《ずいぶん》前に自覚している――誰にも言えないけれど。

彼は手に持っていたトレーをそっとテーブルに置くと、彼女の額に手をあてる。

「うん、かなり熱は下がったな、お医者さんの仰った通り、ゆっくり寝ていたのがよかったね。厨房でチキンスープもらってきたんだ、食べられそう？　それとも先に着替えた方がいいのかな？」

申しわけないほどの至《いた》れり尽《つ》くせりで、メアリーは恐縮した。使用人という立場になってから寝込んだことは何回かあるが、こんなに手厚い看護をされたことはもちろんなかった。

「あ、ありがとうございます。ご迷惑をおかけしました」

シドは微笑む。

「俺が迷惑って思ってないから迷惑じゃないよ、気にしないで」


メアリーが食事をとるよりまずは着替えたがったのでシドはもう一度部屋の外に出た。するとちょうど廊下の向こうからジーンが歩いてくるのが見えたので、軽く手を上げた。

「メアリーの調子はどうだ？」

「熱は引いたと思う。今、目が覚めたところだ」

ジーンは軽く頷《うなず》いた。

「それで話とは？」

「いや、今夜はメアリーの看病をしたいから、このまま泊まらせてもらおうかな、と。それで屋敷の主人の許可を貰《もら》おうかと思ってね」

ジーンは眉を軽く上げたが、すぐに肩を竦《すく》めた。

「まぁ家に帰っても気になって仕方ないんだろうから、いいぞ。いつもの客室を準備しておこうか？」

「ありがとう。とりあえずメアリーが落ち着くまではこの部屋にいるつもりだ」

ジーンは一瞬黙ったが、ふと表情を緩めた、というのが付き合いの長いシドにはわかった。

「メアリーに優しくしてやってくれ。それからお前が風邪を貰うなよ、後でお前が倒れたらそれはそれでメアリーが気にするだろうからな」

（ジーンって本当にいい奴だよな……）

前から仲間思いのいい奴だ、ということはよくわかっているが、彼がクラリスを好きになり、そして彼女と心を通じ合わせていく過程でジーンはその優しさを行動だけではなく言葉で表現することを躊躇《ためら》わなくなったと感じる。


シドがドアをノックすると、メアリーが返答したので室内に入る。メアリーの顔色は元に戻りつつあった。先ほど彼が抱き上げた時のメアリーの顔は真っ白だったので、シドも肝を冷やしたのだ。

メアリーは廊下での会話が聞こえていたのか、顔に迷いを浮かべていたのだが、シドは気付かないふりをした。何食わぬ顔でテーブルからトレイを取り上げてメアリーに渡し、自分は彼女の足元に腰かける。

彼女はシドに帰って大丈夫だと言おうとしているかのようにしばらく逡巡《しゅんじゅん》していたが、やがて諦《あきら》め、スプーンを手に取ると黙って食べ始めた。それが貴族の作法に則っていることに気づくと、シドは思わず心の中で呻《うめ》いた。この前公園に行った時もメアリーが固辞《こじ》したので結局ティールームには行かなかったから、彼女と何かを一緒に食べたことはない。旅の間も、使用人であるメアリーがシドとテーブルを囲むことは一切なかった。食の作法は如実にその人の育ちが表れる。シドが薄々思っていた通り間違いなく、メアリーは貴族だったのだ。

「美味しい？」

「はい、とても」

食べ終わりを待って声をかけると、メアリーが素直に頷く。立ち上がったシドが空になった容器の載ったトレイを受け取り、テーブルに戻すのをなんとはなしに見ていたメアリーが、あ、と呟いた。シドは水を渡そうとコップにピッチャーから注ぎながら尋ねる。

「何？」

「本、読みました？」

それは先ほどまでシドの座っていた椅子の上に置いてある。

「本？　ああ、うん、ごめん勝手に読ませてもらったよ。この前話したけど、俺もこのシリーズ読んでるからさ」

シドは振り返って、彼女にコップを渡そうとして驚いた。メアリーの顔が真っ赤に染まっていたからだ。

「な、中、見ましたか？」

そこにはいつものメアリーらしさはなく、ただただシドにとって愛しい女性がそこにはいた。

シドは心の中で悶《もだ》える。

（いつもあんなに勇ましいのに、この場面では赤くなっちゃうんだ……。すごい勢いで可愛い……たまらない）

「……うん、見たよ。――はい、水」

水の入ったコップを渡すと、メアリーはお礼を言って受け取った。それからしばらくメアリーは何かを考えているようだった。彼女の思考の邪魔にならないようにシドは口を開かず、彼女の言葉を待っていると、彼にとって意外なことにメアリーは真顔で謝罪し始めた。

「ごめんなさい！　気分を害されませんでした？　その、シド様が何気なく渡したお菓子の包み紙を……使用人が……勝手に栞《しおり》に使っていて……！」

「は？」

――気分を害する？
誰が？
――何気なく？
いや、かなりドキドキしながら渡したけど!?
――使用人が
使用人なんて思ったことないけど!?
「どうか忘れてください！」

メアリーの懇願《こんがん》に、今度こそシドはぽかんとした。

「どうして忘れないといけないの？　他の人だったら嫌かもだけど、メアリーがしてくれたんだって思ったら俺は嬉しかったよ？　俺、メアリーのこと、好きなんだから」


その言葉にメアリーは自分の耳を疑った。

（自分に都合の良い夢を見ているのかな？）

「俺、それなりに態度に出てたと思うけど、気づかなかった？　どうでもいい相手にこんなことしないよ？　それとも女とみたら全員にこんなことを俺がしているとでも？」

もちろんメアリーもシドがそんな無節操《むせっそう》な人間だとは思っていない。

「そ、それはそうでしょうけど！　でも実際私は使用人ですから！」

尚もそう言い募ると、シドはぐっと拳《こぶし》に力をいれてメアリーを真っ直ぐに見た。

「使用人だろうが貴族だろうが関係なく君のことを好きになったの！　貴族だから好きになるとか使用人だから好きにならないとかおかしいでしょ⁉」

こんな風に言われ、普段ならば頭を働かせてもっと言い返せたかもしれない。けれど今メアリーは具合が悪く、かつ実家のことを思い出して弱っていた。そんな素の自分がむき出しな状態で憎からず思っている男性にそう言われてしまうと、胸がいっぱいになり、何も答えられなくなってしまう。思わずベッドの上で自分の膝を抱えて額を押しあてる。

「メアリー、顔を上げて」

そう言いながら、シドが頭をそっと撫でてくれる。その手の感触が、夢の中で感じたものと同じだと気づくとメアリーの心が震えた。

「シド様はどうされたいんですか？　私を愛人にでも……なさりたいんですか？」

顔もあげないまま、思ってもいない言葉が口から出てしまう。こうやって意識して強い言葉を呟かないと、自分を律《りつ》することができない。愛人でもいいから側に置いて、と縋《すが》るような女には絶対になりたくない、という自戒を込めて。

「そんなわけないだろう？　君が受け入れてくれるなら、俺は君を妻にしたいよ」

シドの声音はかつてないほど甘かったが、メアリーは頑是《がんぜ》ない子供のように首を振った。

「そんなこと出来るわけ……」

「出来るよ。知り合いの子爵家か侯爵家の養女になってもいい、叶うよ。手段はいくらでもある」

お願いだから顔を上げてくれる？　とシドがもう一度優しく頼むから、メアリーは深呼吸をしてから、勇気を出してシドを見つめた。自分の瞳には涙がいっぱい溜まっていて、瞬きをすると目尻から溢《あぶ》れてしまった。シドが手を伸ばし、そっと指で拭き取ってくれた。


今までずっとメアリーの顔を見て彼女の気持ちや感情を窺っていたシドは、彼女の気持ちをはっきりと悟った。彼女がシドの立場を慮《おもんぱか》って、今まで彼女自身の気持ちを隠してきたということを。

そのことに気づいた瞬間、心から嬉しかった。自分が抱いていたような、他の誰かには感じたことのない特別な気持ちを、彼女も秘めていてくれたのなら。

(間違いなく今日が人生で最良の日だ)

シドは胸がはちきれんばかりの喜びを感じながら、彼女の頭をまた撫でてやる。

「泣かないで。何か問題があったら二人で一緒に解決したらいいんだから。ただそれだけじゃないか」

「……私は泣いていません」

彼女がせめてもの虚勢《きよせい》で鼻声でそう言いきると、シドは微笑んだ。

「君が泣いていないと言い張るなら、そういうことにしておいてあげる。俺の貸しだからね？」

◇◇◇

「まぁ、シド様が？」

その夜、クラリスはメアリーの看病をシドがしているという話を聞いてうっすらと頬を染めた。

メアリーの具合もずっと心配していたが、とりあえず普通の風邪だったたと聞いて一安心した。

ファーレンハイト子爵家では使用人が体調を崩すと家人からは即刻離されてしまい、どんな具合なのかも聞かされないことがほとんどだった。使用人は、よほどの重病ではないと医者にも診《み》せなかったので、クラリスの作る薬がとても重宝《ちようほう》されていたのである。執事やメイド長にこっそり具合の悪い使用人の様子を聞いて、薬を調合したものだ。辺境伯邸ではジーンの指示のもと、使用人もちゃんと医者に診せる習慣があるようで彼らしいなと思っていた。

「あの顔は心を決めたのだと思う。俺は祝福しようと思うが、お前は大丈夫か？　メアリーがメイドを辞《や》めることになったら寂しいのではないか？」

「まさか！　もちろん私も祝福します、メアリーは間違いなくシド様に惹かれていると思いますから」

そういって花のように美しく微笑むクラリスをジーンは黙って見つめていた。

「お前は誰かの幸せのために心から微笑むことが出来る……」

ジーンはそう呟くと、そっと彼女を自分の側に抱き寄せた。

「お前の笑顔は俺に幸せとは何かを教えてくれる」

「ジーン様」

「お前の隣に立ち続けるために、恥ずかしくない、まともな男でいたいと思う」

「そんな……ジーン様は最初からとてもご立派な方です」

クラリスが彼の胸にそっと頭を押しつける。

「メアリーがシド様の元へ嫁ぐことになっても、私にはジーン様がいますから寂しくありません」

彼がクラリスを抱く腕に力がこもった。

◇◇◇

メアリーは翌日には回復し、クラリスの側仕えの仕事に復帰した。クラリスは、メアリーがシドに対してどう思っているのかを聞きたいと様子を窺っていた。なんとなくメアリーはシドに遠慮をして彼の申し出を断るような気がしたからである。とはいえ、クラリスの目にはメアリーは今までになく溌剌《はつらつ》としているように見えた。それが恋のせいなのか、メアリーは一切口を割らなかったのでわからないものの、彼女が幸せならそれでいいとクラリスは見守ることにしたのであった。

事件は数日後に起きた。


昼下がり、ジーンの執務室を訪れて書類をめくっていたシドに、トーマスが困惑した表情で彼に来客があると告げた。シドは首をかしげる。

「俺に客？　そんな予定はないけどな？」

ジーンは書類にサインをしていたが、ペンを止めて、シドに頷いた。

「実家からかもしれないぞ？　仕事は大体片付いたのだから、今日はもう帰宅しても良いぞ」

「まぁそれはそうなんだけど……」

シドが困ったような顔をしているので、洞察力《どうさつりょく》に優れる乳兄弟は片眉をあげた。

「なんだ、今日はメアリーと会う約束でもあるのか？」

この前あれだけはっきりとジーンの前でメアリーへの気持ちを認めたというのに、改めて言われるとシドは気恥ずかしく感じた。こんなことは今まで一度もなかったことで、ここまで自分を変えてしまったメアリーに驚く。

「いや、明確な約束はないが……今日は屋敷にいるんだろう？　だから顔だけでも少し見られたらと思っていたんだ」

「来客の用事が済んだら戻ってきたらいい」

ジーンがそう言うと、シドの顔が途端に明るくなる。

「そうだな、とりあえず来客とやらに会ってくる――」

その時扉を半分開けたまま立っていたトーマスが、慌てたような声を出した。

「わ、困ります！　勝手に入られては……！」

「シド様！」

執務室に飛び込んできたのは蠱惑的《こわくてき》な雰囲気の、年若い貴族令嬢であった。


メアリーがクラリスの用事で厨房へお茶のセットを取りに行ったとき、メイドたちがひそひそと噂話をしているのを小耳に挟んだ。

「シド様が女性を連れ込んだって？」

「ええ。今、庭園を散歩してらっしゃるって。もう寒いのにねぇ。何でも婚約者だってことよ」

「婚約者なんていらした？　確かに数年前にどなたかと婚約されたって噂になっていらしたようだけど……その後、何人も違うご令嬢たちと付き合ってらっしゃらなかった？」

「ああ、そうだったかしらね？　まぁ復縁したってことじゃないの？」

メアリーは鈍器《どんき》で頭を強く殴られたような衝撃を覚えた。

途端、動悸《どうき》が激しくなり、呼吸が浅くなる。使用人たちはメアリーを見つけると、邪気のない笑みで会釈《えしゃく》をして、さっさとその場を離れていった。使用人の間ではシドが自分を気に入っているという話はまだそこまで浸透していなくてよかった、とぼんやりと思った。

もらうべきお茶のセットを受け取るのも忘れて、メアリーは厨房からまっすぐ庭園へと向かった。自分で確かめるまでは、信じないことにしたのだ。そして、彼女が震える体を自分で抱きしめながら、屋敷の外へ出て、庭園へと足を運ぶと——見目麗しい、どう見てもお似合いな若い貴族の男女がいるのをこの目で確かに見たのである。

「それで、スミス子爵令嬢、私に何の用事でしょう？」

シドは嫌々という態度を隠さずに目の前の子爵令嬢に尋ねた。彼女はこんな寒い時期だというのに庭園に連れてこられたことに不服そうな顔をしていたが、シドの質問ににっこりと微笑んだ。

「シド様、私たちの間柄ではありませんか。どうしてそんなに礼儀正しくお話しになられるの？あの頃はもっと親しくしてくださいましたのに」

シドは内心舌打ちをした。彼のむっつりした表情に気づきもせず、令嬢が喋《しゃべ》り始めた。

「私、あれから色んな男性にお目にかかりましたけど、シド様以上の男性がいなくて……、だから今もまだシド様がお独《ひと》り身でいらしたら、婚約をと思いまして参りましたの。父も喜んでくれると思います」

スミス子爵令嬢の軽やかな声は、庭園の入り口で立ち尽くしていたメアリーの耳にも届いた。辺境の地の初冬、外套《コート》を着ているシドたちとは違い、室内着のままのメアリーの体は今やすっかり冷え切っていた。しかしそれ以上に心が切り裂かれるように痛んで、彼女は茫然《ぼうぜん》とした視線を二人に送ることしかできなかった。

「幸い、ハンゼン子爵家とスミス子爵家は爵位《しゃくい》も釣り合いますし、それに私たちは以前親しかったこともあって気心もしれてますでしょう？　お互いにこれ以上ない縁談かと思うのですけれど」

「スミス子爵令嬢――」

「そんな呼び方は嫌。昔みたいに、アリシアって呼んでください」

ここまで聞いたらもう十分だ。

メアリーは、まるで痺《しび》れたように動かない体を叱咤《しった》して、後ずさった。彼女の靴が砂利《じゃり》を踏み、耳障《ざわ》りな音を立てた。弾かれたようにさっとシドが庭園の入り口を見ると、そこに真っ青な顔のメアリーが立っていた。それを認めたシドの顔にはっきりとした焦《あせ》りの表情が浮かんだ。彼らの視線は確かに絡み合ったが、シドが何かを言いかけ、メアリーのほうへ一歩踏み出すのを見るや否や、身を翻《ひるがえ》して彼女は屋敷へ全速力で走っていった。

（私は………愚《おろ》かだったわ）

メアリーは屋敷の中に入ると、使用人専用の裏玄関の扉にもたれて数回深呼吸をした。それから首を横に振って、気持ちを何とか落ち着ける。

（そうよね、彼は……あれだけ魅力的なのだから、もっとふさわしい婚約話だっていくらでもあって……こんな召使いの私なんて……）

少しだけ自分に都合の良い夢をみた。もう夢から醒《さ》める時間がやってきたのだ。

メアリーが自分に必死にそう言い聞かせていると、その時、廊下の向こうから使用人の誰かの足音が響き、彼女は慌てて扉から離れる。今はまだ誰にも顔を合わせたくはないが、クラリスの用事がまだ途中だったことを思い出す。メアリーは自分のいまだ震え続ける体を叱りつけながら、厨房に向かった。

「メアリー？　どうしたの？」

普段クラリスは日中予定がない限りは、二階の彼女と辺境伯の居室で過ごすことがほとんどだ。辺境伯との共有の部屋ではあるが彼は仕事中は執務室にいるので実質クラリスが一人でいることが多い。今も辺境伯の姿は見当たらなかった。

「どうしたのって何がですか？」

なるべく、内心の動揺を悟られないように明るく答えたつもりだったが、そんなことではクラリスは誤魔化《ごまか》せなかったようだ。

「どうしたもこうしたもないわ。顔は青白くて、そんなに震えていて……、さっきまでとは全然違うもの」

クラリスがそれまで読んでいた本を置いて立ち上がり、ティーセットを準備しているメアリーの側に来た。彼女がメアリーの顔を見上げて、はっとしたように呟く。

「……泣いているの？」

思わず手元が狂い、がちゃんと陶器が音を立てた。慌てて自分の頬に手をやり、メアリーは唖然《あぜん》とした。

（私……泣いていたの？　いつから……？）

クラリスはメアリーの様子をじっと見つめていたが、やがてそっと手をメアリーの背中に置いた。

「何があったの？　私に……話してくれる？」


メアリーにとって、クラリスはいつでも庇護《ひご》するべき対象だった。そもそも出会ったときから四歳も年下だったし、今は立場も主人と召使いというはっきりとした上下関係がある。メアリーがクラリスを頼ったり、ましてや個人的な相談をすることは一度もなかったのだ。

「お嬢様に……相談するようなことは何も……ありません」

エプロンのポケットから粗末《そまつ》な布を取り出すと、自分の目尻を拭いた。いくら親しげに振るまおうとも、クラリス付きのメイドであるメアリーが感情的になって良いのはクラリスのことだけだ。主人の前で、自分の私事について感情を露《あら》わにするなんて許されない。それはメアリーには譲れない、メイドとしての矜持《きょうじ》だった。

「メアリー、私は貴女《あなた》のことを使用人だと思ったことなんて一度もないわ。私にとって貴女はずっと、メアリー・ルーズヴェルト嬢よ。メアリーが嫌がるだろうと思って口にしたことはないけれど」

いつも以上に澄み切ったクラリスの声が部屋に響いて、メアリーは顔に当てていた布を下ろした。

「メアリーが、おじ様とおば様に会いたいのを我慢して、頑張っていたのも私は知っていたから……、でもずっと私は貴女の友達だと思って接しているわ」

「お嬢様……」

クラリスの優しい心が、突然の出来事に傷ついたメアリーの心を柔らかく包んでくれた。

「あの頃みたいに、クラリスって呼んでほしいわ……メアリー様」

「クラ……リス……様！」

年長である自分をいつもメアリー様と呼んで慕《した》ってくれていた子供の頃のクラリスの面影《おもかげ》が脳裏《のうり》に浮かぶ。過ぎ去った日々への郷愁と、クラリスの尊《とうと》い友情にメアリーは目頭《めがしら》が熱くなり、今度こそぽろぽろと涙をこぼし始めた。

クラリスはそんなメアリーに黙って寄り添い、抱きしめていてくれた。


しばらくして立ったまま泣いている自分に気づいて、メアリーは照れて笑った。

「ごめんなさい、こんな無作法なことを」

「ううん、メアリー様はずっと我慢していたのだもの。たまにはこんな日があってもいいわ」

クラリスが菫色の瞳を茶目っ気たっぷりに、片方閉じて微笑んだ。

それから気を取り直したメアリーはお茶を淹《い》れなおす。泣いてしまったけれど、そのお陰で随分気持ちが落ち着いた。それからソファに腰かけて、メアリーはクラリスに今までの出来事と今の自分の気持ちについて洗いざらい彼女に告白した。クラリスは余計な言葉は一切挟まず、きちんと相槌《あいづち》を打って話を聞いてくれた。今までずっと自分がクラリスを支えてきたと思っていたけれど、メアリーも同じように彼女に支えられてきたのだ、と気づいた。

メアリーが全てを話し終わると、そこで初めてクラリスは手に持っていたカップに視線を落とした。

「メアリー様」

「お嬢様、もう……様はつけないでください」

しかしクラリスはきっぱりと首を横に振った。

「いいえ、今は私は貴女の幼馴染《おさななじみ》としてここに座っています。メアリー様、私は貴女に幸せになってもらいたいの」

ひゅっと喉の奥がつまったような気がした。

「私は……幸せです、お嬢様」

「もちろん、そうよ。そんなことはわかっているけれど……。言葉が悪かったらごめんなさい。でもメアリー様はご家族について行きたかったところを引き離されてしまった時から、ずっと我慢していらしたのではないかと思って。だってメアリー様が本当に欲しいものは、遠くに行ってしまって、もう手に入らないから」

「クラリス様……」

思わず、昔の呼び名が出てきてしまったが、呆然としているメアリーはそのことすら気づいていなかった。

「ご存じだと思うけれど、私も同じだったから、よくわかっていたの。私はずっとそばにメアリー様がいてくれたから、生きてこられた。本当に心から感謝している。だからこそ、今度は私が貴女のために背中を押してあげたいの」

対面に座っていたクラリスがそっと立ち上がり、メアリーの隣に座り直した。まるで子供の頃に戻ったかのように、身体を出来る限りくっつけて。

こうして触れ合うことも、自分がクラリス付きのメイドとなった瞬間から奪われてしまったのだ。

「シド様のことはメアリー様が決めるのがいいと思っているから、私は余計なことは言わないわ……。でもね、きっとメアリー様は今は混乱しているけれど、本当はお心は決まっているんじゃないかと思っています。今まで本当に欲しいものが手に入らなかったから遠慮しているのではなくて？」

「それは……」

「王都でね、ジーン様の叔母様に言われたことがあって……、相手の行動をちゃんと見ていれば何を考えているかなんてわかるわよって」

クラリスに何か言おうとメアリーが口を開けた瞬間、ジーンがクラリスの名前を呼びながら部屋の扉を丁寧にノックした。ここは彼ら二人の部屋であるので、彼は普段ほとんどおざなりなノックしかしない。ということは、ジーンは誰かを連れてきているのだ。そして考えられるのは……。

「……今はまだお会いしたくない？」

小さな声でクラリスが尋ねたので、メアリーは目を瞑ったまま、頷いた。

「わかったわ。私に任せて」

クラリスの温かい手がそっとメアリーの手に重ねられ、それから衣擦《きぬず》れの音がして彼女の気配が遠のいていくのを感じた。扉を小さく開けたクラリスが、メアリーは気分が優れないようだから、とジーンに話しているのがわかった。いつも冷静な辺境伯が短く了承すると、扉が再び閉まる音がする。メアリーは廊下に、愛しい男性の気配を無意識に探している自分に気づいてしまったが今は知らぬふりをすることに決めた。


「わかった。では日を改めよう」

シドは、ジーンがそうやってクラリスに答えるのを、彼の背後で絶望的な気持ちで聞いていた。つい先ほどまで、メアリーに会うのを楽しみにしていたのに、あの礼儀知らずな令嬢のせいで全てぶち壊しだ。クラリスがそっとジーンに何かを耳打ちしている。シドはそれを見ながらぐしゃぐしゃと髪の毛をかきむしった。

「行くぞ」

気づくと、扉は無情にも閉まり、ジーンがさっさと踵《きびす》を返して廊下を歩き始めているところだった。シドはメアリーに会えるまで廊下に座り込みたいという衝動をなんとか押しとどめて、渋々《しぶしぶ》乳兄弟《ちきょうだい》の背中を追った。

「あのアリシアって令嬢は、お前の婚約者だったのか？」

執務室に入ると、ジーンは執務テーブルに座って脚を組んだ。シドはソファにどっかり座ると、再び髪の毛をぐしゃぐしゃにかきむしった。

「そんなわけあるか！　お前だって知ってるだろう？」

「確かに初耳ではあった。……では付き合っていたのか？」

「まさか。あの女は俺にとっては地雷だよ。話は通じない、する話といえばドレスと貴族社会のゴシップについてだけだ。頭の中は空っぽだよ」

シドは女遊びを嗜《たしな》んでいたが、いつも選ぶのは後腐れのなさそうな未亡人や、年上の貴族令嬢で、どれも割り切った付き合いであった。そもそもアリシア・スミスは二番目の兄の顔見知りで、確かに請《こ》われて何回か夜会に伴《ともな》ったことがあるがそれだけだ。やけにシドにまとわりついてくるなと思ってはいたが、彼女とは断じて男女の関係ではない。シドにだって選ぶ権利はある。それが今日あんな風に突撃してくるとは……。あの性格だから婚期を逃《のが》しているのだろうか。兄の知り合いでなかったらもっときっぱりと断ってやったのに。

「そうか」

ジーンは短く返答して何事か思案《しあん》しているようだった。

「クラリスが言っていた。メアリーは今、とても混乱しているから、心を整理する時間が欲しいのだと。だからどうかしばらく待ってほしいと……」

「そんな！　何の整理だって？　俺の求婚をはね付けるための時間が必要だってことか？」

シドがメアリーに求婚した話を初めて聞いたジーンが片眉を上げた。が、半ば想像していたのかそこまで驚いてはいない様子だ。

「シド、落ち着け。お前が好きになった女性はそんな短絡的《たんらくてき》な人間なのか？」

「違う！　……でも、メアリーは俺が今まで女遊びをしてきたことを使用人たちから聞いているだろうから……愛想《あいそう》を尽《つ》かすかもしれないだろう」

こんなにしょげ返っているシドを生まれて初めて見るジーンは、内心少しだけ愉快な気持ちになっていたが、それを隠したまま乳兄弟を励ましてやった。

「仕方ない、ある意味自業自得《じごうじとく》としか言いようがないからな」

「……全然慰めてくれないんだな、ジーン」

「慰めているではないか。まぁこれを機に、己の行動を考え直したらいい。とりあえず今日はもう解散だ。メアリーのことはクラリスに任せよう」


クラリスがメアリーに今日の仕事を早めに切り上げるよう申し出てくれたので、彼女は感謝してそれを受けることにした。クラリスのおかげで大分落ち着いたとはいえ、まだ動揺は残っていたからだ。

「メアリー様、気持ちが落ち着いたら、シド様を信頼して、貴女の素直な気持ちを全てお話しするのも悪くないと思うわ」

クラリスはメアリーを送り出しながら最後にそうやって付け加えた。

メアリーは部屋に戻ると、ベッドに腰かけ、シドとのことを思い返すことにした。

クラリスが指摘してくれた、自分の心は既に決まっているのではないかということ。

過去のせいで幸せになることに怖気《おじけ》づいているのではないかということ。

「……クラリス様はやっぱり……本当に素敵な人だわ」

メアリーはベッドサイドテーブルに置きっぱなしだった本を開いてみた。そこにはシドからもらったお菓子の包み紙がきちんと挟まれている。それを優しく撫でながら、メアリーは微笑んだ。


翌朝。

前日、凍《こご》えるような寒空のもと薄着でしばらく外にいたからなのか、メアリーは風邪をぶり返してしまった。微熱ではあるがクラリスにうつしてはいけないからとトーマスに言付けて、仕事を休ませてもらうことにした。医師の往診《おうしん》は断り、ベッドに戻るとすぐに眠りに落ちた。夢も見ないほどの深い睡眠であった。

誰かが優しく頭を撫でてくれているような気がして、ゆっくりと目を覚ました。

ベッドサイドに誰かが座っているような……。

「……シド様？」

彼は悪いことが見つかったかのようにぎくりと身を竦ませると、さっと彼女から手を離す。寝起きのメアリーはそんな動作をぼんやりと眺めていた。

「シド様、どうしてここに？」

ベッドに身体を起こして視線を送ると、責められていると思ったのか、シドが椅子の上で身を縮ませている。

「メアリーに謝りたくて朝一番に来たら……君が熱を出したって聞いて……それで居てもたってもいられなくて部屋に来てしまった」

普段は飄々《ひょうひょう》としているシドらしくない、あまりにも自信のなさそうな態度に、メアリーは瞬いた。

「俺の顔なんてしばらく見たくないんだろうが、でもその……」

悲壮な顔つきのシドだが、後ろめたそうな表情などは一切ない。彼はただただメアリーに拒絶されることを恐れているように見える。そこに座っている男性は、数日前に彼女に自分の恋心を必死に告げようとしてくれたままで、何の変わりもない。

(お嬢様が言っていた通りだわ。シド様を見ていればわかるって)

じわじわとメアリーの顔に笑みが浮かぶのを、シドが茫然として見守っている。

「変なシド様」

「へ、変なって……」

彼がくしゃりと顔を歪める。そのまま彼は自分の手で顔を覆《おお》ってしまった。

「そんな風に可愛く笑わないで……馬鹿な俺は期待してしまうだろう？」

その返答を聞いて、自分は何を悩んでいたのだろうとメアリーはますます笑顔になったのであった。


シドのアリシア・スミスに関する誤解を解《と》くための説明をメアリーは穏やかな気持ちで受け止めた。こんな風に彼と向き合えるのは、クラリスのお陰であることを彼女は十分に理解していた。

一応の仲直りが済むとようやく人心地がついたらしいシドは、午後になると仕事をするべく一旦ジーンの執務室へ消えた。それが終わるや否やメアリーの部屋に戻ってきて、今夜は自分の屋敷には帰らない、このまま辺境伯邸で泊まると言い出した。

その上、この前看病してくれた夜は、隣に用意された客間に寝に行ったのだが、昨日メアリーを失うかと肝を冷やしたシドはもう一瞬でも離れたくない、このままこの部屋で彼女の看病をすると言うのだ。

確かに夜になった段階でメアリーの熱はまだ引いてはいなかった。

とはいえ使用人のメアリーの部屋はベッドにベッドサイドテーブルといった最低限の家具しかなく、長椅子すらないのだ。シドに、どうか気にせず客室を用意してもらってそちらへ行ってくれ、とメアリーは懇願《こんがん》したが、彼は意に介さずメイドが持ってきた数枚の毛布のうち一枚を床に広げた。

ジーンの後について参謀《さんぼう》役の一人として野戦に参加したことのあるシドは基本的にどこでも寝られるし、室内のまっすぐな床なんて十分すぎるほどだ。

それにシドがこの部屋に泊まることを知ったトーマスが指示をしたのかメイドは枕もいくつか持ってきてくれたので文句はない。残りの毛布を身体にかければ暖かいから風邪をひくこともないだろう。満足した彼は部屋の明かりを落とした。時刻は既に夜半過ぎで、部屋の中は暗闇《くらやみ》に支配され、シドは即席の寝床に寝転がった。

「さぁ、これ以上起きていたら夜遅くなってしまうから、寝よう」

しばらく黙っていたメアリーがぼそっと呟いた。

「シド様って本当に頑固《がんこ》な方ですよね？」

「何で？」

「風邪をひくから他の部屋で寝てって頼んだのに結局思い通りにされるし……」

「だって君の側にいたいんだから仕方ないじゃないか。すぐに結婚したいくらいなんだぞ」

「……ッ」

メアリーが絶句した。仲直りをしたばかりにしてはお互い言いたい放題だがこれがシドとメアリーなのである。しかも、メアリーが言葉を失うことは滅多《めった》にないし、彼女が彼の申し出を拒否しなかったからシドはすごく良い気分になった。やがてメアリーはおそるおそる、という感じでシドに尋ねてきた。

「私、クラリス様のお付きを辞めないといけないですよね？」

それはシドも考えていたことだった。メアリーのクラリスへの忠誠心をよく知っている身としては、いきなり全てを変えることを求めるのは心苦しい。

「しばらくは、通いにしたら？　俺、この辺りに家を探すから」

もちろん、そのうちにはメイドとして仕事を続けることは難しくなるだろうが、しばらくは問題ないだろう。

「いいんですか!?」

彼女の声音があっという間に喜色満面《きしよくまんめん》になった。メアリーが喜んでくれるなら、何でもしたいとシドに思わせるほどの響きだった。それからしばらくメアリーは何事かを考えていたようだったが、やがて意を決したかのように口を開く。

「シド様。もしよろしければ、私の話を聞いてくださいますか？」

「話って？」

メアリーの口調の中に、ざらりとした苦しみのようなものを感じ、シドは起き上がった。月の光が窓から差し込んで、部屋を薄《うつす》ら青白く照らしているがメアリーはベッドの上で横たわったまま、天井を見ているようだ。

「私の……生家の話です」

(話してくれるのか……!?)

シドが見守る中、メアリーもゆっくりとベッドに起き上がった。

「あまり気分が良い話とは思えませんがよろしいでしょうか？」

「ああ」

メアリーの話は時系列に沿《そ》っていてわかりやすかった。彼女がシド様には自分の口から話したいので、と言ってくれたからシドは嬉しく思った。

男爵家の家庭に生まれたこと、両親と共に過ごした少女時代の話、没落《ぼつらく》した時の彼らの様子、それからファーレンハイト子爵家に引き取ってもらってクラリスの役に立てて幸せだったこと。

メアリーの口ぶりは落ち着いていて、まったく感情的ではなかったが、シドは目の前の女性がまだ子供だった時分に大好きだった家族と引き離されてしまったことに思いを馳《は》せた。

彼はもし過去に戻れるなら？　とメアリーに聞いたときのことを思い返して、胸が締め付けられていた。あの時、自分は自分の行いを悔《く》いて巻き戻したいと思っていただけだったが、メアリーは十二歳より以前に戻りたいと言っていた。それは家族と一緒に過ごしていた日々に還《かえ》りたいということに外ならない。今よりずっと幼いメアリーが、慣れない使用人としての仕事に戸惑いながらも一生懸命こなそうとしている姿が容易に想像され、シドは唇をぎゅっと噛んだ。


「十二歳で家族と離れて暮らして辛かったな」

黙って話を聞いてくれていたシドがそう呟く。メアリーはシドが、使用人となってからの自分を気遣う言葉をかけてくれたことで、彼が自分の抱えていたどうしようもない寂しさを理解してくれた、やはり彼に思いきって話して良かった、と心から感じていた。

「正直寂しい日もありましたけど……クラリス様がいてくれたから、乗り越えられました」

そうなのだ。もし、クラリスの側にいられなかったら。メアリーはこんな風に明るく道を外れずに、生きてはこられなかったと思うのだ。昨日クラリスが示してくれた友情で、彼女はその尊さを再確認していた。

「そうだな……」

「私はもうクラリス様がいない人生なんて考えられませんが……でもこれからもお側にはいられますよね？」

「もちろん。君のことが大事だから、クラリスを取り上げるつもりなんてないよ」

彼は立ち上がると、月光の明かりを頼りに、メアリーのベッドまで歩いてきて、そのままそっと腰掛ける。メアリーはまっすぐに自分を見るシドの瞳をじっと見つめた。

「爵位を取り戻したいと思う？」

あまりにも現実離れした彼の問いかけに、メアリーは答えに窮《きゅう》した。

「それは不可能な話ですから……私には答えられません」

「もし不可能ではなかったら？」

それであれば答えは一つだ。

「取り戻したいです。でもそれは……家族のためではなくて……すごく……身勝手な願いなんです」

メアリーの声が小さくなっていった。

「私が男爵家としての爵位を望むとしたら、それは……シド様に少しでも釣り合う身分に戻れるからです。ただ、それだけ」

「メアリー……」

「昨日、あのお方が仰っていた通り、お二人の爵位は釣りあっている、と私も思いました」

あの方、とはアリシア・スミスのことだがシドには誰を指しているかすぐにわかったようだ。

「言ったよな、彼女のことは……」

「わかっています。そうではなくて……ただ……私に自信がないことが問題なんです」

メアリーは自室でクラリスに指摘されたことを考えながら、自分の心は確かにシドを望んでいるが、臆病になっていることをついに認めた。一度認めてしまえば、気持ちが途端に楽になった。そして、クラリスに言われた、シドを信頼して自分の素直な気持ちを彼に話すことを決めたのだ。


あの貴族令嬢を見た時にメアリーが心の中で強く感じたこと。

それは爵位以外だったら絶対に劣らないのに、という思いであった。


「そのことにもしかしたら一番傷ついたのかもしれません」

シドが自分と彼女を天秤《てんびん》にかけた、とは思わなかった。メアリーはシドの気持ちを決して疑ってはいなかったのだ。彼女はただ自分の心の弱さの前に怯《ひる》んだのである。

「シド様が、二人で相談して解決したらいいって仰ってくれた言葉もあの時には頭から飛んでしまって忘れていました……ごめんなさい」

クラリスがメアリーに冷静さを取り戻してくれるまで、そのことすら忘れていたのだ。

「謝る必要はない。俺が……誤解を招くような行動をしたのが悪かった。君の立場のことを思えば、もっと慎重にするべきだった。……こんな俺を君は……それでも許してくれるんだろう？」

シドとしてはおそるおそる尋ねたのに、それを聞いたメアリーはぱっと破顔した。

「はい！」

シドが大好きな、メアリーのいつもの元気な笑顔に彼の胸は愛しさでいっぱいになる。

「なあ、抱きしめてもいいか？」

「え？　……いや、私は熱がありますから、それは止《や》めたほうがいいです」

メアリーはあっさり拒否すると、そのままベッドに横たわり、毛布にしっかりくるまった。それを唖然としながら眺めていたシドは、やがてくつくつと笑い始めたのだった。

◇◇◇

翌日、ジーンの執務室の扉が乱雑なノックの後に開かれた。

「ジーン！　聞きたいことがある！」

辺境伯は奥の執務テーブルから、乳兄弟の顔を眺める。

「来ると思っていた」

シドがずかずかと室内に入ると、彼は持っていたペンをテーブルの上に転がし、両手を組んで乳兄弟を見上げた。それから片眉をあげて、シドに尋ねた。

「俺の得意な、『政治の話』をしに来たんだろう？」

次の日メアリーを一目見て、クラリスは満足した。メアリーに何も聞かずとも、クラリスは全てを把握して、そして親友の選択を心の中で祝福したのであった。

終章

身代わり花嫁は辺境伯の花嫁となる

辺境の地での初めての本格的な冬のシーズンが訪れた。

クラリスは王都では滅多《めった》に降らない雪に驚き、その雪が一階のドア半分まで降り積もった日は、しばらく窓の外を眺《なが》めていた。

ジーンたち辺境の地の人々は冬ごもりに慣れていて、食糧や資材の備蓄《びちく》を十分にした上で、空や雲の様子で天気を読む。大雪が降るかもしれない時などは夜中使用人たちがかわるがわる除雪をして、翌日も外に出られるようにしていた。

クラリスにはこんな雪の日に外に出るなんて考えられないが、彼らは普段の生活の一部として捉《とら》えていて、極寒《ごっかん》の冬の中で生きていくたくさんの知恵を持っている。時には雪が積もるとその上から大量の塩をまいて雪を溶かすという手段をとって、クラリスを驚かせた。クラリスも辺境の地での生活が長くなっていくにつれ、冬の知識が豊かになっていくのだろう。

一日を通して日光はほとんど見られず、分厚《ぶあつ》いダークグレーの雲が毎日空を覆っている。こういう天候というものは慣れない者は鬱《うつ》になりがちだが、聡明《そうめい》なクラリスは日々屋敷の中ですることを見つけては、毎日朗《ほが》らかに暮らしている。

メアリーはまだ辺境伯邸に住んでいるのだが、シドとのことが明らかになった翌日には、シドと一緒に寝起きすることが出来るようにと少し広めの客間に移ることになった。このあからさまな待遇の変化にメアリーは非常に抵抗したのだが、クラリスが珍しく譲らなかった。その客間にはベッドが二つあるし、ソファも暖炉《だんろ》もあることから、シドが使用人部屋の床でこれ以上寝なくていい。シドのため、と言われるとメアリーは断れない。最終的にメアリーが折れるという形になった。

しかしメアリーは、何故まだ口約束だけで正式な婚約もしていないのに同じ部屋に泊まるのだろうかと言い続けている。けれどシドの中ではもうすっかり婚約したことになっているから、二人は何だかんだ言い合いをしながらいつも幸せそうに同じ部屋で過ごしていた。

最初にシドは、メアリーの実家が爵位《しゃくい》をはく奪された理由が重犯罪ではなかったことから、男爵家の爵位復活への道をなんとかできないかという相談をジーンに持ちかけた。するとジーンがあっさりと自分の褒賞を使おうと言い出したため、非常に慌《あわ》てた。しかしジーンの決意は固く、これはメアリーが幸福になるには必要な手段で、結局クラリスのためでもあると言って聞かなかった。シドはしばしの逡巡《しゅんじゅん》ののち、深く頭《こうべ》を垂れてジーンに心からの感謝を示した。

もちろん、クラリスとメアリーのためでもあるが、ジーンが自分への友情の証《あかし》として、この選択肢を選んでくれたことを十分に理解していたからである。本格的な冬になるまでにジーンは王にクラリスとの結婚式の日取りと、メアリーの家の爵位復活への嘆願書《たんがんしょ》を送り、王からは略式での承諾の返事が来た。王が約束を違《たが》えることはないだろう。

それから王からの返事が来た時点で、シドは両親にメアリーの存在を話した。当初のジーンの予想通り、彼らは三男の婚約を心から祝福してくれた。それにはジーンやマリウスからの後押しももちろん大いに役立ったわけだが、とにかくそれを機にシドはほとんど毎日辺境伯邸、要するにメアリーの部屋に入り浸っている。シドのかつての恋愛事情をよく知っているマリウスは、あまりの変わり様に苦笑しながらも、従兄弟《いとこ》がみつけた真実の愛を喜ばしいものとして見守っている。

「今夜もシドはメアリーの部屋に泊まるようだ」

ジーンが二人の寝室に入ってくるなりそう告げた。先にベッドに入って本を読んでいたクラリスは、仲睦《なかむつ》まじい二人の様子を聞きにっこりと微笑《ほほえ》む。しかし、それからさらりと付け加えられた事実に、クラリスは菫《すみれ》色の瞳《ひとみ》を驚きで丸くすることになった。

「それに、今日はセドリック・アンダーソンからメアリー宛に手紙が来ていたので、シドに渡しておいた」

「まあ、セドリック様から？」

「ああ。おそらく、男爵家の爵位復活についてどこかで聞いたのではないだろうかな」

「そうかもしれませんね。お優しいセドリック様のことですから、一言書いてくださったのかも」

読んでいた本を閉じてクラリスは頷《うなず》く。手早く寝支度を整えたジーンがクラリスの隣にやってきて、彼女の頬《ほお》にキスをした。ジーンの逞《たくま》しい腕に抱き寄せられながら、クラリスが呟《つぶや》く。

「セドリック様もお幸せになられていたらいいのですけれど」

「そうだな。そうやって皆が幸せになれるといいな」

つい先日、クラリスが思い出したのは、セドリック・アンダーソンが女性を愛せない人物であったということだ。この国では男色は禁忌《きんき》とまではされていないが、それでも跡取りを残さないとならない使命がある貴族の家では残念ながら歓迎されないといっていいだろう。セドリックは幼い頃から自分の性癖で悩み、両親との期待の間でもがき苦しんでいたのだ。

それを知っていたメアリーとの関係は、真の友情ということなのだろう。

クラリスは懐かしい友人の顔を思い浮かべ、彼が少しでも幸福であることを、愛しい夫の腕の中で心から願った。

◇◇◇

厳しい冬の間も、ジーンは辺境の地を治めることに注力し続けている。必要があれば国境の砦《とりで》まで足を伸ばすこともざらで、屋敷にいたとしても政務に没頭しているようだ。仕事がたてこんでいる時期は、先にクラリスが眠っているベッドに彼がそっと入る夜も珍しくはない。ジーンは必ずクラリスを抱き寄せて眠り、暖炉を焚《た》いていなくても、朝まで寒さを寄せつけない。

他の人の何倍ものすさまじい働きを自分に課す彼の、癒《いや》しに少しでもなれたら嬉《うれ》しい、とクラリスは日々思いながら生きている。クラリスが健《すこ》やかに暮らしてくれていることが自分の励《はげ》みになる、と彼は笑う。特別なことは何もしなくても自分が毎日を丁寧に生きることが彼の幸福に繋《つな》がるのであれば、これからずっと一緒に暮らしていく夫婦にとってこれ以上望むべくもないこと、とクラリスは感じている。

すっかり雪が溶けて、少しだけ春めいてきた頃――

王都からクラリスのウエディングドレスが届けられた。腕の確かなドレスメイカーは一度会ったクラリスのイメージにぴったりの、清楚《せいそ》なドレスを仕立ててくれた。一目で高級とわかる真っ白な綺麗《きれい》なレースとフリルがふんだんにあしらわれていて、年相応に若々しく可愛《かわい》らしさを残しつつ、それでいて上品さも失っていない。ジーンはこのドレスを着るクラリスを見る日が待ちきれなくなった。自分のスーツも一緒にオーダーして、さすが凄腕のドレスメイカーは、クラリスのドレスと対になるように仕立ててくれたのだが――もちろん、必要とされる大体のサイズを測ったのを書いて送ったものの、さすがに多少の細かい調整が必要そうだ。とはいえ、ジーンは自分のスーツにはこだわりは一切ない。

時を同じくして、クラリスの母から便りが届いた。
母は、本格的な春が来る前に遂に父と離縁した。母が去り、張り合いを失ったのか父はあれから人が変わったかのように大人しくなったらしい。クラリスが心配していた生活費もそれなりに支払われているらしいので、とりあえず一安心である。
手紙によると、マチルダは一時期よりは酷《ひど》い状態ではなくなり、二十四時間の監視は必要ではなくなった。姉とは距離を置くと決めているクラリスだが、母への返信の際に自分で作ったラベンダーのポプリをリラックスと安眠の効果が望めるので送ります、とだけ添えて送った意図を、母は汲《く》んでマチルダに渡したようだ。姉は何も言わなかったが、それ以降黙って枕の下にポプリを置いて寝てくれているらしい。それを読んでクラリスは素直に嬉しく思い、またポプリを作って送ろうと思う。今度は母の分も一緒に。

母はクラリスが結婚式を挙げることを心から祝福してくれた。参列できないことはとても残念だ、とは書かれていたが、そんな状態の姉を置いては来られないだろう。クラリスも予想がついていたので、落ち込みはしない。そのかわり、母はクラリスに結婚祝いとして、自分が娘の頃から大切にしていたという金の鎖《くさり》のネックレスを贈ってくれた。ネックレスはさすがに年季を感じるつくりだが、母が側にいてくれるように感じられて、どんな高級なアクセサリーよりも嬉しかった。

そして今回の手紙のハイライトは……母の前に、かつての恋人である、マチルダの父が現れたことだ。

彼は駆け落ち騒ぎの後に異国に追いやられたが、数年してほとぼりが冷めると、実家と縁を切った。異国から戻ってからずっと王都の、ファーレンハイト子爵家の近くで市井《しせい》の商人として暮らしていたのだという。二度と話せなくても、少しでも母の近くにいたかったと——それからふとした時にマチルダの姿を見て自分の娘であることに気づき、それからは娘の姿も見守るために。彼は母以外の恋人がいたこともなく、よって未婚のままだったという。いつか情緒不安定のマチルダに本当の父親が遠くから見守っていてくれたことを話したいと母は思っているようだ。そしてクラリスには彼ともう一度やり直すかもしれないということを素直に認めた。

何十年間も別離に耐え続けた不遇《ふぐう》の恋人たちが再び一緒に過ごせる日がくるなんて、当人たちも思っていなかったに違いない。

クラリスはもちろん、心から祝福するつもりだ。いつか、母にも、母の恋人にも会って直接話したいと強く思う。願わくば、その時には健やかになった姉にも会えたら嬉しい。いつになるかはわからないが、いつか。そういう日が来ることを願うのは罪ではないはずだ。

◇◇◇

春を前に、クラリスの周囲には幸福が満ちてきて、そしてどんな時にも彼女の隣には愛する辺境伯がいる。そして、王の後ろ盾《だて》の元、ルーズヴェルト男爵家が爵位を取り戻し、シドとメアリーが正式に婚約した頃、クラリスとジーンの結婚式が執《と》り行われた。

クラリスが望んだ式はごくごくこぢんまりとしたものであった。その希望を受けてジーンが提案したのが、クラリスの大好きな自然に囲まれて挙げる式だった。優美な辺境伯邸の庭園に薄桃色の木々が咲き乱れ、庭師が丹精《たんせい》こめて育てている色とりどりの美しい花々を背景に、赤いバージンロードが敷かれている。

ロッテが夫のエインズワース侯爵とその息子のエティエンヌと共に辺境伯邸にやってきた。ジーンはエインズワース侯爵に花嫁の父親代わりの役目を頼み、快諾してもらった。相変わらずロッテは朗らかで、その妻が今でも好きでたまらない、という顔を隠しもしていないエインズワース侯爵はとても穏やかな雰囲気の男性だった。ジーンとほぼ同い年のエティエンヌは従兄弟に親しげに接し、仲の良さが窺《うかが》えた。エティエンヌはクラリスにも同じように気安く接してきて、この結婚を歓迎しているのをさりげなく示してくれた。クラリスは素敵な家族だな、と思い、それからすぐに考え直す。

これからは私もこの温かい人たちの、家族の一員となるのだわ、と。

ジーンとクラリスの結婚式を、ロッテたち家族を始めメアリー、シド、マリウス、ブラウン夫妻に加え、他にジーンが付き合いがあるという貴族や騎士たち、辺境伯邸の使用人たちも見守ってくれている。屋外での式なのでどれだけ人が参列してくれても多すぎることはない。

「辺境伯様がこの地方を治めるようになってから、この辺りは見違えるほどに発展しました。私どもは感謝しかありません。その辺境伯様がご結婚されるということで、こんなにも嬉しいことはございません」

式の前に、この地方の司祭と初めて顔を合わせた。穏やかそうな白髪の司祭は、そう言って上品に微笑んだ。クラリスの隣でジーンはいつものように無表情を貫いている。

「この度《たび》は本当におめでとうございます。心からお祝いを述べさせていただきます」

「ああ」

ジーンは短く答えただけだったが、クラリスには彼が司祭からの言葉を心から喜んでいることが伝わってきていた。


シドが見つけた近所の屋敷に移り住み、最近はそこまでメイドとしての仕事は出来ていなかったメアリーも、今日だけは！　と腕を奮《ふる》って、クラリスにメイクをして、慣れた手つきで髪の毛も綺麗に結い上げてくれた。クラリスのほっそりした体を引き立ててくれるウエディングドレスを他のメイドと共に着せてもくれた。仕上げにメアリーがウエディングベールを被《かぶ》せてくれたので、クラリスが感謝を告げようと彼女の顔を見たら、既《すで》にメアリーの涙腺は崩壊していた。彼女も今日は綺麗なドレスを着て、お化粧もちゃんとしていたのだが、もう意味をなしていない。

「クラリスさまぁぁ……お綺麗ですぅぅぅ」

滅多に見られない彼女の泣き顔に、クラリスも感極《かんきわ》まってしまう。シドと婚約してから、メアリーはお嬢様と呼ばずに、以前のようにクラリス様と呼ぶように心がけているが。

「ありがとう……」

「おじょうさまぁぁぁぁ私は幸せですぅぅぅぅ……」

思わず慣れ親しんだ、「お嬢様」と呼んでしまうメアリーの泣き声が聞こえているのだろう、廊下でシドの笑い声がした。花婿《はなむこ》に遠慮をして、花嫁を見ないように彼は廊下で待機しているようだ。

クラリスはメアリーに軽いハグをしてからドアの方へそっと押しやり、彼女をシドへ返してあげた。

「もうこの時点で泣くと思ってたよ」

ぱりっとしたスーツを着たシドからハンカチを受け取り、メアリーは涙でぐしゃぐしゃに濡《ぬ》れた顔を拭《ふ》いた。

「私、今からこんなで……式が始まったらどうなるかな……」

隣でシドが爆笑した。

「式の邪魔になったらいけないから、声だけはあげないように泣いたらいいよ。いよいよ酷《ひど》い顔になったら皆に見えないように俺が抱きしめてあげる」

「ううう」

すごく簡単にその未来が思い浮かんで、メアリーは流石《さすが》に自分でも苦笑した。

そして、実際そうなったのだった。

◇◇◇

エインズワース侯爵の腕を借りながら、赤いバージンロードをゆっくりと進む。司祭とジーンが待つシンプルな祭壇《さいだん》の前で、彼女はジーンの手に引き渡される。ジーンは無表情に近いけれど、クラリスにははっきりわかる笑顔を浮かべた。銀色の髪、金色の瞳、鍛えあげられた身体と強靭《きょうじん》な精神を持つこの辺境伯はこれからもずっと私のものだ。

ジーンは誰よりも愛しい人を誇らしい気持ちで見下ろした。結婚をするということは、これが終わりではない、これが始まりだ。この菫色の瞳の、素晴らしい輝きを持つ誰よりも愛しい少女はこれからもずっと俺のものだ。

二人は司祭に向き直ると、彼の紡《つむ》ぐ結婚の祝福の言葉に耳を傾ける。二人の頭上には暖かい春の陽の光が差し込み、空では小鳥が囀《さえず》り、まるでこれからの幸福な未来を予兆しているかのようだった。


「愛しています、ジーン様」

「愛している、クラリス」

二人はお互いだけに聞こえるように囁《ささや》き、こっそりと視線を交わして、それから微笑み合ったのであった。

特別短編

『辺境伯の幸せな日々』

辺境《へんきょう》の地に夏が訪れたある日。

ジーンの叔母《おば》であるロッテ・エインズワース侯爵夫人から手紙が届いた。執事のトーマスがその手紙を執務室に届けた時、ジーンの顔が緩《ゆる》んだので、居合わせたシドとマリウスはすぐに誰からの便りなのかを察した。何しろジーンの表情筋がはっきりと仕事をするのは、幼いころは敬愛する叔母のことだけ、そして最近それに最愛の妻であるクラリスに関することが加わったが、それだけなのだ。

ちょうど仕事の切れ目だったので、ジーンはその手紙の封を開けて読み始めた。それが一息つくのを見計らい、シドが尋ねる。

「エインズワース侯爵夫人、なんだって？」

「結婚式に参列出来て嬉《うれ》しかったという礼と、叔母の近況、あとは……」

ジーンが最後まで手紙に目を走らせ、口元を緩めた。

「クラリスに会うため、近いうちに再訪したいとのことだ。確かに結婚式の時にはゆっくり話をする時間がなかったからな」

この春の、ジーンとクラリスの結婚式の折は、さすがに二人とも慌ただしくしており、ロッテやその家族と過ごす時間はもてなかった。ロッテは王都でクラリスと対面をして以来、実の甥《おい》であるジーン同様クラリスを可愛《かわい》がってくれていて、とても名残《なごり》惜しそうにエインズワース領に帰っていったのである。シドが再び尋ねた。

「他には？」

「俺が幸せそうで良かった、というようなことだな。それは王都でも言われたことだからいまさらな話ではあるが」

一瞬の沈黙の後、ぶはっとシドが吹き出した。

「確かにいまさらだな！　クラリスが来てくれてからジーンはずっと幸せそうだもんな。『クラリス以前』と『クラリス以後』で別の人間としかいいようがない」

「否定はしない」

何の衒《てら》いもなく全肯定するジーンに、シドとマリウスが声をあげて笑った。笑いすぎて目尻にたまった涙を拭きつつ、シドは乳兄弟《ちきょうだい》を促《うなが》した。

「仕事もちょうど一区切りだろ？　クラリスに言ってきてあげたらどうだ？」

「そうか？　――悪いな、では少しだけ席を外す」

ジーンはあくまでも無表情のまま執務室を出ていった。しかし、一見無表情で足取りも変わらないように見えていたが、シドとマリウスには、彼がうきうきとしていることがわかっていた。

「本当にクラリスが来てくれて良かったよ」

ジーンが出ていった扉を見つめながら、しみじみとシドが従兄弟《いとこ》に話しかけた。

クラリスが辺境の地に婚約者としてやってきてからのジーンの劇的な変化は、ジーンの周囲の人間の目には明らかである。何しろこれまでになく生き生きとしていて活力に満ち、とにかく――幸せそうなのだ。彼に近しい人間であればあるほど、それを顕著《けんちょ》に感じている。

「ああ。ジーンはご両親が亡くなられてからは見るのも辛いくらい、自分を追い込んでたからな」

もとより、ジーンは無口な性質《たち》で感情を強くあらわすような少年ではなかった。とはいえ、両親に十分愛されて育っていたため積極的に他人のことを思いやる余裕があり、シドやマリウスも彼のことが好きだった。

しかし不運にも突然の事故により両親が急逝《きゅうせい》すると、ジーンは心を閉ざしてしまったのだ。もともとが無表情だったので、他人からはあまり違いがわからなかったかもしれない。けれど深い心の傷を負ったジーンは、シドやマリウスといった近しい友人以外は寄せつけない厳しい雰囲気を纏《まと》うようになってしまった。

そこにきて、王から辺境伯として彼《か》の地を治めるようにとの勅令《ちょくめい》が下りた。

もちろんそれは下級貴族の出《で》であるジーンにとっては出世といって良い。しかしその時の辺境の地は、隣国との関係が悪化しており予断《よだん》を許さない状況であり、凄《すさ》まじく苦労することは明らかであった。だがジーンはその話を請《う》け、それからの彼は、シドとマリウスが痛々しく感じるほどに、悲壮感が漂《ただよ》っていた。

「あの頃、ほんっとまともに寝てなかったもんなぁ。ジーンは『ショートスリーパーだから大丈夫だ』なんて言い張ってたけど、今じゃ……」

「言ってやるなよ、シド」

マリウスが従兄弟を窘《たしな》めた。

「言いたくもなるよ。聞いてくれるか、マリウス」

「聞きたくなくても話すんだろう」


ある休日、シドはメアリーとデートをしたいと思っていた。辺境の地の夏は貴重で、外で過ごせる時期が決まっているため貪欲《どんよく》に楽しむのがこの地のスタイルである。シドとしてはメアリーがいればどこでもいいので、彼女の行きたい場所に赴《おもむ》くつもりであった。

「クラリス様が仰っていたけれど、街外れに素敵な公園があるんでしょう？　丘があって、奥に行けばヒースの花がたくさん咲いているって……」

生まれてこの方、辺境の地で育っているシドにはメアリーが言わんとしているのが、どこを指しているのかすぐにわかった。

「ああ、知ってる。ピクニックにちょうどいいところだよ」

「今日はそこがいいわ。ランチを持っていって、外で食べましょう！」

メアリーはすでに使用人ではないが、何やかんやと一日中動いているからこれは彼女の性分《しょうぶん》なのだろう。そしてメアリーも自分でやりたいと望むので、二人で暮らしているシドの家の使用人は必要最小限に留《とど》めている。

「私、料理長に相談して、ランチを準備してくるわね」

「じゃ、俺は準備するメアリーを見る」

メアリーがさっと厨房《ちゅうぼう》に足を向けたので、シドもそれに続いた。


二人は昼過ぎに公園に到着した。この公園は丘を望む場所にあり、とにかくだだっぴろくあまり人がいない。それが、ゆっくりと時間を過ごしたい貴族を中心に人気なのである。片方の手にメアリーが用意したランチやシャンパンなどが入ったバスケット、もう片方に彼女の手を握りながら、シドはしみじみと自分の変わりようを思っていた。何しろ、シドはこの公園でのんびりと休日を過ごしたことなど、子供時代をのぞいたらこれまで一度もないのである。

メアリーが気に入った木陰《こかげ》にブランケットを敷《し》いて、そこに二人で座り込む。夏なので気温は高いものの湿度が低いので、こうやって木陰にいると涼しく過ごせるのだ。

「本当にいい場所だわ、気持ちがゆったりするわね」

メアリーがにこにこしながら嬉しそうに周囲を見渡して、すぐにあっと声をあげた。

「クラリス様と辺境伯様だわ！　お二人も来ていらっしゃったのね」

せっかくのメアリーとの休日なのにジーンと会うなんて、とシドはちらりと視線を走らせ、目を瞠《みは》った。少し離れた大きな木の下に、同じくブランケットを敷いてくつろいでいる二人は、どうやら結構前から来ていたのか既《すで》に昼食は食べ終わっているようである。ちなみにシドが驚いたのはもちろんそのことではない。

（あのジーンが……!?）

クラリスに膝枕《ひざ》をしてもらい、ジーンがだらりと寝そべっていたのである。クラリスがジーンの髪を撫《な》で下ろしている仕草はとても優しく、ジーンが何かを言っているのだろう、時々彼女が笑い声をあげている。完全に二人だけの世界だ。

ジーンがクラリスといるときの蕩《とろ》けぶりはわかってはいたつもりだったが、実際目撃して呆然《ぼうぜん》としてしまったシドとは裏腹に、メアリーは嬉しそうに言った。

「今日もクラリス様の膝枕でお休みになられているのね」

「――今日、も!?」

何かおかしいことでも、と言わんばかりにメアリーはきょとんとしてシドを見返した。

「ええ。私室でもよくお見かけしたわよ。政務の間の短い時間でも、クラリス様のお膝で休まれると気力が湧《わ》いてくるって仰っていたけれど」

(何だろう……幸せそうで何よりだけど、なぜか聞きたくなかった……)

クラリス付きのメイドとして働いていたメアリーは、シドが知らないジーンの姿をたくさん目撃しているようだ。

「クラリス様がよく眠れるからって、ベッドでは辺境伯様がずっと抱きしめていらっしゃるみたいだから、そのお返しって――」

「メアリー、俺、お腹《なか》すいたな。バスケットを開けてもいいかい?」

不自然に思われるかもしれないが、シドはそこで強引に話を変えた。乳兄弟のそういう類《たぐい》の話はさすがのシドもそれ以上知りたくなかったのである。

「幸せそうで良かったじゃないか」

シドの話を聞いたマリウスは言葉少なにそう言った。シドとは違い、この男は心からジーンの変化を喜んでいそうだが、やはり幼馴染《おさななじみ》のそういう話を聞いて若干面映《じゃっかんおもは》ゆく感じている様子は見間違いではあるまい。

「まぁな……」

「そういや、あのジーンも、前より朝の時間がゆっくりになったものなぁ」

以前ジーンは、誰よりも早く起床し、鍛錬《たんれん》をした後政務を始め、下手をしたら食事の時間もすっとばし、深夜まで仕事をしているのもざらであった。

それが今や、朝はクラリスとともに起床をし、ゆったりと朝食を摂《と》り、仕事に余裕がある時は二人で屋敷の庭園を散歩をしてから仕事を始める。

「ショートスリーパーだなんてって言ってたのは何だったんだろうな」

シドが鼻に皺《しわ》を寄せると、マリウスは苦笑した。

「またそんなことを言う。お前だってわかってるだろう？　いいじゃないか。ジーンがやっと人並みの健康的な暮らしになったんだから、俺達はそれを喜んでやろう」

◇◇◇

秋が終わると、辺境の地に長い冬がやってきた。

深夜、ジーンは静かに寝室のドアを開けた。今日も仕事が立て込んでいて、すっかり時間が遅くなってしまった。クラリスはいつもジーンが部屋に戻ってくるのを待っていてくれるのだが、あまりにも遅くなるときには先に寝るように言ってある。だが今夜は起きてジーンを待っていた。

「ジーン様！　夜遅くまでお疲れさまでした」

ベッドテーブルに置かれた燭台《しょくだい》のあかりを頼りに本を読んでいたクラリスが、ジーンが寝室に入ってくるのを見てぱっと顔を上げ、表情を明るくした。結婚式を挙げてから既に半年が経《た》ったが、いつ見ても初々《ういうい》しく、可愛らしい妻の姿に思わずジーンの頬が緩む。

先に寝ていて欲しい理由はもちろんクラリスを気遣ってのことであるが、妻を溺愛しているジーンとしては寝る前にクラリスと話をするひとときは、一日の疲れを癒《い》やすことが出来る貴重な時間である。

「まだ起きていたのか」

「ええ、今日メアリー様がこの本を貸してくれたので、ついつい読み耽《ふけ》ってしまいました」

以前は使用人だったためクラリスはメアリーを呼び捨てにしていたが、男爵の爵位を取り戻しシドの婚約者になった時点で、呼び名を改めた。今はシドと共に暮らしているメアリーだが、数日に一度は辺境伯邸にクラリスに会いにやってくる。二人の絆《きずな》を知っているジーンとしては、クラリスが喜ぶメアリーの来訪はありがたい限りである。

ジーンは、身支度を整えた後、燭台のあかりを消してベッドに潜り込んだ。クラリスを抱き寄せながらベッドに横たわると心地良いため息をつく。

「ジーン様」

しばらくしてクラリスが彼に声をかけた。

「なんだ？」

「今日、メアリー様と話していて気づいたことがあるんですけれど」

「ああ」

ジーンは彼女の柔らかな絹のような手触りの髪の毛を梳《す》きながら、続きを促した。

「来年、我が家に新しい家族がやってくると思います」

ぴたっと手が止まった。

「実は少し前からそうではないかと思ってはいたのですが……今日メアリー様と話していて確信しました、多分間違いないと思います」

ジーンはもちろん、いずれ自分とクラリスの子供を持てたらいいなと考えていた。でもそれは、選択肢の一つにしかすぎなかった。ジーンの辺境伯の地位は世襲《せしゅう》制ではないから必ずしも跡継ぎは必要ない。それに世の中にはどれだけ夫婦仲が良くても子供に恵まれない夫婦もいる。とにかくジーンはクラリスがいてくれればそれで満足なのだ。

「クラリスッ……」

胸がいっぱいになり、愛しい妻を力いっぱい抱きしめて、お腹の子に何かあってはいけないと、慌てて力を抜いた。

「嬉しいですか？　ジーン様」

いつものように思慮深くて鈴の音のように心地よく響くクラリスの声が少しだけ震えているような気がする。

「嬉しくないわけないではないか。愛しい妻が懐妊《かいにん》したんだ……よくやった、クラリス」

答える自分の声も震えていたと思う。

ジーンは暗闇《くらやみ》の中で彼女の顔を引き寄せ、優しいキスを落とした。

しまった、どうして燭台のあかりを消してしまったのか、とジーンは悔やんだ。彼女の顔がしっかりと見えないではないか、そう思いながら彼女の頬を触ると——クラリスが微笑んでいるのは見ないでもわかったから満足することにした。

「医者には見せたのか？」

ジーンが意気込むように尋ねると、クラリスは笑った。

「まだです。だって今日気づいたのですもの」

「わかった。明日朝一番に医者を呼ぼう」

「ありがとうございます、ジーン様」

クラリスの弾《はず》むような声には母となる喜びが込められていて、ジーンは胸がいっぱいになる。

ジーンはクラリスを抱き寄せると、全世界を腕の中に閉じ込めている感覚に陥《おちい》った。実際そうだったのだ――ジーンにとって誰よりも愛しい妻と、確かにそこに息づいている子供の存在が、彼をかつてないほどに幸福にした。


翌日の執務室にて。

昨日までのジーンとの違いは歴然《れきぜん》であった。いつでもきびきびとして無駄がないジーンの動きに、素晴らしくキレが加わっているのである。相変わらず顔こそ無表情であるものの、彼がはりきっているのは一目瞭然であった。

「何かあったね」

「何かあったな」

反面、普段は常人ではないほどの集中力でもって政務に取り組むジーンが今日ばかりは何度も中座して、クラリスのいる私室へと顔を出しているのである。名探偵ではなくても、簡単に推理できるというものである。

「ジーン、今日はどうした？　何度も私室に行くなんてさ。クラリスの具合でも悪いのか？」

シドは、違うんだろうな、と思いながらもそう尋ねた。本日四度目の執務室と私室の往復から戻ってきたジーンが、はっきりと目尻を下げたので、シドとマリウスは自分たちの予感が正しいことを確信した。辺境伯の自信と喜びに満ちた声が響き渡った。

「クラリスが懐妊した」

そうではないかと思ってはいてもこのビッグニュースに彼らは歓声をあげたのである。

◇◇◇

クラリスは妊娠初期の頃、悪阻《つわり》がひどかった。何を食べても戻してしまい、最終的に水を飲んでも具合が悪くなってしまった。本当に厳しい時期は、クラリスは私室から出ることも出来ず、日がな一日長椅子かベッドで過ごしていた。さらにあまりにもひどい日は一日中眠っていたくらいである。ジーンはそれはそれは動揺して、既に孫がいる年頃のメイド長のデニースにどうしたらいいと思うかを尋ねてくれた。今まで辺境伯から個人的な質問をされたことが一度もなかったデニースは、彼の変わりように驚きつつも、経験から返事をした。

「寝起きにクラッカーと水を取ると少しはましになるかもしれません。甘いのは駄目です。あくまでもシンプルな塩味のものがいいかと」

翌朝から、朝一番にクラリスの枕元にはクラッカーと水が準備されることとなった。

しばらくしてクラリスの体調が少し良くなってくると、辺境伯自ら料理長に、彼女が食べやすくまた栄養もとれるスープを用意するよう指示した。夜、クラリスが少しでも寝付けないとジーンは必ず目を覚まして彼女の背中をさする。

時間が許す限り、彼女の騎士のようにつき従う。彼女の様子を見に、ジーンは政務の合間を縫って何度も私室にやってくる。クラリスはとても心強かったが、ジーンの仕事を邪魔してしまって申しわけないと謝ると、ジーンは首を横に振った。

「お腹の中の子は、お前と俺の二人の子だ。お前だけが苦しむことはない。何でも二人で乗りきるべきだ」

「ジーン様……」

「クラリスは我慢強いところが美点だが、今回だけは俺の好きなようにさせてくれ。調子が悪いのは俺のせいだと殴《なぐ》ってくれてもいい」

その言葉を聞いて、妊娠してから感情の揺れ幅が普段よりも大きくなったクラリスは思わず涙ぐんだのである。

後からメアリーはその話を聞いて、しきりに感心した。悪阻が本当にひどい日にはメアリーの来訪も断られていたが、妊娠四ヶ月を過ぎた辺りからクラリスの体調が上向きになり、またお茶を共に出来るようになっていた。

今日もメアリーがクラリスとお茶をしていると、ジーンが仕事の合間にやってきて、何を言うでもなく妻の顔色を確認して、戻っていった。クラリスもジーンが来てくれると喜びに頬を染めている。メアリーにとって、ジーンとクラリスは憧れの理想の夫婦である。

「さすが辺境伯様って感じね……」

その夜、寝室のベッドに腰かけてメアリーがシドにそう言った。

「さすがってどういう意味だ」

「辺境伯様はクラリス様が控えめでいらっしゃるのをご存知だから、ご自分で全部先に動かれるの。顔を見に来られても、必要ないと思われたら余計なことは何も仰らないし……でもお二人がちらりと視線を交わされる様子が、わかり合ってる感じで本当に素敵なの！」

メアリーは抱きしめていたクッションにぎゅっと力を込めて、その様子を思い出しているのか、虚空を見つめてうっとりとしている。

(ジーンより俺のほうがよほど女性の扱いに慣れてるはずなんだけど……)

ジーンはクラリス以外の女性と付き合った経験がない。そんな乳兄弟が、自分が大好きなメアリーからこんな風に手放しで褒《ほ》め称《たた》えられてシドは面白くなかった。

「俺だってちゃんとやってるよね？」

メアリーの隣に腰かけてそう言うと、彼女がきょとんとしてシドを見た。

「突然どうなさったの？」

「いや……。今の話を聞いていて、俺もちゃんとメアリーのことを気にしてるよねって……」

シドの言葉にメアリーは笑顔になった。

「ええ。大丈夫、シド様も素敵よ」

先ほどジーンを褒めていた口調とあまりにも熱の入り方が違うから、シドは思わず尋ね返した。

「……ジーンとどっちが相手のことを思いやれてると思う？」

その問いかけにメアリーは首を傾げた。

「シド様と辺境伯様を比べたことなんてないからわからないわ」

（……即答してくれなかった……！）

確かに、ジーンほど相手のことを思いやって行動したことはなかったかもしれない、とシドは反省した。乳兄弟の器の大きさは、シドもよく知っている。女性の経験がどうのこうの言っている自分が浅ましく感じられた。

「メアリー！　俺、メアリーが妊娠した時にはジーンより君に尽《つ》くすからね！」

シドがはりきってそう言うと、メアリーが顔を真っ赤にした。

「に、妊娠とか……！　もう、恥ずかしい！　シド様の……ばか！」

そんなメアリーが可愛くてたまらなくて、シドは自分の側に抱き寄せたのであった。

実際メアリーが妊娠したときには、張りきりすぎたシドが空回りしてしまい、メアリーには呆《あき》れられ、マリウスに苦笑されたのはまた別の話である。

◇◇◇

クラリスのお腹の子は順調にすくすく育っていき、夏の頃、臨月を迎えた。

春になったあたりからお腹がぐんと大きくなったクラリスをますますジーンは大切にした。クラリスが自分は辺境の地で一番気にかけてもらえた妊婦かもしれない、と思うほどジーンは彼女に尽くした。赤ん坊がクラリスのお腹を蹴る音をジーンが耳をあてて聞くときの笑顔を見守るのがクラリスは大好きであった。自分の夫が生まれてくる子供の良き父親になることをクラリスは露《つゆ》ほども疑わない。

そうして月が満ち、クラリスは男児を産んだ。

陣痛で苦しむクラリスを側で励《はげ》まし続けたのは、ジーンだった。医者は、夫とはいえ男性であるジーンが出産の時に側にいることに躊躇《ためら》いをみせたが、他でもないクラリスが望んだので特別に許可をした。

陣痛が激しくなるとクラリスはジーンの手を握りしめ、また少しでも楽になるようにと、ジーンが忙しく立ち働いて彼女の望むように水を含ましたガーゼを口元に運んだり、痛む腰をさすった。そうしてクラリスにとっても未知の経験であった出産というイベントを、ジーンが寄り添ってくれて二人で乗り越えた。やがてようやく息子が元気な産声をあげると、人前では表情筋がほとんど動いたことのない辺境伯が一粒の涙を零《こぼ》したのである。

医者や使用人は始末に追われていて誰も気づいていなかったが、クラリスだけは見ていた。そうして、彼女はこの誰よりも強く頼りになり、情の深い男性が自分の夫であることの奇跡を天に感謝した。しばらくして全てが片付くと、医者も使用人も部屋を出ていき、家族三人だけになった。綺麗に拭われた後に清潔な布に包まれた息子を抱いたジーンが、クラリスの枕元に腰かけた。息子の髪はジーン譲りの銀色で、瞳はクラリス似の菫《すみれ》色だ。

「クラリス、頑張ってくれてありがとう。俺たちの息子は完璧《かんぺき》だ」

「ジーン様……」

彼女が微笑むと、ジーンも心からの微笑みを浮かべた。

クラリスがベッドに起き上がろうとするとジーンが手を貸してくれ、そうしてすやすやと眠っている息子をクラリスに抱かせてくれた。初めて間近で見下ろした息子は、眉間《みけん》に皺《しわ》を寄せて大人顔負けのしかめ面をしていたから、クラリスはにっこりと微笑んだ。

「医者によると手足が大きいから、俺みたいにでかくなるかもしれないと言ってた」

「ジーン様みたいな息子なら私は嬉しいです」

「俺はクラリスみたいな子が良かったんだがな。まぁ元気に生まれてくれただけで十分だ。その点は我慢しよう」

いつになく饒舌《じょうぜつ》なジーンが心から喜んでいるのはクラリスはよくわかっている。そのまま彼女はそっと夫の厚みのある胸に自分の身を寄せた。すぐにジーンが頼りがいのある腕で自分と息子を包んでくれる。

「ジーン様……私、生まれてきて良かったと心から思えます。こうやって貴方と、私達の息子と生きていけることがすごく幸せです」

「お前たちのことを誰よりも愛している」

ジーンの深みのある声でそう告げられ、クラリスの心はいつものように暖かくなった。ジーンとクラリスは間近で見つめ合い、引き寄せられるように顔を近づけ思いのこもったキスを交わした。

その途端、姿勢が変わった赤ん坊がクラリスの腕の中でむにゃむにゃと言葉にならない言葉を呟《つぶや》いたので、二人は唇《くちびる》を合わせたままふっと笑った。クラリスが赤ん坊に視線を落とすと、彼は目を瞑《つむ》ったままだった。ジーンが優しい手付きで、息子の頰をちょんとつついた。

そうしてジーンとクラリスは寄り添いながら、赤ん坊を幸福な気持ちでいつまでも眺《なが》めていたのだった。

あとがき

初めまして。
椎名さえらと申します。数多《あまた》ある本の中から『身代《みが》わりの花嫁《はなよめ》は、不器用《ぶきよう》な辺境伯《へんきようはく》に溺愛《できあい》される』をお手に取ってくださって本当にありがとうございます。

私は現在日本国外に住んでいまして、すっかり浦島太郎状態なのですが、2020年に入って初めてウェブ小説投稿サイトなるものがあることに気づきました。子供の頃から本を読むのが大好きな私なので（小学生の頃、図書室で借りた本を歩きながら読んで帰って電柱《でんちゅう》にぶつかったことが……しかも一度ではありません）夢中になって読み漁《あさ》るうちに、今度は自分で書いてみたらどうだろうと思い立ったのです。そんなわけで書き上げた小説を投稿していく中で、せっかくだからと弾みをつけて、記念受験のような気持ちで思いきってeロマンスロイヤル大賞に応募致しました。まさかまさかで、今回こうして素晴らしいピーチ賞という賞を頂くこととなりました。拙作《せっさく》を選んでくださった編集部の方々に感謝の気持ちしかありません。人生で一番の運を使い果たした気さえしています。

人生って一体何があるのかわかりませんね。

きっとクラリスもそう思っているはずです。とはいえクラリスはどんな形であれ自分の人生を切り開けるようなヒロインではないかと作者としては考えています。そういう芯《しん》のある女性にすごく憧れていて、クラリスをそんな女性像として書いたつもりです。

ジーンに関しては、とにかくクラリスの理解者であり、賛同者《さんどうしゃ》であり、味方であることを意識して書きました。口下手ではありますが（笑）。そんなヒーロー像がクラリスにはふさわしいと思ったからです。私はまったく考えていなかったのですが、サイトで公開している折、ジーンがスパダリと言っていただくことがあって、すごく嬉《うれ》しかったです。ジーンが、クラリス限定かもしれませんが、スパダリと思っていただけたことが励みになりました。

今回、本編の加筆修正はもちろんですが、書き下ろし短編も書かせて頂きました！　本編その後の辺境伯邸のあれこれを書くことが出来てとても楽しかったです。読者の皆様にも少しでも楽しんでいただければ幸いです。

そして実は今日、一花夜《いちげよる》先生のラフ画を見させて頂き、めちゃくちゃ大興奮してこのあとがきを書いています。クラリスとジーンがもう……完璧《かんぺき》すぎるほど完璧で。特にジーンは本当に私の頭の中にいたジーンそのものです。堂々としたジーンと、可愛《かわい》らしいだけではなく強さを秘《ひ》めているクラリスをここまでイメージ通りに描いてくださったことに本当に感謝です。

それでは最後に、突然真顔でパソコンのキーボードを叩《たた》きまくる私を笑いながらほっといてくれる家族、素人《しろうと》の私を優しく導いてくださった編集者様、それから何よりサイトで私の小説を読んでくださっている全ての読者の方々に心から感謝を申し上げます。

著者

eロマンス ロイヤル

本書は「ムーンライトノベルズ」(https://mnlt.syosetu.com/top/top/)に
掲載していたものを加筆・改稿したものです。
この作品はフィクションです。実在の人物・団体・事件などにはいっさい関係ありません。

●ファンレターの宛先
〒102-8177　東京都千代田区富士見 2-13-3　eロマンスロイヤル編集部

身代《みが》わりの花嫁《はなよめ》は、不器用《ぶきよう》な辺境伯《へんきょうはく》に溺愛《できあい》される

著／椎名《しいな》さえら
イラスト／一花夜《いちげよる》

2021年 1 月29日　初刷発行
2024年11月10日　第 4 刷発行

発行者　山下直久
発行　株式会社KADOKAWA
〒102-8177　東京都千代田区富士見2-13-3
(ナビダイヤル) 0570-002-301
デザイン　モンマ蚕（ムシカゴグラフィクス）
印刷・製本　TOPPANクロレ株式会社

●お問い合わせ
https://www.kadokawa.co.jp/（「お問い合わせ」へお進みください）
※内容によっては、お答えできない場合があります。
※サポートは日本国内のみとさせていただきます。
※Japanese text only

ISBN978-4-04-736486-8　C0093　©Sheena Saera 2021　Printed in Japan
定価はカバーに表示してあります。